이계진입

리로디드

RELOADED

이계진입 리로디드 2

임경배 퓨전 판타지 소설

초판 1쇄 찍은 날 § 2015년 11월 25일
초판 1쇄 펴낸 날 § 2015년 12월 2일

지은이 § 임경배
펴낸이 § 서경석

편집책임 § 한준만

펴낸곳 § 도서출판 청어람
등록번호 § 제387-1999-000006호
등록일자 § 1999. 5. 31
어람번호 § 제1-2296호

주소 § 경기도 부천시 원미구 부일로 483번길 40 서경B/D 3F (우) 14640
전화 § 032-656-4452 팩스 § 032-656-4453
http://www.chungeoram.com
E-mail § chungeorambook@daum.net

ⓒ 임경배, 2015

ISBN 979-11-04-90531-5 04810
ISBN 979-11-04-90529-2 (세트)

RELOADED

임경배 퓨전 판타지 소설

FUSION FANTASTIC STORY

이계진입 ②

리로디드

도서출판 청어람

CONTENTS

RELOADED

이계진입 리로디드

Chapter 1

Fellow of heathen god

광제 루스타나드 통치 말기, 루스클란 제국은 온갖 병폐의
온상이었다. 고위층의 부정부패, 극에 달한 빈부격차, 곳곳에
굶어죽은 시체가 나뒹구니 사람 목숨은 파리만도 못했다. 빵
한 조각이면 살인도 저지르는 시대였다.

세상이 혼란할수록 사람들은 도피처를 찾고자 하는 법이
다. 온갖 사교(邪敎)가 테라노어 각지에서 성행했다.

'진실한 세계 밖의 신' 헤루스를 섬기는 클랜 오브 디멘션(clan
of dimension) 역시 그런 사교 단체 중 하나였다.

클랜 오브 디멘션은 현세, 테라노어를 거짓된 세상이라 믿

었다. 테라노어의 모든 것을 버리고 이계의 신인 헤루스를 섬겨야만 진정한 구원을 얻는다는 것이 그들의 교리였다.

현실 자체를 부정하는 이 사교단은 박해받는 이들의 지지를 얻었고 온갖 사악한 범죄를 저질렀다. 그러다가 지금으로부터 20년 전, 당시 루스클란 육호장이었던 드로탄 장군에 의해 토벌당했다.

드로탄 장군은 집요한 추적 끝에 결국 클랜 오브 디멘션의 뿌리를 뽑고 교주의 목을 베어 거리에 효수했다. 이후 완전히 세상에서 자취를 감췄다고 여겨졌는데…….

"최근 들어서 다시 세력이 커지고 있대요."

알리타의 말에 짐을 꾸리던 제논이 고개를 끄덕였다.

"그렇겠지. 사람들을 현혹하는 사교는 그렇게 쉽게 사라지는 게 아니다."

젝센가드 왕궁에서 베르셀트 지방의 사교단 토벌 공문을 붙인 지 이틀째. 시한 일행은 용병들 사이에 섞여 토벌대에 지원했고, 당연하지만 통과되었다.

투사급 소드하이어가 둘에 기사급이 하나인 일행이다. 종자급조차 드문 용병계에서 저 정도면 어딜 가도 충분히 대우받을 실력인 것이다.

그리고 오늘이 출발일.

시한과 제논은 열심히 장거리 여행 준비를 하고 있었다. 특히 제논은 뭐 그리 신경 쓸 것이 많은지 온갖 여행도구를 일일이 손질하느라 꽤 시간을 잡아먹었다.

반면 2분이면 도망갈 준비가 끝나는 알리타는 벌써 짐 다 싼 후였다. 그녀는 느긋하게 다른 이들을 기다리며 사교단에 대한 정보를 훑어보는 중이다.

"…그렇게 부활한 클랜 오브 디멘션이 새로운 교리로 사람들을 현혹하고 있다네요?"

바로 이세계의 신, 헤루스가 자신의 독생자를 이 땅에 내려 박해받는 자들을 구원한다는 교리였다. 시한이 피식 웃었다.

"그거 어디서 많이 듣던 소리인데?"

별로 신기한 우연도 아니다. 메시아 신앙 자체는 대부분의 종교에 다 존재할 수밖에 없다. 사람들이 괜히 슈퍼히어로에게 열광하는 줄 아는가? 힘들고 어려울 때 초월적인 힘을 지닌 누군가가 자신을 구해주길 바라는 것은 인간의 본능이다.

새로운 구원 신앙으로 무장한 클랜 오브 디멘션은 이름 역시 새롭게 바뀌었다고 했다.

"…지금은 시한재림교라고 불리고 있대요."

이어진 알리타의 말에 무심하던 시한이 순간 기침을 해댔다.

"쿨럭! 뭐, 뭔 재림교?"

시한재림교.

이는 클랜 오브 디멘션의 잔당이 이계구원자의 전설을 교리에 덧붙이며 태어난 새로운 사교단이었다.

이들은 이계구원자 성시한이 곧 헤루스의 유일한 독생자이며 거짓된 현세를 벌하기 위해 테라노어에 강림했고, 그 결과 루스클란 제국이 멸망했다고 믿었다.

"……."

시한은 말문을 잃었다. 대체 여기서 뭐라 반응해야 할지도 모르겠다. 마저 사교단에 대한 정보를 훑어보며 알리타가 피식거렸다.

"그 이후 위대한 신의 아들께선 모든 테라노어인을 천국으로 이끌고자 했지만, 사악한 혁명 6영웅에 의해 가로막혔대요. 그래서 헤루스의 곁으로 돌아갔다는데요?"

그러나 언젠가 이계구원자 성시한이 재림하여 거짓된 세계인 테라노어를 불사르고 신실한 이들만을 거두어 헤루스의 천국, '지구'로 이끌 것이라는 게 시한재림교의 주된 가르침이라는 것이다.

기가 막혀 시한은 붕어처럼 입만 뻐끔거렸다.

"와, 나 진짜… 별 황당한……."

게다가 저 혁명 6영웅 부분은 또 아주 틀린 이야기만도 아니다.

"미묘하게 맞는 부분도 있어서 더 짜증 나는데?"

서류를 계속 보며 알리타가 비웃음을 흘렸다.

"읽어보니 지구는 정말 천국인데요?"

헤루스의 천국, 지구에서는 겨울에도 춥지 않고 여름에도 덥지 않게 지내며, 두 발을 놀리지 않아도 먼 거리를 이동하고 하늘도 날아오를 수 있다고 했다. 모두에게 지식과 지혜가 열려 있어 자기 집 안에서도 세상 모든 걸 알 수 있고, 병자는 아무리 가난해도 약과 치료를 받을 수 있다고 했다.

그뿐만이 아니다. 지구에선 음식조차도 썩지 않아, 아무리 가난한 자라도 매일 신선한 고기와 갓 구운 빵을 배불리 먹을 수 있다고 했다.

"그러다 보니 가난한 자는 살이 찌고 오히려 부자가 날씬한 몸을 유지한다네요? 이건 도대체 무슨 헛소리래?"

어쨌거나, 헤루스의 이름 아래 모든 인간이 평등하니 아무리 부유한 자라도 감히 가난한 자를 해하지 못하는 축복받은 세계가 곧 지구라는 것이다.

"흥, 세상에 이런 곳이 있을 리가 없잖아?"

코웃음을 치며 알리타는 서류를 덮었다. 그런데 시한이 씁쓸한 얼굴을 했다.

"얼추 들어맞기는 한다는 게 무섭구만."

"엥? 이게 틀린 말이 아니에요?"

그녀는 이제껏 시한재림교의 이야기를 헛소리로만 치부하고 있었다. 그런데 정작 지구에서 온 장본인이 저런 소릴 하다니?

"아주 틀린 말은 아닌데, 그렇다고 맞는 말도 아니랄까……."

확실히 지구의 선진 문명을 테라노어 사람들에게 떠들면 꽤나 천국처럼 보이긴 하겠지. 좋은 면만 잘 포장해서 선전한다면 말이다.

알리타가 뭔가 깨달음을 얻은 눈빛으로 멍하니 중얼거렸다.

"그럼 지구 남자들은 여자애에게 뺨 맞으면 '이럴 수가, 날 때린 여자는 네가 처음이야'라고 하면서 반한다는 이야기도 사실이었구나. 역시 문화의 차이가……."

"절대 아니거든?"

"그래요? 책에서 봤는데."

"대체 그 책은 정체가 뭐냐? 아니, 그보다 어떻게 저 이야기가 차원 넘어 테라노어까지 전해진 거야?"

하여튼 지금 중요한 건 지구의 연애 문화(?)가 아니다.

"지구의 묘사가 너무 그럴싸하긴 하네."

보통 신의 천국이라면 영원한 행복이나 영생 등을 보장하는 법이다. 그런데 저 '지구'의 묘사는 묘하게 현실적이다.

천국치곤 어중간하달까? 실제로 지구 문명과 비슷하기도 하고. 게다가 메시아 신앙이야 흔하다손 쳐도 신의 아들, 독생자 부분은 아무 데서나 볼 수 있는 교리가 아니다.

"신기할 정도로 비슷하잖아, 이거."

그 의문을 풀어준 건 제논이었다.

"신기할 게 뭐 있습니까? 관련 책자 몇 권만 봐도 알 수 있는 것을."

"엥?"

10년 만에 돌아온 시한은 미처 실감하지 못하고 있지만, 이계구원자 이야기가 널리 퍼졌다는 소리는 그가 온 세계에 대해서도 널리 퍼졌다는 의미인 것이다.

"책방 가서 이계구원자 관련 전문 서적 몇 권만 사도 저런 이야기는 얼마든지 볼 수 있을 겁니다."

"그래? 대체 어떻게?"

"작가마다 하이어 시한으로부터 직접 들었다고 주장하던데요?"

"어, 생각해 보니 그럴 수도 있겠다……."

십여 년 전 시한과 친분이 있던 혁명군 사람들은 종종 그의 세계, 지구에 대해 물었었다. 시한도 틈나는 대로 이런저런 이야기를 해준 기억이 있었다.

대놓고 떠들고 다닐 정도는 아니었지만 꽤 많은 사람에게 말해주곤 했었다.

"이계구원자의 전설을 자신들의 교리로 내건 곳 아닙니까? 당연히 저 정도 정보야 수집했겠지요."

역시 성시한 전문가(?)답게 제논은 상황을 정확하게 파악하고 있었다. 시한은 어색해하며 머리를 긁었다.

"나, 생각보다 더 유명인이었네?"

"그러니까 십 년 묵은 팬티가 그 가격에 팔리겠죠."

"…그 이야긴 좀 그만하자, 알리타."

하여튼 그럭저럭 세 명 모두 여행 준비가 끝났다. 커다란 배낭을 짊어지며 제논이 두 사람을 돌아보았다.

"시간이 다 되어갑니다. 출발하시죠, 하이어 시한."

＊　　　＊　　　＊

성시한 일행이 광장에 도착할 땐 이미 많은 용병이 모인 후였다. 다들 어수선한 분위기를 풍기며 이래저래 떠들고 있었다.

"이번 일은 제법 보수가 높던데? 웬일로 왕궁이 돈을 좀 풀었나 봐."

"보수도 보수지만 공이 큰 자들에게 정규군 자리를 준다는 게 대단하지."

"심지어 프리하이어 중 눈에 띄는 이들에겐 기사 서임을 내릴 수도 있다더군!"

모인 용병들의 숫자를 세며 제논과 알리타가 놀란 표정을 지었다.

"이거, 상당히 많이 모았군요."

"족히 200명은 되겠는데요?"

시한도 심각한 얼굴로 동의를 표했다.

"그렇군, 생각보다 사교단의 폐해가 크나 본데?"

고등학교 아침 조회 시간만 되도 이보다는 더 많은 인원이 모이는 한국이라면 200이란 숫자가 보잘것없게 느껴질지도 모른다.

하지만 정규 전투도 아닌 토벌을 위한 임시 부대에 200명은 결코 적은 숫자가 아니다.

특히 그 구성원이 칼밥으로 먹고 사는 전투 전문가뿐이라면 더더욱 그렇다.

하나같이 전투의 베테랑들, 여기 모인 용병 중 제일 약한 이가 나서도 바켈론의 영지병 대여섯 명쯤은 가볍게 요리할 수 있을 것이다.

시간이 좀 지나자 병사 몇 명이 나와 소리를 질러댔다.

"토벌대장님께서 나오십니다!"

"모두 줄을 서시오!"

모인 용병들이 좌우 눈치를 보며 적당히 줄을 맞추기 시작
했다.

"아, 시작인가 보오. 줄 서라는데?"

"서라면 서야지."

"대장이 누구려나? 깐깐한 양반 아니었으면 좋겠는데."

웅성대는 와중에 광장이 어느 정도 정리가 되었다.

용병들도 군대 사열 경험 정도는 있는 것이다. 그렇다고 열
과 오가 딱딱 맞는 정식 대열은 아니고, 비유하자면 딱 동원
훈련 참가한 예비역들 사열 수준? 몰라서 안 하는 게 아니라
귀찮아서 줄만 맞춘다에 가깝다.

대충 대열이 갖춰지자 군마를 탄 화려한 갑옷 차림의 중년
인이 모습을 드러냈다.

염소수염을 멋들어지게 기른 깡마른 남자였다. 그가 토벌
대를 바라보며 소리쳤다.

"이 몸은 위대하신 혁명 영웅 젝센가드 폐하의 명에 따라
그대들을 이끌게 된 켈테론 백작이다! 그대들의 활약에 따라
많은 포상이 준비되어 있으니 모두 충심으로 따라주길 바란
다!"

순간 시한은 당황했다.

"어? 저 인간은……."

"아는 사람이에요?"

알리타의 질문에 시한은 대답하지 않았다. 대신 어이없어하며 혼잣말을 했다.

"켈테론, 저자가 아직도 살아 있었나? 참 재주도 용하네……."

한편 용병들은 다른 이유로 당황하고 있었다.

대장이라고 나타난 이가 아무리 봐도 그리 강해 보이지 않는 것이다. 불안과 불신이 광장 위로 피어오르려던 차였다.

켈테론 백작을 따라 다섯 명의 기사도 모습을 드러냈다. 전원이 전신 갑옷 위로 희미한 투기를 피우고 있었다. 기사급 소드하이어임이 분명했다. 바로 젝센가드 왕국의 최강자들, 흑사자 기사단이었다.

흔들리던 용병들의 분위기가 바뀌었다. 긴장한 이들을 향해 회심의 미소를 지으며 켈테론 백작이 외침을 이었다.

"명을 거역하는 자는 군법에 따라 처리하겠다! 모두 알아들었느냐?"

대장은 모르겠지만 그 휘하 기사들은 충분히 믿을 만하다. 그리고 용병들 입장에선 그 정도면 족했다. 우렁찬 대답이 광장을 떨쳐 울렸다.

"알겠습니다!"

흐뭇하게 웃으며 켈테론 백작이 말머리를 돌렸다.

"나는 쓸데없는 연설 따위로 병사들의 진을 빼는 꽉 막힌 지휘관이 아니다! 지금 바로 출발한다! 그럼 점심 즈음에는 느긋하게 마을에서 술 한잔 걸칠 수도 있겠지!"

"오오오!"

용병들은 환호했다. 제법 용병들의 생리를 아는 귀족이 아닌가?

앞장선 켈테론 백작을 따라 다른 이들도 발걸음을 옮겼다. 토벌단이 광장을 출발해 남문으로 향했다.

대열에 낀 시한 일행도 움직였다. 주위를 둘러보며 시한이 인상을 썼다.

"이상하군."

"뭐가요?"

알리타가 물었다. 다른 이들에게 들리지 않게 시한은 목소리를 죽였다.

"아무래도 젝센가드가 토벌대를 이끄는 게 아닌 것 같아."

"에이, 명색이 일국의 왕인데 이런 사소한 일에까진 끼지 않겠죠."

"상식적으로야 그렇다만……."

상식적인 국왕이 아니니까 문제지. 왕 주제에 쌍도끼 들고 길바닥에서 피칠갑 퍼포먼스까지 한 놈이 아닌가?

"당연히 직접 나설 거라 생각했는데."

젝센가드의 성격이 하나도 변하지 않았다는 것은 한 번의 재회만으로도 충분히 확인이 됐다. 국민을 괴롭히는 사교단 토벌이라면 분명 입맛에 딱 맞는 '국왕다운 임무'일 터였다.

그래서 이번 일을 기회로 보았다.

젝센가드라면 분명 직접 토벌대를 이끌 것이고, 수도를 벗어나게 되니 호위도 약해질 것이며, 그 틈을 타 그에게 접근할 수 있으리라 여겼다.

그런데 아예 시작부터 일이 생각대로 되질 않는 것이다. 젝센가드는 왕궁에서 속 편하게 지내는데 시한만 엉뚱한 데서 헛고생하게 생겼다.

'쩝, 어쩐지 일이 잘 풀리더라니…….'

그래도 아주 헛고생이라 할 정도는 아니다. 이번 임무로 활약을 보여 눈도장을 찍게 된다면 차후에라도 젝센가드에게 접근할 가능성이 높아지긴 할 테니까.

시한은 아쉬움을 달래며 뒤를 돌아보았다. 왕도 라텐셀 가운데 우뚝 솟은 옛 동료의 왕성이 아스라이 보였다. 그가 다시 한 번 혀를 찼다.

"쳇, 대체 왜 직접 안 나선 거야?"

*   *   *

사실 젝센가드의 반응은 시한의 예측과 한 치도 다르지 않왔다. 엊그제 나눴던 국왕과의 대화를 떠올리며 토벌대장 켈테론 백작은 표정을 구겼다.

"사악한 사교도들이 감히 짐의 백성들을 괴롭힌단 말인가! 내 당장 그놈들을 처단하겠다!"

"아뢰옵기 황송하오나 제가 먼저 확인하게 해주시옵소서, 폐하."

"엥? 왜?"

"물론 폐하께서 왕림하시면 하찮은 사교단 따위 풀 더미처럼 쓸려 버리겠지요. 그러나 아직 놈들이 정말로 마수를 다룬다는 명확한 증거가 포착되진 않았습니다. 거짓된 소문에 폐하께서 직접 움직이실 수는 없지 않겠습니까?"

"그래도 기분 전환은 될 거 아닌가?"

"위대한 혁명 영웅께서 하찮은 소문에 속은 것처럼 보이면 어리석은 백성들이 오해할까 두렵습니다."

"오해하라지. 어리석은 백성들이 오해하든 말든 무슨 상관인가?"

"그, 그렇지만 제가 먼저 확인한 뒤 폐하를 청해도 충분하지 않겠습니까? 젝센가드 폐하께선 왕국 전체를 수호하시는 분이 아닙니까? 하찮은 일개 사교단 때문에 어찌 귀하신 혁명 영웅의 시간을 허비하겠습니까?"

"아, 그것도 그런가?"

"물론입지요! 그러니 제가 먼저 길을 닦아놓겠습니다요!"

"그렇구만. 역시 켈테론 자네는 똑똑해."

"감사합니다, 폐하!"

힘들긴 했지만 켈테론은 젝센가드를 달래는 데 성공했다.

그리고 그가 목적한 대로 직접 사교단 토벌대를 이끌게 되었다.

노린 대로 이루어졌으니 응당 기뻐해야겠지만, 현재 켈테론의 얼굴은 그리 밝지 않았다. 남들에게 드러내진 않았을 뿐 귀찮고 짜증 난다는 표정이었다.

'에휴, 내가 어쩌다……'

사실 켈테론은 토벌대장 따위 맡고 싶은 생각이 전혀 없었다.

그의 입장에선 젝센가드를 지방으로 휙 보내 버린 뒤 눈치 안 보고 속편하게 왕도에서 지내는 것이 백배 편한 것이다.

하지만 선택의 여지가 없었다.

이건 켈테론의 오랜 후원자인 청색의 트란덴이 직접 부탁해 온 일이었으니까.

"이는 청색 상아탑의 기밀이 걸린 일, 결코 젝센가드 국왕에게 제반 사항이 알려져서는 안 되오! 물론 정규군도 투입되어서는 안 되고!"

트란덴 덕분에 정적을 제거하고 젝센가드 왕국의 실권자 자리를 굳힌 켈테론에겐 거부할 수 없는 요청이었다.

그리고 청색 상아탑은 테오란트 왕국과 젝센가드 왕국의 국경에 위치해 양국 모두에 강한 영향력을 지니고 있었다. 굳이 후원자가 아니더라도 거부할 수 없긴 마찬가지였다.

게다가 트란덴은 무턱대고 요구만 하지 않았다.

"상아탑에서 제6층의 마기언 열 명을 투입할 것이며, 내 입김이 닿는 다섯의 흑사자 기사단도 대동시키겠소. 전력은 충분할 거요. 켈테론 백작은 돈을 뿌려 쓸 만한 용병들만 모아주면 되오."

일개 사교단 토벌에 투입하기엔 과한 전력이다. 트란덴은 이 토벌이 실패하는 것을 상당히 두려워하는 듯했다. 그래서 켈테론도 흔쾌히 받아들였다.

"알겠소이다. 별로 어려운 일도 아니고 하니……."
"물론 이 대가는 차후 톡톡히 지불할 것이오. 잘 부탁하오, 켈테론 백작!"

트란덴과의 대화를 떠올리며 켈테론은 표정을 폈다.

'그래, 약간의 귀찮음을 감수함으로써 청색 상아탑주에게 빚을 지울 수 있다면 할 만하지.'

그러는 동안에도 말은 뚜벅뚜벅 길을 따라 걷고 있었다. 어느새 토벌대는 라텐셀의 남문을 통과해 도시 밖까지 나왔다.

켈테론이 토벌대를 돌아보며 외쳤다.

"왕도를 벗어났으니 속도를 높인다! 전달하라!"

용병들의 걸음걸이도 조금 빨라졌다.

그렇게 베르셀트 지방의 사교단을 상대하기 위한 임시 부대, 일명 '시한재림교 토벌단'은 남쪽으로 행군을 시작했다.

*   *   *

야심한 깊은 산속의 공터에 백여 명 정도의 사람이 모여 있었다. 하나같이 검은 로브로 전신을 가린 차림이었다.

거대한 동굴을 앞에 두고 모닥불을 피운 채 한 사내가 사람들을 향해 소리쳤다.

"헤루스의 아들딸들이여, 어리석은 불신자들이 결국 죄악의 칼을 들었습니다! 불신자들이 군대를 앞세워 신도들을 침탈하려 합니다!"

타오르는 모닥불이 신도들을 비춰 그림자를 길게 드리웠다. 30대 후반의 사내, 라크란을 향해 백여 명의 신도가 광신의 외침을 터뜨렸다.

"죽음은 곧 해방이자 자유의 길이니, 그 어떤 것도 두렵지 않도다!"

라크란은 온화한 미소를 띠었다. 신도들의 표정에 젝센가드 왕국의 토벌대가 가져올 피와 죽음에 대한 공포는 보이지 않았다. 헤루스의 가르침에 의하면 죽음이야말로 이 거짓된 세상을 벗어나는 유일한 길인 것이다.

하지만 동시에 시한재림교는 자살 역시 죄악이라 가르친다.

"이기적인 자유는 헤루스께서 원하시는 바가 아닙니다. 거짓된 세계에 고통받는 이들을 남긴 채 홀로 천국으로 향한다면 그 또한 진실한 신 앞에 부끄러운 행위일 뿐."

오직 많은 이를 '구원'하는 과정에서 맞게 되는 '불가항력의 죽음'만이 헤루스를 기쁘게 하는 일이다.

"헤루스께서 내리신 시련을 극복하는 것이야말로 진정 그분을 영광되게 하는 일일 지니!"

라크란이 과장스럽게 두 팔을 번쩍 들었다.

"선택받은 자들은 앞으로 나오시오!"

긴장한 세 명의 남녀가 사람들 앞으로 모습을 드러낸다. 신도들이 환호성을 터뜨렸다. 부러움과 두려움이 섞인, 기묘한 탄성이었다.

당당한 두 남자와 달리 여인이 살짝 몸을 떤다. 라크란이
부드럽게 웃으며 그들에게 말했다.

"두려워할 것 없다. 그대들이야말로 혜루스의 총애를 받기
에 합당하도다."

그러자 여인이 배시시 웃었다.

"저, 저는 두렵지 않아요."

발음이 살짝 뭉개지는 것이 묘하게 취한 것처럼 들렸다. 이
미 그녀는 반쯤 이지를 상실한 것이다.

앞으로 다가올 고통의 시간을 견디기 위해 이 남녀들은 대
량의 몽환초를 피운 후였다.

이들은 제물이었다.

혜루스께서 이 땅에 내려준 위대한 신수(神獸)에게 바칠, 그
리하여 이들의 믿음이 올곧음을 증명할 산제물.

라크란이 몸을 돌렸다. 거대한 동굴을 향해 외침을 터뜨린
다.

"혜루스의 용이여! 신실한 이들의 헌신을 받으소서!"

동굴 속에서 거센 바람 소리가 들려왔다. 동시에 둔탁한 소
리가 울려 퍼졌다. 거대한 무엇인가가 움직이는 소리였다.

이윽고 그림자가 동굴 밖으로 모습을 드러냈다.

샛노란 눈동자와 각질의 비늘 덮인 몸통, 굵직한 네 발이 천

천히 대지를 밟는다. 길이 20미터가 넘는 거대한 도마뱀 형태의 괴물, 지룡(地龍)이라 불리는 테라노어 특유의 마수였다.

지룡이 다시 한 번 거친 숨소리를 흘렸다.

"크르르르……."

눈앞에 흉악한 마수가 나타났음에도 사람들은 도망치지 않았다. 오히려 감격하며 지룡을 향해 연신 허리를 숙이며 경의를 표한다.

"오오……."

저 마수는 평범한 지룡이 아니었다. 바로 지룡의 육신을 입어 이 땅에 강림한 헤루스의 사자인 것이다.

그 증거로 눈앞에 인간이 가득 있음에도 지룡은 흉악한 본성을 드러내지 않았다. 뭔가를 기다리듯 조용히 눈동자를 굴릴 뿐이다.

라크란이 지룡을 불렀다. 헤루스가 내려준 이 신성한 용에겐 이계구원자의 가르침에서 비롯된 성스러운 이름이 붙어 있었다.

"헤루스의 용, 휴거여! 제물을 받으시고 기뻐하소서! 그리하여 불신자들에게 진실의 불을 내리소서!"

지룡이 주둥이를 벌렸다. 시뻘건 혓바닥이 날름거리며 세 남녀에게 향했다. 제물들의 표정이 창백해졌다. 몽환초와 광신으로 물든 정신이 그제야 현실을 인지한 것이다.

"아……."

"으악!"

그러나 이미 때는 늦었다. 거대한 이빨이 제물을 으적으적 씹었다. 처절한 비명이 터져 나왔다.

"으아아악!"

피가 흐르고 육편이 쏟아진다. 참상 앞에서 광신도들의 표정이 흔들렸다. 라크란이 더더욱 소리를 높였다.

"슬퍼하지 말라, 고통 없이는 알에서 깨어 나오지 못하는 법! 그들은 헤루스의 오른편에 오를 것이다!"

제물을 삼킨 지룡이 고개를 들었다. 어둠이 깔린 산속의 대기에 쩌렁쩌렁한 용의 울부짖음이 퍼져 나갔다.

크아아아아!

그 부름에 답하듯 산속 곳곳에서 마수들의 포효가 이어졌다. 만족한 지룡이 다시 동굴로 기어 들어갔다.

신도들이 열광적으로 찬미의 노래를 부르기 시작했다. 고요하던 어둠 속에 마수와 인간의 외침이 뒤섞여 울려 퍼졌다.

틈을 타 라크란이 신도들로부터 등을 돌렸다. 누구에게도 얼굴을 보이지 않은 채 안도의 한숨을 내쉰다.

'휴우, 이번에도 어떻게든 성공했군.'

그의 손엔 작은 주머니가 쥐어져 있었다. 라크란이 살짝 입구를 열어 안을 들여다보았다.

내용물은 평범한 가루였다. 전혀 특이할 것이라곤 없어 보이는 검은 가루가 반 정도 담겨 있었다.

라크란은 불안한 표정을 지었다. 원래는 이렇지 않았다. 가루가 주머니에 가득 차 있었다.

'소모율이 너무 빠른데……'

이 '루스클란 황족의 심장 가루'가 있는 한, 그리고 충분히 인간을 먹이는 한 지룡은 그의 뜻을 따라줄 것이다. 하지만 과연 몇 번이나 더 용을 조종할 수 있을까?

하지만 라크란은 이내 불안을 떨쳐 냈다.

'뭐, 그때 되면 내빼 버리면 그만이고.'

그가 어깨를 으쓱거리며 신도들을 돌아보았다. 조금 전의 온화한 눈빛은 온데간데없고, 두 눈동자엔 차가운 경멸만이 담겨 있었다.

'그 전에 저 멍청이들에게서 최대한 본전을 빼먹어야겠지? 후후후.'

*   *   *

왕도 라텐셀을 출발한 시한재림교 토벌대가 베르셀트 지방에 도착하는 데는 거의 열흘이 걸렸다.

험준한 산속으로 진입하자 토벌대의 행군 속도도 팍 떨어졌다. 얼마 이동하지도 못하고 그새 해가 저물기 시작한다.

흑사자 기사단 중 한 명, 하이어 리블이 켈테론 백작에게 다가와 말했다.

"슬슬 야숙 준비를 시키겠습니다, 켈테론 공."

"이왕이면 근처 산촌 같은 곳을 찾을 순 없겠나?"

켈테론이 인상을 썼다. 야영이 처음인 건 아니었지만, 그래도 화려한 저택에서 호화롭게 살던 그에게 이런 산속의 야숙이 달가울 리 없었다. 허름해도 제대로 된 벽과 지붕이 있는 숙소에서 자고 싶었다.

하이어 리블이 고개를 저었다.

"아쉽지만 거리가 너무 멉니다. 곧 해가 질 것이고요. 대신 내일은 자드 마을에 도착할 수 있을 테니 조금만 참으시지요."

"쩝, 할 수 없지."

구시렁대면서도 켈테론은 더 이상 반대하지 않았다. 하이어 리블이 전군에 지시를 내렸다.

"전원 야영 준비를 하도록!"

숙영지는 산길 옆, 완만하게 비탈진 능선이 선택되었다. 초병을 세워 사방을 경계한 뒤 부대별로 나뉘어 모닥불을 피운다.

시한 일행도 적당한 곳에 자리 잡았다. 부싯돌을 꺼내다 말고 문득 주변을 보며 제논이 혀를 찼다.

"정말 적응 안 되네."

모닥불은 숙영지 곳곳에 중구난방으로 피워져 있었다. 불마다 붙어 있는 인원수도 제각각. 어떤 곳은 달랑 혼자이고 어떤 곳은 십여 명씩 모여 있기도 했다. 부대별로 야영을 준비하는 정규 군대와는 전혀 딴판이었다.

그것도 그럴 것이, 현재 토벌대엔 따로 정해진 편제가 없는 것이다.

명령권자는 오직 켈테론 백작과 흑사자 기사단뿐, 나머지 용병들은 모두 평등한 위치이며 열 명의 마기언은 아예 별개로 움직이고 있다. 보급이나 취사를 담당하는 이도 따로 없다. 필요한 것은 용병들 개인이 알아서 챙겨야 한다.

일국의 기사이자 정규군의 지휘관이기도 했던 제논에겐 황당한 광경이었다. 이렇게 명령 체계가 엉망인 군대라니? 뒷골목 건달들조차도 이보단 번듯할 것 같다.

"이러고도 제대로 싸울 수나 있나? 한둘도 아니고 200명이나 되는데?"

알리타가 피식 웃었다.

"그야, 고귀하신 기사님께서 천한 용병계 생리를 알 리가 없겠죠."

애초에 용병들끼리는 서로 상하를 나눌 수가 없는 것이다.

누가 더 잘났는지를 대체 무슨 기준으로 판단할 건데? 나이 더 먹었다고 배에 칼 안 박히는 것도 아니고 덩치 더 크다고 모가지 안 잘리는 것도 아니다.

오직 실력만이 전부인데, 그거 확인하겠다고 용병들 모아놓고 토너먼트 열 수도 없는 노릇 아닌가?

괜히 용병 부대가 정규 부대보다 무시당하는 게 아니다. 아무리 개개인의 무력은 더 뛰어나더라도 손발이 맞지 않으니 군대로써 취약할 수밖에.

뭐, 제논도 저걸 이해 못 해 이런 소릴 하는 건 아니었다. 그냥 보다 보니 답답해서 한마디 한 것일 뿐. 그래서 굳이 대꾸하지 않고 화제를 돌렸다.

"고귀하신 기사님이라……. 그대 입에서 그런 말이 나오니 웃기는군, 알리타."

그러자 '고귀하신 황제의 딸'인 알리타가 흠칫거렸다. 시한이 인상을 쓰며 한마디 했다.

"말조심해, 제논. 내가 곤란해진다."

끼리끼리 모이는 분위기라 일행 주위에 아무도 없긴 하지만, 그래도 조심하지 않을 수는 없다.

제논이 난처해하며 고개를 숙였다.

"죄송합니다."

이제는 제논도 알리타가 시한에게 어떤 의미를 가지는지 알고 있었다. 광제에게 고향과 친지를 잃은 그가 혹여 해코지라도 할까 봐 알려준 것이었다.

"걱정 마십시오. 하이어 시한을 위해서라면 저 역시 그녀를 목숨 걸고 지킬 겁니다."

비록 여전히 불만이라는 듯 혼잣말을 덧붙이긴 했지만.

"…그것이 저주받을 그자의 딸이라 해도 말이지요."

싸늘한 눈으로 알리타를 노려보는 그 모습에 시한이 혀를 찼다.

'쯧, 또 시작이군.'

물론 제논도 머리로는 알고 있다.

알리타는 광제가 저지른 죄악과는 아무 관계가 없으며, 어떤 면에선 또 다른 피해자일 뿐이라는 것을.

하지만 사람 마음이 그리 생각대로만 굴러가던가?

아무리 머리론 알고 있어도 그녀가 광제의 딸이란 사실을 인식하면 자기도 모르게 적의가 불쑥불쑥 솟구치는 것이다.

그래서 시한은 화제를 돌리기로 결심했다. 다행히 그는 제논의 주의를 돌리는 마법의 언어를 알고 있었다.

"제논, 밥 줘."

순간 제논의 안색이 싹 바뀌었다.

덩치는 산만 한 주제에 눈을 초롱초롱 빛내면서 자리에서 일어나는데, 표정을 보니 알리타에 관한 건 싹 다 잊은

듯하다.

"알겠습니다, 시한! 금방 준비하지요!"

그리고 불가로 맹렬히 달려간다. 그 모습을 보며 시한이 웃었다.

'야, 역시 잘 통하네.'

*　　　*　　　*

토벌대는 야영지를 꾸린 뒤 저녁 식사를 준비했다.

이제까진 행군 경로에 위치한 마을에서 식사를 해결했지만 산맥에 진입했으니 직접 밥을 해 먹어야 했다.

용병들이 짐을 풀고 불에 솥을 걸었다.

대규모 전투도 아니고 부대 규모가 크지도 않으니 따로 배식이 나오지 않았다. 각자 받은 선금에서 스스로 식사를 준비해야 했다.

제각기 밥을 해 먹는 분위기. 그렇다면 메뉴도 제각각이어야 정상일 것이다. 하지만 지금 모든 용병의 솥 안에는 똑같은 요리가 끓고 있었다.

전부 스튜, 약속이나 한 듯이 스튜, 단 하나의 예외도 없이 몽땅 스튜다!

주변을 둘러보며 시한이 피식거렸다.

"여전히 변함없구만, 이 풍경도."

밥되기만 기다리던 알리타가 고개를 갸웃거렸다.

"뭐 이상한 거라도 있어요?"

"예전엔 저걸 이상하게 여긴 적도 있었거든."

처음 테라노어에 오기 전, 시한이 한국에서 살 때의 이야기다.

중세풍 소설 같은 데서 여행자들이 길바닥에 나가기만 하면 오로지 스튜만 먹는 걸 보고 참 웃긴다고 생각했었다. 뭔 메뉴가 주구장창 똑같냐?

"그런데 내가 길바닥에 나앉아보니까 알겠더라고."

한 3년 테라노어에서 굴러먹고 나서야 시한은 자신이 얼마나 착각을 했는지 뼈저리게 느낄 수 있었다.

"그냥 선택지가 스튜밖에 없는 거였어."

길바닥에서 더운 음식 먹으려면 끓이거나 굽거나 찌는 방법 정도인데, 통구이는 겉보기엔 그럴싸해 보이지만 사실 고기 상태에 따라 질겨지거나 누린내 나기 십상이다. 굽는 와중에 기름도 질질 흘리니 귀한 지방분도 상당히 잃게 된다.

그리고 찜은 제대로 된 전용 도구가 있어야 가능하다. 여기가 무슨 열대라서 사방에 바나나 잎이라도 널려 있지 않는 한은 말이지. 게다가 조리 시간도 너무 길다.

반면 국물 요리는 깔끔히 모든 영양소를 다 챙길 수 있고 소화하기도 쉬우며 포만감도 훨씬 오래간다.

식수를 구할 수만 있다면, 스튜는 여행자가 들고 다닐 수 있는 한정된 식량과 제한된 요리도구로 재료 낭비 없이 단시간에 조리 가능한 거의 유일한 메뉴인 것이다.

옛 추억이 떠올라 시한은 킥킥 웃었다.

"솥 하나 달랑 들고 이동하는 입장에서 다양한 요리 따위가 가능할 리 없지."

알리타는 연신 눈만 깜빡였다. 현대의 지구인에겐 저게 재미있는 착각이겠지만 테라노어인에겐 당연한 소릴 했을 뿐이다.

"그게 뭐가 웃긴다는 거예요?"

그러는 동안 토벌대가 식사를 시작했다. 다들 시큰둥한 얼굴로 수저를 뜬다. 고된 행군 끝에 맞이한 음식치곤 그리 즐기는 표정이 아니다.

이유는 간단했다.

맛이 없으니까.

현재 이들이 먹는 식사는 끓이는 데만 몇 시간씩 걸리는 '제대로 된 스튜'가 아닌 것이다. 쉽게 말해서 잡탕찌개? 물 붓고 보존식량 때려 넣고 소금 좀 뿌려 끓이면 땡이다. 그야말로 살려고 먹는, 음식이라기보단 연료에 가까운 물건이랄까?

다들 노숙이 익숙한 처지라 별 불만 없이 먹긴 하지만 아무리 익숙하다고 해도 맛없는 음식이 맛있어지는 건 아니지.

그러나 시한 일행은 달랐다.

"다 됐습니다, 드시지요."

모닥불에 솥을 걸고 열심히 휘젓고 있던 제논이 일행을 불렀다. 시한과 알리타가 눈을 초롱초롱 빛내며 다가갔다.

물론 제논이 준비한 것도 남들과 똑같은 스튜였다. 선택지 없기는 마찬가지니까.

하지만 퀄리티가 전혀 다르다. 스튜를 한술 뜬 시한이 찬사를 흘렸다.

"오늘도 기가 막히는군!"

"감사합니다, 하이어 시한."

왕도 라텐셀에 자리 잡을 때의 일이었다.

제논의 황당한 청소 실력 덕분에 일행은 놀랍도록 깨끗한 집에서 첫 저녁 식사를 하게 되었다. 순서대로 식사를 준비하기로 했고, 시한이 자처해서 첫 번째를 맡았다.

"어때? 이 정도면 먹을 만하지?"

그가 준비한 건 호밀빵과 물을 탄 포도주, 그리고 숙성된 치즈덩이였다. 10년 만에 테라노어로 돌아온 것치곤 제법 근사하게 차린 것이라 할 수 있었다.

그러나 식탁을 본 제논은 광분했다.

"입에 음식을 넣는다고 전부 식사라 부를 순 없습니다!"

그는 그 우람한 거구를 일으키더니 대뜸 차려놓은 음식을 싹 쓸어 모아 주방으로 달려갔다. 그리고 배낭에서 온갖 향신료며 잡다한 요리 도구를 꺼내 들더니 광기 어린 칼질을 시작했다.

잠시 후 제논이 다시 들고 온 것은, 치즈를 녹여 부드럽게 바른 빵에 말린 허브를 뿌린 뒤 포도주로 향을 내고 온갖 향신료로 숨은 맛을 낸 완전히 새로운 요리였다.

"자! 드셔보십시오!"

2미터의 근육질 거한이 분노의 칼질로 만든 음식을 한 입 베어 문 뒤 시한은 절실하게 느꼈다.

'허어! 이 친구는 기사를 할 재목이 아니로구나!'

그날 이후 제논은 자신이 모든 요리를 전담하겠다고 선언했다. 누구도 그 결정에 반대하지 않았다.

당시의 일을 떠올리며 새삼스레 시한이 혀를 내둘렀다.

분명 다른 용병들과 비슷한 재료로 만들었을 텐데, 제논의 스튜에는 비린내나 누린내가 전혀 없다.

한마디로 맛있다.

그냥 테라노어 음식치고 맛있는 정도가 아니라, 지구의 음식과 비교해도 전혀 떨어지지 않는다!

"어떻게 이런 요리 실력을 쌓은 거야?"

"좋은 것을 먹어야 좋은 몸을 만들 수 있지 않겠습니까? 그러다 보니 익힌 사소한 취미일 뿐입니다."

"이건 절대 사소한 취미 수준이 아닌데?"

이 뒤떨어진 문명 수준에서, 뒤떨어진 보존 식재료로 현대 문명에 익숙해진 시한의 입맛을 맞춘다는 건 거의 기적과도 같은 일인 것이다.

그리고 사소한 취미라기엔 제논이 챙겨 온 향신료가 너무 많았다. 배낭의 무려 절반이 요리 도구와 향신료 통이었다.

배낭을 힐끔거리며 시한이 혀를 찼다.

'이그, 저러니 짐 싸는 데 그리 오래 걸렸지……'

뭐, 본인도 스스로의 요리 실력에 상당히 자부심을 느끼고 있긴 한 모양이었다. 계면쩍어하면서도 제논이 자랑스레 말했다.

"안 그래도 릴스타인 왕실 요리장이 자꾸 귀찮게 굴어서 좀 짜증 나긴 했습니다, 하하."

"왜? 기사 관두고 제자로 들어오래?"

"아뇨, 레시피 좀 알려달라고요. 참 요리인의 자각이 없는 작자가 아닙니까? 어찌 생명보다 귀한 레시피를 돈 몇 푼에 넘기라는 것인지, 쯧쯧."

"…기사에게 생명보다 귀한 건 검과 명예 아니었냐?"

"그래서 적당히 레시피 몇 개 넘기고 가욋돈 좀 챙겼습니다."

"다행히 기사라는 자각 쪽이 더 높긴 한 모양이군……."

도대체 일국의 왕실 요리사가 탐낼 정도의 엄청난 요리 실력을 왜 기사질 하는 놈이 보유하고 있는지 모르겠다.

어이없어하면서도 시한은 열심히 스튜를 퍼먹었다. 알리타도 후딱 한 그릇 비우고 손을 내밀며 배시시 웃었다.

"더 주세요."

제논이 흐뭇하게 웃으며 한 국자 더 떠주었다.

"많이 먹게나."

조금 전까지 그녀에게 가졌던 적의 따윈 온데간데없었다.

제논은 다른 건 몰라도 절대 먹는 것 가지고는 타박하지 않는 것이다. 뭐라더라? 요리인의 도리라나?

'그러니까 너, 기사 아니었냐고?'

뭐, 알리타는 그저 오늘도 맛있는 거 먹어서 마냥 좋은 듯했다.

"아웅, 이러다 살찌겠네."

그릇을 마저 비우며 그녀가 나른한 음성을 흘렸다. 순간 제논이 쌍심지를 켰다.

"그건 내 요리를 무시하는 발언인가?"

"네?"

"나는 철저히 영양소를 계산해 비율을 맞추었다! 충분한 훈련과 휴식을 통한다면 완벽한 육체를 만들 수 있을 게다!"

"그렇군요."

납득한 알리타가 진지한 표정으로 말을 바꿨다.

"아웅, 이러다 완벽하게 살찌겠네."

"……."

제논의 말문이 막혔다. 뭐, 틀린 말은 아니다. 아무리 영양밸런스가 완벽한 요리라도 많이 먹으면 살찌지.

물론 현재 일행의 일일 활동량을 생각해 보면 굳이 알리타가 체중 걱정할 이유는 없을 것이다. 자가용도 대중교통도 없는 테라노어의 여행은 지구의 그것과는 체력 소모가 차원이 다르니까.

그래서 알리타도 말만 저리했지 정말 고민하는 눈치는 아니었다.

"한 그릇 더 주세요!"

"자자, 많이 먹게나."

여하튼 그럭저럭 화기애애한 식사 시간이었다. 밥을 먹다 말고 문득 시한이 하늘을 올려다보았다.

"어, 비 온다."

우거진 산림 위로 빗방울이 하나둘 떨어지고 있었다.

해가 저물어가며 빗줄기가 점점 굵어진다.

식사를 마친 용병들이 허겁지겁 방수포를 꺼내고 망토를 이어 천막을 쳤다. 시한 일행도 서둘러 비 피할 준비를 했다.

지지대를 세우다 말고 주위를 둘러보며 시한이 인상을 썼다.

"쩝, 비가 오면 기척을 감지하기가 힘든데……."

이계인이라는 특성상, 성시한은 여타 소드하이어와는 차원이 다른 기척 감지 영역을 지니고 있다.

거의 눈으로 보는 것과 별 차이가 없을 정도다.

하지만 아무리 눈 좋은 이라도 비 내리고 안개 끼면 시야가 극히 제한되는 법, 그리고 이는 기척을 감지하는 것에도 비슷하게 통용된다.

"사방에 수기(水氣)가 많이 끼면 아무래도 파악이 어렵지요."

제논이 공감하며 고개를 끄덕였다. 시한 정도는 아니지만 제논과 알리타도 소드하이어답게 기척 감지 능력이 있는 것이다.

알리타가 어깨를 으쓱였다.

"대신 마수들도 움직이지 않을 테니 별문제는 없지 않을까요? 시한재림교의 주 전력은 마수들이라고 했으니까요."

시한재림교에 딱히 특별한 인간 병력은 없다고 알려져 있다.

소드하이어나 마기언은 전무, 기껏해야 일개 용병 수준이 인간 전력의 전부다. 그런데도 저 사교단이 그토록 포악을 떨 수 있었던 것은 저들에게 마수를 조종하는 사이한 수법이 있어서였다.

그리고 마수란 평범한 짐승이 투기와 마법의 힘을 지니게 된 존재. 이를테면 축생계의 소드하이어와 마기언이라 할 수 있다. 즉 기본적으로 동물이다.

"아무리 마수라도 짐승인 이상 비가 오는데 나다니진 않겠죠."

이미 시간이 꽤 늦었는데 비까지 내리니 사방이 순식간에 어둠에 휩싸였다. 모닥불에 흙을 덮어 불씨를 유지한 뒤 시한 일행도 천막으로 들어가 비를 피했다.

"좀 불안하군요."

밖을 내다보며 제논이 인상을 썼다.

토벌대는 지금 초병 하나 안 세우고 죄다 비를 피하는 중이었다. 심지어 무장을 해제한 이들도 간간이 보였다.

"아무리 그래도 너무 경계심을 푸는 게 아닌지? 조종하는 자가 마수 무리를 강제로 빗속으로 내몰 수도 있지 않겠습니까?"

시한이 단호하게 고개를 저었다.

"에이, 그건 불가능해."

비를 피하는 건 짐승들의 가장 원초적인 본능 중 하나다. 그런 본능마저 거역할 정도로 강력한 정신 지배력이라?

지금이야 마력이 바닥나서 그렇지, 성시한은 한때 궁극의 마기언인 플로어 마스터의 경지에까지 다다른 자였다.

그가 아는 한 그 정도로 강력한 정신 지배 수법은 결코 존재하지 않았다.

"저치들도 그래서 태연하잖아? 제6층 수준 마기언이 떼로 모여서 그 정도를 고려 안 했겠어?"

숙영지 저편, 다른 천막에서 비를 피하고 있는 열 명의 로브 차림 사내를 가리키며 시한이 말을 이었다.

"단언할 수 있어. 이 정도로 비가 오면 마수들은 못 움직여."

산전수전 다 겪은 시한의 호언장담이었다. 제논이 부끄러워하며 머리를 긁었다.

"그렇군요. 아무래도 제가 경험이 부족해서……."

"적습이다!"

외마디 외침이 비 오는 숙영지의 하늘을 갈랐다. 동시에 사방에서 시뻘건 불빛이 하나둘 점등한다.

그 익숙한 광경에 알리타가 멍하니 중얼거렸다.

"어머? 마수다."

빗줄기 사이로 수많은 마수가 모습을 드러낸다. 우거진 수

풀 사이로 섬뜩한 살기가 피어오른다.

제논이 묘한 표정으로 시한을 바라보며 자리에서 일어섰다.

"…시한?"

"거, 민망한 상황일세."

얼굴이 붉어진 시한도 몸을 일으켰다.

"십 년 만에 돌아와서 그런가? 왜 이렇게 내가 알던 상식이 안 통하지?"

＊　　　　＊　　　　＊

아무래도 지난 십 년간 딱히 테라노어의 상식이 크게 변한 건 아닌 모양이었다. 그 증거로 청색 상아탑에서 파견 나온 고위 마기언들도 동요하고 있었다.

"뭐야? 어떻게 이리 비가 오는데 마수들이?"

"이런 식으로 마수들을 조종할 수 있을 리가 없는데?"

마기언들을 지나치며 흑사자 기사단원들이 고함을 질렀다.

"지금 그게 중요한 게 아니잖소?"

"전원, 전투태세!"

"원진을 짜고 공격에 대비하라!"

쉬고 있던 용병들이 허겁지겁 무기를 들고 일어섰다. 숙영지 외곽 곳곳에서 다양한 마수들이 모습을 드러내고 있었다.

이그니스 울프의 친척뻘인 바람을 다루는 늑대형 마수 울프스토머며 거대한 거미형 마수인 자이언트 스파이더, 독을 다루는 거대한 도마뱀인 헬 리자드 등등… 그 외에도 온갖 다양한 마수가 보였다.

그야말로 근처 마수란 마수는 다 모인 것 같았다.

"그르르르……."

"크으으……."

거친 숨을 내뱉으며 마수들이 숙영지로 접근해 온다. 흥분할 대로 흥분한 마수들의 가죽 위로 소나기가 쏟아져 허연 김이 오른다. 용병들 역시 한껏 긴장한 채 무기를 들고 마수들을 노려봤다.

일촉즉발의 순간.

자욱한 물안개 속에서 마수의 살기 어린 포효가 울려 퍼졌다.

"크아아아!"

그것이 신호탄이 되어 사방에서 마수들이 몸을 날렸다. 숙영지 곳곳에서 난전이 벌어졌다.

출몰한 마수의 숫자는 대략 40여 마리 정도, 평상시라면 현 토벌대의 전력으로 어렵지 않게 처리할 수 있었을 것이다. 하지만 상황이 좋지 않았다.

무기를 휘두르며 용병들이 이를 갈았다.

"큭, 발이……."

"젠장! 싸우기 힘들어!"

폭우 탓에 땅은 이미 진창이다. 내리는 비가 시야를 가리기도 한다. 계속 몸이 젖으니 체력 역시 빠르게 소모된다.

예상치 못한 기습이다 보니 제대로 무장을 갖춘 이도 별로 없다.

"크윽!"

"으아악!"

산전수전 다 겪은 노련한 용병들이 제 실력의 반도 채 발휘하지 못하고 피를 뿌리며 쓰러져 갔다.

주위를 둘러보며 제논이 혀를 찼다.

"제대로 당했군……. 에잇! 어딜 감히!"

말하다 말고 제논은 급히 검을 올려 그었다. 거대한 거미 형태의 마수가 그를 노리고 녹색 독액을 뿌려댄 것이다.

독액을 검풍만으로 걷어낸 뒤 제논이 몸을 날렸다. 투기검을 좌우로 휘둘러 마수, 자이언트 스파이더의 몸통을 깊숙이 베어낸다.

보나마나 치명상이었다.

'좋아, 한 놈 끝났고.'

다른 놈을 처리하기 위해 제논이 고개를 돌릴 때였다. 쓰러뜨렸다고 생각한 자이언트 스파이더가 재차 독액을 내뱉었다.

"카아아악!"

"어라?"

황급히 독액을 피한 제논은 당황스러운 외침을 토했다.

"뭐야, 이거?"

알리타도 눈앞의 거대한 이족 보행 도마뱀, 헬 리자드를 상대하고 있었다.

"타아앗!"

투기가 깃든 장검이 두꺼운 비늘과 근육을 동시에 베어낸다. 그럼에도 헬 리자드는 쓰러지지 않았다. 팔이 잘렸는데도 뱀 같은 헛바닥을 날름대며 반대편 손톱을 휘둘러 반격해 온다.

연신 검을 휘두르며 알리타가 인상을 썼다.

'이놈들 왜 이렇게 끈질겨?'

뭔가 이상하다. 자이언트 스파이더나 헬 리자드는 분명 강력한 마수다. 하지만 치명상을 입고도 여전히 투지를 잃지 않을 정도로 근성 넘치는 놈들도 아닌 것이다.

'이 정도면 도망을 쳐도 진작 도망쳤어야 하는데?'

제논과 알리타를 비롯, 토벌대의 소드하이어와 마기언들이 분투했지만 상황은 영 나아지지 않았다.

마수들의 상태가 상식을 완전히 초월한 탓이었다.

"크아아아!"

마수들은 전신에서 피를 질질 흘리면서도 광포한 포효를 터뜨리며 계속 덤벼들었다.

마법에 전신이 불타고 창칼에 몸통이 뚫려도 물러서지 않았다. 심지어 머리가 잘려도, 잘린 머리가 이빨을 딱딱거리며 발버둥 치다 죽어갈 정도였다.

빗속의 전투가 점점 길어졌다.

쓰러지는 용병의 숫자도 점점 늘어났다.

보다 못한 성시한이 토벌대를 향해 목청을 높였다.

"이놈들은 조종당하고 있습니다! 완전히 숨통을 끊지 않는 한 절대 쓰러지지 않아요!"

사악한 술수가 마수들을 지배하고 있으니, 이 마수들에겐 생명체가 응당 가지고 있는 자기 보호 본능이 없다. 그러니 겁을 주어 쫓아내거나 부상을 입혀 전투력을 떨어트리는 기존의 마수 대응법은 통하지 않는다.

"확실하게 한 놈씩 숨통을 끊어놓아야 합니다! 여러 놈을 상대하려 하지 말고 서로 등을 맞댄 채 눈앞의 마수에만 집중하세요!"

원래 용병들은 개인적으로 돌아다니는 경우가 대부분이라 집단 전술에는 그리 익숙하지 않다. 그러나 시한의 지시는 매우 직관적이었고 이해하기도 쉬웠다.

"헉헉! 이러면 살 수 있는 거야?"

"몰라! 하지만 이대로라면 죽을 판이잖아!"

"밑져야 본전이지!"

용병들이 허겁지겁 근처의 동료들과 뭉쳤다. 일단 그렇게 두셋씩 짝을 이뤄 등을 맞대니 그럭저럭 상황이 나아졌다. 적어도 대책 없이 죽어가는 이들은 없게 된 것이다.

흑사자 기사단의 하이어 리블이 성시한을 보며 감탄했다.

"젊은 나이에 훌륭한 판단이로군!"

시한의 지시 자체는 사실 그리 대단한 것이 아니다. 오히려 전술적인 면에선 상식에 가깝다. 전술학의 기본만 배워도 누구나 알 수 있을 것이다.

하지만 이 혼란 속에서 저렇게 시기적절하게, 그것도 훈련도 떨어지는 용병들의 수준에 맞춰 간단명료하게 지시하긴 쉽지 않다.

당장 하이어 리블만 해도 시한의 말이 떨어지고 나서야 '아, 별것도 아닌데 왜 저 생각을 미처 못 했지?'라며 혀를 찼을 정도니까.

리블이 시한에게 다가오며 물었다.

"이름이 무엇인가, 프리하이어?"

시한이 잽싸게 자신의 가명을 댔다.

"션 스테인이라 합니다."

"판단이 빠르더군. 그 이름을 기억하겠다."

호의 가득한 시선을 보낸 뒤 하이어 리블은 다시 전투 속으로 뛰어들었다.

시한이 미묘한 표정을 지었다.

'어째 얼굴도장 찍은 게 되어버렸네? 그냥 습관적으로 외친 거였는데.'

혁명 7영웅 시절, 성시한은 혁명군 내에서 일종의 돌격대장 역할을 맡고 있었다. 군사를 이끄는 지휘관이라기보다는 선봉에 나서서 싸우는 맹장에 가까웠달까?

무술과 마법을 익히고 테라노어에 적응하기만도 벅차니 전략전술까지 깊이 파고들 여유는 없었던 것이다.

그렇다 해도 시한에겐 그를 따르는 돌격대가 있었고 그들을 지휘한 경험이 있었다. 지금의 임기응변도 그냥 '예전에도 해봤던 평범한 지시' 수준이었다.

'이 정도 임기응변에 감탄하다니, 대체 요새 기사들은 얼마나 전투 경험이 없는 거야?'

세상이 참 평화로워지긴 한 모양이다. 시한은 속으로 혀를 내둘렀다.

어쨌거나 결과적으로 나쁜 일은 아니다.

'어차피 얼굴도장은 찍어둘 생각이었으니까.'

이왕 이렇게 된 것, 좀 더 자신을 어필해도 괜찮을 듯싶다. 시한은 자신의 쌍검을 뽑아 들었다.

스르룽!

금속음과 함께 서슬 퍼런 두 자루 칼날이 어둠 속에서 모습을 드러냈다. 왕도 라텐셀에서 웃돈 주고 구입한 질 좋은 강철제 장검이었다.

'자, 그럼 쌍검의 프리하이어, 선 스테인 씨의 이름값을 좀 더 높여볼까?'

*　　　*　　　*

원래 성시한이 애용하던 무기는 거검류, 그것도 자신의 키만큼이나 거대한 대검이 주를 이뤘다.

광제 루스타나드의 숨통을 끊었던 마검 디재스터, 형태 변환 능력이 있는 그 마법검을 얻기 전까지만 해도 그는 주로 클레이모어나 투 핸디드 소드 계열의 양수검을 써왔다.

딱히 시한이 크고 아름다운(?) 걸 좋아하는 마초 성향이 있어서가 아니라, 광제 루스타나드가 소환한 이계의 마물들이 대부분 십여 미터 단위의 거대 괴수였던 탓이었다. 워낙 큰 놈들을 상대해야 하다 보니 자연스럽게 큰 무기만 골라잡게 되었다.

그래서 세상에 퍼진 이계구원자의 이미지는 언제나 거대한 검을 휘두르는 초인이었다.

하지만 지금은 정체를 감춰야 하는 신세, 그래서 시한은 쌍검술을 선택했다.

'양수검을 쓰면 아무래도 티 날 수도 있잖아? 반면 쌍검술은 아예 기본자세부터가 다르니까 어지간해선 알아차리기 힘들겠지.'

양손에 한 자루씩 검을 쥔 성시한이 마수들 사이로 몸을 날렸다. 짧은 기합과 함께 쌍검이 화려한 검광을 허공에 그렸다.

"하압!"

좌검을 방패 삼아 우검으로 공격하는 스타일로 울프스토머의 머리통을 쪼갠 뒤, 바로 자세를 전환해 쌍검으로 동시에 헬 리자드의 허리를 양단한다.

시시각각 좌우 검의 역할을 교체하며 물 흐르듯 유려한 움직임으로 마수들 사이를 누빈다.

연신 마수들을 베어가는 그 모습에 알리타가 눈을 동그랗게 떴다.

'뭐야, 쌍검술은 미숙하다더니?'

딱히 성시한이 엄청나게 빠르다거나 강력한 공격을 가하는 것은 아니었다. 당장 알리타 자신도 저 정도 스피드에 저 정도 위력의 참격은 날릴 수 있었다.

하지만 움직임이 전혀 달랐다.

'미숙은 무슨? 완전 노련하잖아!'

필요할 때, 필요한 만큼 움직여, 필요한 만큼만 검을 휘두른다.

그때마다 미리 짠 것처럼 마수들이 쓰러진다. 그 모습이 어찌나 자연스러운지 얼핏 마수들이 스스로 칼날에 목을 갖다 대는 것처럼 보일 지경이다.

왠지 억울해 알리타는 입을 삐죽였다.

'아니면 시한 기준에선 저 정도가 미숙하다는 거야?'

그녀의 불만은 진실을 꿰뚫었다. 시한에게 쌍검술이란 왕년에 심심풀이로 익혀놓은 잡기일 뿐이다.

솔직히 실전에서는 거의 써본 적도 없다.

하지만 복싱 세계챔피언쯤 되면 심심풀이로 익힌 발기술로도 구청 태권도 대회 정도는 평정하게 마련이지.

"하아아압!"

연달아 기합을 흘리며 성시한은 폭풍 같은 기세로 마수 무리를 가로질렀다. 그가 스쳐지나간 곳마다 비명이 터지며 피보라가 일어난다.

제논과 알리타도 뒤를 따르며 투기검을 뿌려댔다.

"죽여주마, 이 더러운 마물들!"

"아니, 근데 애들 그냥 조종당하는 불쌍한 애들 아니었나요?"

"조종당하기 전에도 원래 사람 잡아먹고 살던 놈들이야!"

알리타의 말에 제논이 핀잔을 던졌다. 마수가 나타나는 이유에 대해선 여러 학설이 있지만, 대체로 정설은 인간을 잡아먹으며 영성(靈性)을 취한 맹수들이 투기나 마력에 각성한다는 것이니 제논의 말도 틀린 건 아니다.

그렇게 시한 일행은 마수 무리로 뛰어들어 마음껏 공세를 펼쳤다.

시한의 지시로 용병들이 방어진을 형성하며 전투 공간이 확보된 것이다. 다른 프리하이어들도 한결 편하게 마수들을 상대하고 있었다.

덕분에 토벌대 전체를 보호하던 흑사자 기사단과 마기언들의 부담도 훨씬 덜해졌다. 상황을 살펴볼 여유도 생겼다.

숙영지 저편을 바라보며 흑사자 기사, 하이어 줄데란이 혀를 내둘렀다.

'저들, 프리하이어 주제에 실력이 대단한데?'

현재 토벌대엔 시한 일행 말고도 다섯 명의 프리하이어가 더 고용되어 있었다. 그러나 그들은 대부분 종자급, 1명이 투사급이긴 했지만 투기검을 익힌 지 얼마 안 된 수준이다.

그런 이들 가운데 시한 일행의 무위는 독보적이었다.

아직 십 대 소녀임에도 투사급인 알리타도 그렇고, 이십 대 후반에 벌써 기사급인 제논도 흔히 볼 수 있는 실력이 아니었다.

　…사실 제논의 나이는 이제 이십 대 초반이지만 미처 그것까진 알지 못한 줄데란이었다.

　하지만 그 둘조차도 저 20대의 갈렌족 청년에 비하면 한 수 처질 정도다.

　'이름이 선 스테인이라 했던가? 분명 투사급이라 들었는데……'

　비슷한 체중과 근력을 지니고 있어도 무술가마다 실력이 천차만별이듯, 같은 급수의 소드하이어라도 무술 숙련도와 전투 센스에 따라 강약이 크게 갈린다. 하이어 줄데란이 본 선 스테인은 비록 투기량만 보면 투사급이지만, 검술이나 전투 센스는 족히 기사급 소드하이어에 비교되고도 남았다.

　'쓸 만한데?'

　눈을 가늘게 뜨며 줄데란이 중얼거렸다.

　"저 정도면 써먹을 수 있겠어."

　국왕 젝센가드의 명에 따라 베르셀트 지방의 사교도를 벌하기 위해 출정한 시한재림교 토벌단.

　하지만 줄데란은 이 출정의 목적이 단순한 사교도 처벌이 아님을 알고 있었다. 그랬다면 기사급 소드하이어 다섯에 제6층 마기언 열 명이라는 과한 전력이 투입되지도 않았을 것이다.

이 토벌에는 다른 '진정한 목표'가 있었고, 청색의 트란덴은 그것까지 계산해 충분하다고 판단되는 전력을 토벌대에 투입시켰다.

그러나 저 현명한 마기언조차도 미처 예상치 못한 부분이 있었다.

바로 켈테론의 인품이었다.

시한 일행에게서 시선을 돌린 줄데란이 혀를 찼다.

'청색 상아탑주께서도 설마 저 양반이 저리 나올 줄은 모르셨던 게지.'

숙영지 곳곳에서 흑사자 기사단과 마기언들이 전투를 이어가고 있었다.

그 숫자는 여덟.

줄데란 자신과 리블, 그리고 파라멘을 비롯한 세 명의 흑사자 기사와 다섯 명의 마기언들이 열심히 마수들을 격퇴하는 중이다.

그럼 나머지 일곱 명은 뭐하고 있냐고?

"아직도 해치우지 못한 건가? 대체 뭣들하고 있는 거냐?!"

숙영지 깊숙한 곳에서 소리만 빽빽 지르고 있는 시한재림교 토벌대의 대장, 켈테론 백작을 열심히 경호 중인 것이다.

줄데란이 고개를 저으며 한숨을 내쉬었다.

"…어휴."

*　　　*　　　*

처음 기습을 당할 때의 일이다. 상황이 위급하니 당연히 기사와 마기언들도 전투에 가담하려 했다.

그때 켈테론이 버럭 호통을 쳤다.

"전부 나서면 어찌하오? 일부는 지휘관인 나를 보호해야지. 그게 그대들의 의무 아니오?"

"하지만 켈테론 공, 지금 상황이……."

줄데란은 당황했다. 이미 켈테론은 용병이 아닌 개인 호위병을 따로 대동해 스스로를 지키고 있었다. 그런데 그것으로도 모자라 소드하이어와 마기언들도 그를 지키라고?

"용병들을 구해야 하지 않겠습니까?"

줄데란의 항변은 깔끔하게 무시당했다.

"용병들을 무시하는 거요? 비록 실력이 떨어진다 한들 저들 역시 전사의 기개와 긍지를 가진 이들이 아니오? 아무리 그대들이 소드하이어라지만 저들을 지켜야 할 약자로 취급한다면 자존심을 짓밟는 게 아니겠소?"

그러면서 참으로 당당하게 자기 자신을 가리킨다.

"그러니 전사의 기개도 긍지도 없는 이 몸을 지키는 것이 합당하지 않겠소?"

"······."

순간 줄데란은 할 말을 잃었다.

뭔가 개소리인 건 틀림없는데, 그렇다고 반박하자니 딱히 할 말이 안 떠오른달까?

결국 요구를 들어줄 수밖에 없었다. 아무리 형식상이라지만 켈테론 백작은 현 토벌대의 대장, 즉 최고 명령권자다. 여기서 불복하면 명령불복종이 되어버리는 것이다.

덕분에 전력은 반으로 쪼개졌고, 절반의 흑사자 기사와 청색 상아탑의 마기언들만 전투에 투입되게 되었다. 그리고 죽지 않아도 될 용병을 상당수 잃었다.

줄데란은 저 멀리 바들바들 떨고 있는 토벌대의 '대장님'을 노려보았다.

'아무래도 실제 임무에서도 켈테론 공은 자기 호위 병력을 절대 빼려고 하지 않을 것 같단 말이지?'

그렇다면 계산이 틀어진다. 충분하던 전력이 모자라게 되어버린 것이다. 그런 줄데란에게 시한 일행이 지닌 무력은 상당히 매력적이었다.

'기밀 임무라서 외부인을 끼워 넣는 것이 좀 꺼려지긴 하지만······.'

그들의 진짜 목표는 세상에 알려지면 곤란하다.

그래서 원래는 오직 흑사자 기사와 상아탑의 마기언들로만 트란덴의 명령을 시행할 계획이었다.

고용한 용병과 프리하이어들은 어디까지나 눈가림용, 불필요한 전력 손실을 대비한 화살받이에 불과했다.

'상황이 이리된 이상 융통성을 발휘 못 할 것도 없지.'

돈에 움직이는 용병들이니만큼 충분한 대가를 주면 입단속을 시키는 것은 그리 어렵지 않다. 쓸 만한 지위를 주는 것도 괜찮은 방법이다.

별로 내키는 일은 아니지만, 정 문제가 생길 경우엔 '좀 더 확실하게' 입을 막아도 큰 부담이 없다.

'어차피 뜨내기들이니까.'

줄데란은 싸늘한 눈빛으로 시한 일행을 바라보았다. 아까와 달리 그들은 더 이상 마수를 상대하지 않고 대신 부상자를 수습하는 데 열중하고 있었다.

이미 대부분의 마수는 쓰러졌다. 이젠 마수 무리보다 토벌대의 전력이 압도적으로 높다.

그럼에도 아직 전투는 끝나지 않았다.

정상적인 상황이라면 남은 놈들은 꼬랑지에 불붙은 듯 숲 저편으로 도망갔겠지만 지금 나타난 마수들은 모두 조종당하는 입장인 것이다.

그러니 도망가는 놈 따윈 없다.

마지막 한 마리를 해치울 때까지 전투는 끝나지 않는다.

비가 서서히 그쳐 간다.

사방의 창칼 소리도 점점 작아진다.

마수의 포효도, 인간의 비명도 조금씩 자취를 감춘다.

결국 최후의 한 마리가 숨을 거두었다.

"크, 크르르르……"

피거품을 물며 쓰러지는 울프스토머를 뒤로한 채 하이어리블이 가볍게 허공에 칼을 떨쳤다.

흑사자의 문장을 새긴 예리한 장검이 투기를 흩뿌리며 칼날에 맺힌 피와 기름기를 바닥에 흩뿌렸다.

잠깐 침묵이 흐르고, 뒤늦게 환호성이 터졌다.

살아남은 용병들의 승리에 찬 외침이었다.

"와아!"

"이겼다!"

"꼴좋다! 더러운 마수 놈들!"

길고도 짧았던 빗속의 전투가 끝났다.

*   *   *

폭우는 멎었지만 대지는 여전히 축축했다. 저녁 내내 내린 빗물과 핏물이 뒤섞여 굴곡을 따라 천천히 흐르고, 그 위로 마수들의 시체가 뒹굴고 있었다.

그 숫자는 정확히 44마리. 기습한 마수 무리의 전부였다.

단 한 놈도 도망가지 않았다. 도망치려는 시늉을 하는 놈조차 없었다.

'이럴 수가 있나?'

주변을 둘러보며 시한은 의아해했다.

'도대체 어떻게 마수에게 본능을 무시하게 만든 거지? 이놈들이 무슨 훈련된 투견도 아닌데.'

잘 조련된 경비견은 비가 오든 눈이 오든 명령에 따라 움직인다. 주인이 위기에 닥치자 제 목숨을 버려서라도 주인을 살리는 충견의 이야기 역시 흔하다.

제대로 된, 충분한 훈련은 본능조차 이기게 만드는 것이 가능하다.

하지만 마수는 조련되지 않는 존재이고 오직 마법에 의해서만 지배력을 발휘할 수 있다. 그리고 마법으론 절대 이런 식으로 마수를 조종할 수가 없다.

'스프라본도 이 정도는 아니었는데.'

과거의 일을 떠올리며 시한은 미간을 찌푸렸다.

십여 년 전 적색 상아탑을 지배했던 제9층의 마기언, 마스터 스프라본은 정신계 마법의 최고 권위자였다. 그는 무려 네 자리 수에 달하는 인간과 마수를 조종할 정도로 강력한 능력을 보였고 그 힘으로 수많은 혁명군의 목숨을 앗아갔다.

'그 스프라본조차도 단일 개체에 이런 식으로 절대적인 지배력을 발휘하진 못했어. 정신계 마법이란 게 원래 그런 거니까.'

살인을 저지르게 할 수는 있어도 자살을 하게 만들 순 없다. 사랑을 증오로 바꿀 수는 있어도 누군가를 사랑하게 만들 순 없다. 충성을 하게 만들 순 있어도 그 대가로 사랑하는 이를 제물로 바치게 할 순 없다.

본능의 방향을 바꿀 순 있어도, 본능 그 자체를 거부하게 할 순 없는 것이 바로 정신지배 마법.

그래서 전통적으로 정신계 마법의 위력은 질보단 양으로 판가름되었다. 얼마나 완벽히 한 개체를 지배하느냐보다는 얼마나 많은 다수를 제압할 수 있느냐가 현혹술사의 실력을 재는 척도였다. 어차피 단일 개체에 대한 지배력은 명확히 한계가 있으니까.

그런데 지금 나타난 마수들은 '폭우'가 내리고 있음에도 습격에 나섰고 '죽음에 이르는 부상'를 입었음에도 도망가지 않았다.

대부분은 그냥 '이런 식으로 마수를 조종하는 사악한 술수도 있나 보다'라고 넘어가는 모양이지만 마법을 좀 안다면 당황하지 않을 수 없는 것이다.

'…아니, 꼭 그런 것만도 아닌가?'

문득 시한이 저 멀리 모여 있는 마기언들을 힐끔거렸다.

그들은 서로 모여서 신중한 얼굴로 뭔가를 논의하고 있었다. 너무 멀어 소리는 들리지 않았지만 입모양으로 대충 무슨 말을 하는지는 보였다.

'…상식 밖의 일……'

'하지만… 를 생각하면 가능……'

'실험체… 이 정도면… 절반의 성공……'

어째 당혹해하는 기색과는 좀 거리가 멀다.

아니, 정확히 말하면 당황하긴 했는데 그렇다고 이 사태에 대해 전혀 모르겠다는 표정도 아니었다. 예상에서는 벗어났지만 동시에 기대했던 범주라고도 여기는 듯한 태도?

'뭔가 있군.'

시한의 입가에 희미한 미소가 떠올랐다.

'이거 단순한 사교도 토벌이 아니었나 본데?'

*　　　　*　　　　*

전투는 끝났지만 여전히 할 일은 많았다. 죽은 이들을 수습하고 부상자를 치료하며 망가진 숙영지도 복구해야 하는 것이다.

용병들이 지친 몸을 이끌고 마수들의 시체를 치우기 시작했다. 동료들의 시신 역시 수습했다.

죽은 이는 50여 명 정도로 토벌대의 총 전력을 생각하면 상당한 숫자였다. 그렇지만 딱히 울음이나 통곡 따윈 들리지 않았다.

이들이 용병이기 때문이다.

평소에도 삶과 죽음에서 살아가는 용병들은 죽음에 익숙하다. 동료가 죽었다고 쉽게 눈물을 보일 만큼 말랑한 성격이면 애초에 제 목숨 걸어가며 돈 받고 칼질하며 살지도 않았겠지.

더구나 여기 모인 이들 대부분은 며칠 전 처음 본 사이인 것이다. 슬픔을 느낄 정도로 친해질 시간도 없었다.

그래서 이들은 슬퍼하는 대신 분노했다.

"젠장!"

"저들만 나섰어도 이렇게 피해가 크진 않았을 거야!"

용병들의 시선은 숙영지 중앙의 제일 큰 막사, 토벌대 대장 켈테론 백작의 숙소로 향하고 있었다.

모두가 보았던 것이다. 토벌대의 주 전력이라 할 수 있는 흑사자 기사단과 청색 상아탑 마기언들, 그중 절반이 전투에서 빠진 채 켈테론 백작만을 호위하고 있는 광경을.

저들 모두가 전투에 나섰다면 이렇게까지 피해가 크진 않았겠지. 다들 큰소리는 못 내고 뒤에서 불평을 토했다.

제논과 알리타 역시 마찬가지였다.

"…진짜 한심한 자로군."

"동감이에요. 제 목숨만 챙기는 것도 정도껏이지."

현재 시한 일행은 쓰러진 마수의 시체들을 숙영지 밖으로 옮기는 중이었다.

적당히 구덩이를 파고 마수들의 시체를 파묻는다. 그리하여 피 냄새를 맡고 또 다른 마수나 맹수 무리가 다가오는 걸 방지하는 것이다.

알리타와 제논을 향해 시한이 헛웃음을 지었다. 어째 딱히 분노를 느끼지도 않는 얼굴이었다.

"신경 꺼. 원래 저런 작자였어."

처음부터 이리될 줄 알았다는 표정이랄까? 의아해하며 제논이 물었다.

"혹시 아는 사이입니까?"

알리타도 호기심을 드러냈다. 확실히, 처음 켈테론을 봤을 때 시한이 조금 놀란 표정을 짓기는 했었다.

시한이 어깨를 으쓱거렸다.

"예전에 조금? 딱히 말 섞을 정도는 아니고 그냥 소문만 들었지만."

원래 켈테론은 혁명군 시절, 젝센가드 휘하에 속한 일개 병졸이었다. 무슨 높은 지위에 있던 자도 아니고 두각을 드러낼 만큼 실력이 있거나 두뇌가 뛰어난 것도 아니었다.

그럼에도 그는 은근히 유명인이었다.

그의 별명이 성시한의 귀에 들어갈 정도로.

"당시엔 현자의 육체와 야수의 두뇌를 지닌 초인이라고 불렀지."

"그렇습니까? 호오, 보기와는 다르게……."

감탄하려다 말고 제논은 고개를 갸웃거렸다. 어째 수식어가 좀 이상했다.

"잠깐? 말이 바뀐 거 아닙니까?"

현자의 육체와 야수의 두뇌를 지니고 있으면 그냥 허약한 바보잖아?

시한이 피식거리며 고개를 끄덕였다.

"응, 그러니까 초인적으로 무능하다고."

켈테론은 제국 시절 지방의 귀족가 출신이었다. 일단 귀족이긴 하지만 방계 중의 방계라 평민과 그리 큰 차이도 없는 신분, 그냥 가문에 속해 사소한 업무를 행하며 조용히 살던 자다.

그런 그가 혁명군에 속하게 된 것은 억울하게도 연좌제 탓이었다. 켈테론 본인은 아무 짓도 안 했는데, 가문의 몇몇이 제국에 반기를 든 덕분에 함께 말려든 것이다.

가문이 멸족되는 와중에도 젊은 켈테론은 운 좋게 살아남았다. 그리고 혁명군에 투신했다. 딱히 선택의 여지가 없었으니까.

그러나 혁명군 내에서도 그는 별로 할 수 있는 일이 없었다.

뼈가 얇고 체구가 가는 켈테론은 젊은 시절부터 병약한 자였다. 전투엔 정말 눈곱만큼의 재능도 없었다.

오죽하면 마기언과 시비가 붙어 얻어터졌을 정도였다. 마법이 아닌 주먹으로! 그러니 전투원으로 나설 수는 없었다.

그렇다고 머리가 좋냐 하면 그것도 아니었다.

숫자에도 약하고 전술전략에도 문외한인 데다 암기력도 좋지 않았다.

성격도 워낙 겁이 많은데다 소심하고, 거기에 이기적이기까지 해서 중책은 고사하고 사소한 일도 믿고 맡길 수 없을 정도였다.

그런 평범한 이가 의외로 유명세를 탄 이유는…….

"신기하게 잘 살아남았거든."

켈테론은 온갖 전투와 제국의 습격 속에서도 용케 죽지 않았다.

무능한 주제에 남들 비위 맞추는 재능은 있어 상관들로부터 제법 예쁨을 받기도 했다.

소심한 만큼 눈치는 또 빨라서, 그를 무시하던 동료들도 진심으로 미워하진 않았다. 그냥 조롱의 대상으로 삼았을 뿐.

　"뭐, 당시엔 그냥 웃긴 별명을 가진 평범한 인간이었어. 그래서 설마 백작님씩이나 되었을 줄은 몰랐지."

　구덩이에 마수 시체를 던지며 시한은 심드렁하게 말했다.

　십 년 만에 다시 본 켈테론이 저토록 출세한 건 놀랍지만, 그냥 놀라운 걸로 끝이다. 성시한 자신과는 아무 상관도 없는 이야기이니까.

　"그런 거예요?"

　이야기를 듣다 말고 알리타가 눈을 껌벅였다.

　'그건 좀 이상한데?'

　시한이나 제논은 그냥 '세상 참 별일 다 있네~' 하고 넘어간 것 같지만, 알리타는 명색이 황제의 딸이었다. 그녀를 키웠던 양부 케란도 황실의 호위기사였다.

　어릴 때부터 온갖 왕실 내 암투에 관한 이야기를 자장가처럼 듣고 자란 처지다. 아무리 젝센가드 왕실이 푹푹 썩어 발효된 곳이라 해도, 일국의 정치적 암투란 것이 그리 간단할 리 없다.

　'단순히 무능하고 평범한 인간이, 그저 아부 좀 잘한다고 저 위치까지 올라갈 수 있나?'

　그러는 동안 상황도 어느 정도 정리가 되었다.

부상 정도에 따라 추려 중상자는 왔던 길로 돌려보내고 경상자는 다시 임무에 복귀시킨다. 사망자들의 시신은 임시로 숙영지 근처에 함께 묻었다. 이후 인근에 위치한 태양신의 신전에 후속 조치를 부탁할 예정이었다.

　숙영지를 다시 세운 토벌대는 이번엔 철저히 경계 체계를 갖췄다. 커다란 모닥불을 높이 태우고 부상 없는 용병들을 절반 가까이 투입해 2교대 불침번을 돌린다.

　"절대 경계를 늦추지 말라! 졸거나 하는 이는 엄벌에 처하겠다!"

　굳이 하이어 줄데란의 엄명이 아니더라도 긴장을 늦추는 이는 없었다. 언제 마수들이 재차 덤벼들지 모르는 것이다.

　철통같은 경계 속에서 하룻밤이 지나갔다. 다행히 더 이상 마수들은 나타나지 않았고 토벌대는 무사히 아침 해를 맞이했다.

　안도의 한숨을 쉬며 하이어 리블이 행군을 지시했다. 켈테론과 함께 앞장서 말을 몰며 리블이 말했다.

　"한나절만 더 이동하면 자드 마을입니다. 그곳이라면 병사들을 쉬게 할 수 있을 겁니다."

　염소수염을 매만지며 켈테론이 흐뭇해했다.

　"그런가? 겨우 사람다운 식사를 할 수 있겠군."

자드 마을은 대략 30호 정도 규모의 산촌이었다.

평야라면 그리 큰 마을이 아니겠지만 산속에 세워진 마을 치곤 꽤 크다. 단순한 사냥꾼 마을이 아니라 베르셀트 지방 남북을 연결하는 산맥 내 교역로 역할도 겸하고 있기 때문이었다.

그래서 자드 마을은 산촌임에도 제법 큰 마을 회관이 있었고, 마구간과 간단한 욕실을 갖춘 여관도 두 채나 경영 중이었다. 토벌대 인원 전체를 수용하기에 충분한 규모였다.

마을에 도착한 시한재림교 토벌대는 둘로 갈라졌다. 지위 높으신 흑사자 기사단과 마기언들은 시설 좋은 여관으로 향했고 천한 용병 무리와 프리하이어들은 마을 회관에 자리 잡았다.

"아, 오늘은 마른 바닥에서 자겠다."

"좋은데?"

와자지껄하게 떠들며 수십 명의 용병이 회관 안으로 들어섰다. 커다란 강당 곳곳에 대충 모포를 깔아 쉴 자리를 마련한다.

차가운 돌바닥, 침상도 없고 칸막이도 없는 곳이지만 용병들 대접 박한 것이야 어차피 하루 이틀 일도 아니고 해서 딱히 불만 가진 이들은 없었다.

그나마 제대로 된 건물에서 묵는 것이 어디인가? 솔직히 이 정도면 용병계에선 꽤 대접받는 축에 낀다.

"그래도 건물 안에서 재우네?"

"그러게, 대충 공터에 천막 치게 할 줄 알았는데."

"그 켈테론이라는 자, 생각보다 괜찮은데?"

"하긴, 마을 들릴 때는 그래도 꼬박꼬박 여관에서 묵게 했었지?"

바로 어제까지만 해도 켈테론에게 불만을 터뜨린 주제에, 또 비 안 새는 천장 아래 쉬게 되니 태도가 바뀌는 용병들이었다.

그 모습에 시한이 쓴웃음을 지었다.

'인간이 조삼모사에 흔들리는 건 어느 세계나 똑같구만. 하긴, 지구든 테라모어든 인간은 인간이지.'

잠시 후 호위병을 대동한 켈테론 백작이 마을 회관에 모습을 드러냈다.

"어? 대장님이다."

"무슨 일이지?"

토벌대장의 등장에 방만하게 흩어져 있던 용병들이 자세를 가다듬었다.

뭐, 그렇다고 황급히 절도 있는 태도를 취한 건 아니고 그냥 대충 자리에 일어나 앉았다는 소리다.

켈테론이 회관 내부를 한 번 훑어보더니 입을 열었다.

"간밤의 전투에 고생 많았다. 오늘 밤은 이곳에서 묵을 것이니 다들 피로를 풀도록 하게."

용병 중 누군가가 손을 들며 물었다.

"혹시 앞으로의 일정에 대해 여쭤봐도 될까요, 나으리?"

"지금 그 말을 하려 하지 않느냐? 말을 끊지 마라."

눈살을 찌푸린 켈테론이 말을 이었다.

"내일 아침, 본격적으로 시한재림교 토벌에 나설 것이다. 그동안 최대한 체력을 비축하도록!"

*　　　　*　　　　*

돌바닥에 모포를 깔아 잠자리를 마련하며 제논이 걱정스런 얼굴을 했다.

"여자애를 이런 데서 재워도 되나?"

그들이 자리 잡은 회관 내부는 커다란 강당, 침상도 벽도 없었다. 수십 명이 한 방에서 혼숙하는 형태라 지금도 고개만 돌리면 사방에 시커먼 사내놈이 수두룩하다. 하나같이 험하게 살아온 거친 용병이다.

"지금까지야 여관 아니면 노숙이었으니 별문제 없었습니다만……."

알리타를 힐끔거리며 제논이 시한에게 물었다.

"야영할 때처럼 따로 가림막이라도 좀 치는 게 좋지 않을까요?"

물론 그녀가 이곳의 유일한 여성은 아니다. 용병 중엔 여성의 숫자도 열댓 명은 보인다.

루스클란 제국이 붕괴하며 구체제의 많은 이가 정체를 숨기고 떠도는 신세가 되었다. 그중에는 귀족가 여인들을 호위하던 여성 전사의 수도 상당했다. 줄 끊어진 연 신세가 되자 그녀들은 용병계로 투신했고, 그래서 십여 년 전과 달리 이젠 여성 용병도 그렇게까지 신기한 취급을 받지 않는다.

하지만 알리타는 지나치게 젊고 아름답다. 아니, 그 정도가 아니라 옷차림만 제대로 갖추면 누가 봐도 눈 돌아갈 절세미소녀다.

제국 말기, 광제 루스타나드는 전 대륙에서 1만의 미녀를 수탈해 후궁으로 삼았다. 알리타 역시 절세미녀였던 어머니의 미모를 이어받았다.

이후 광제의 1만 후궁은 혁명의 피바람 속에서 대부분 숙청되었다. 여기서 심각한 문제가 하나 생겼는데, 대륙 최고의 미녀 1만 명이 모조리 죽는 바람에 테라노어의 평균 미모도가 대폭 하향 평준화되었다는 것이다.

십여 년 전에도 알리타 정도라면 황제의 애첩이 되기에 충분했다. 하물며 미녀의 씨가 마른 지금에서는 가히 경국지색이라 불러도 손색이 없다!

그동안 알리타를 향해 음탕한 시선을 보내는 토벌대원이 한둘이 아니었다. 심지어 흑사자 기사들과 마기언들도 은근 그런 눈치를 보일 정도다.

다들 체면이 있어 티는 안 냈지만.

"솔직히 말하면 나랑 제논을 제외한 나머지 전부였을걸?"

"사내놈들이란 게 다 똑같죠, 뭐."

제논의 말에 시한이 의외라며 웃었다.

"그런데 만날 투덜대던 주제에 신경은 써주고 있었군, 제논?"

"명색이 여자애 아닙니까? 속옷 갈아입거나 할 때 좀 불편하겠습니까? 남자처럼 아무 데서나 훌렁훌렁 벗을 수 있는 것도 아니고."

'쟤, 아무 데서나 훌렁훌렁 벗던데.'

잠깐 알리타와의 첫 만남이 떠올랐지만 시한은 굳이 입 밖으로 내지 않았다. 대신 알리타가 손을 저었다.

"신경 쓸 것 없어요. 속옷이야 사나흘쯤 안 갈아입는다고 별일 생기는 것도 아니고……."

순간 제논의 안색이 시퍼렇게 질렸다. 표정에 온갖 경악과

혐오가 스쳐 지나가는데, 마치 주방에서 바퀴벌레라도 본 아낙네 같은 얼굴이었다.

"맙소사! 같은 속옷을 하루 이상 입었단 말인가?"

"할 수 없잖아요? 저 속옷 몇 벌 없다고요. 매일 갈아입으려면 매일 빨아야 하는데."

"서, 설마 빨지도 않았단 말인가!"

순간 제논이 눈에 불을 켰다. 단순히 관용구가 아니라, 정말로 흥분한 나머지 투기가 흘러나와 두 눈에서 희미한 안광이 풀풀 새어 나온다.

"속옷 내놔! 대신 빨아줄 테니까!"

기겁해 시한이 제논을 말렸다.

"너 미쳤냐?"

벌건 대낮에, 만인이 보는 앞에서, 소녀의 속옷을 당당히 요구하는 신장 2미터의 근육질 거한을 보고 있자니 두통이 올 지경이다.

기가 막혀 시한은 이마를 짚었다.

"제논 너, 사실은 기사가 아니라 집사지?"

"죄송합니다, 제가 잠깐 흥분해서⋯⋯."

그러다 문득 시한이 고개를 돌리는데, 이번엔 알리타가 배낭에서 주섬주섬 뭔가를 꺼내 들고 있었다. 뭔가 싶어 유심히 보니 알록달록한 여성용 속옷들이다.

"알리타, 넌 또 뭐 하냐?"

"네? 그야 속옷 빨아준다기에."

"정말 맡길 셈이냐……."

총체적 난국이란 게 이런 걸 말하는 게 아닌가 싶다. 더 이상 따질 기운도 없어 시한이 힘없이 중얼거렸다.

"얌전히 도로 넣어라."

"엥? 안 빨아주는 거예요?"

"집어넣어."

"칫, 많이 밀려 있었는데."

아쉬운 얼굴로 그녀는 속옷을 도로 배낭에 챙겨 넣었다. 그리고 제논을 돌아보았다.

"어쨌건 그렇게까지 신경 써줄 필요는 없어요. 저 그렇게 곱게 자란 타입도 아니고요. 또 혹여 뭔 일 생기더라도……."

시한을 응시하며 알리타가 태연하게 말을 이었다.

"전설의 영웅님이 계시잖아요? 엄한 사람 말려들게 해서 여기까지 끌고 왔는데. 그 정도 책임감은 있겠죠, 뭐."

딱히 비난하는 어조는 아니었다. 실제로 그녀는 전혀 시한을 탓하고 있지 않았다. 그냥 덤덤하게 사실을 말하는 것뿐이다.

그래도 듣는 입장에서는 뜨끔할 수밖에.

"미, 미안하다, 그건."

확실히 성시한이 아니었다면 알리타는 정체가 드러나지도 않았을 것이고, 잘 살던 오두막 태워먹을 일도 없었을 것이며, 고향 버리고 여기까지 따라올 필요도 없었겠지.

화제를 돌리려 애쓰며 시한이 나름 결론을 내놓았다.

"건물 안인데 굳이 따로 칸막이 치면 괜히 시선 끄는 셈이니까 좀 그렇고, 나랑 제논 사이에 재우자. 그럼 큰 문제는 없겠지?"

제논과 알리타도 동의했다.

"그 정도라면 문제없겠군요."

"전 어찌 됐든 상관없어요."

대충 이야기가 마무리되었다. 한숨을 쉬며 성시한이 모포 위에 주저앉았다.

"이제 좀 쉬자. 내일부터 바빠질 것 같으니까, 쉴 수 있을 때 쉬어놔야지."

하지만 아무래도 그는 쉴 팔자가 아니었던 모양이다.

바로 그 순간 누군가가 회관 안으로 들어와 이렇게 외친 것이다.

"션 스테인이란 분 계세요?"

∗   ∗   ∗

시한 일행을 찾은 이는 붉은 곱슬머리에 검은 눈동자, 테라노어 남방 인종인 라한족 특유의 적갈색 피부를 지닌 14세 소녀였다.

작고 아담한 체구에 전체적으로 귀여운 인상이었다. 다만 복장만큼은 전혀 여자애 같지 않았다. 소녀는 치마 대신 가죽바지 차림에 사슬로 짠 경갑을 입고 그 위로 흑사자의 문양이 그려진 휘장을 걸치고 있었다.

그녀는 흑사자 기사단의 종자(從者) 중 한 명이었다.

"하이어 파라멘을 모시는 디나 크럼블이라고 합니다."

자신을 소개하며 디나가 정중히 일행에게 말했다.

"하이어 줄데란께서 여러분을 찾으십니다."

호출받은 건 성시한만이 아니었다. 제논과 알리타 역시 함께였다. 디나의 안내에 따라 시한 일행은 여관으로 향했다.

일행을 안내하며 디나는 곁의 알리타를 힐끔거렸다.

'저 언니가 투사급 소드하이어라고?'

그녀 역시 일단은 투기를 터득하고 있었다. 애초에 종자급 소드하이어라는 관용구 자체가 기사의 종자가 되기 위한 자격이란 의미에서 나왔으니까.

하지만 검을 들었다고 바로 검사가 되는 것이 아니듯, 투기를 터득했다고 바로 소드하이어가 될 순 없다.

제대로 투기 운용법을 익혀 신체를 강화하려면 상당한 노력과 시간을 필요로 한다. 사실 그 전에는 평범한 병사와 크게 다르지 않은 것이다.

디나는 이제 겨우 14살의 어린 나이. 아직 투기로 신체 능력을 강화하는 수준에 이르지 못했다.

최소 5, 6년은 더 수행해야 겨우 제대로 된 종자급 소드하이어가 되어 전투에 참가할 수 있을 것이다. 투사급까지 오르려면 더더욱 오랜 시간이 필요할 것이고.

그런 디나에게, 자신보다 고작 서너 살밖에 안 많으면서 벌써 투사급의 경지에 이른 알리타의 존재는 그야말로 부러움의 대상이었다.

'와, 세상에 천재란 게 있긴 있구나.'

프리 하이어가 무시당한다지만 그건 어디까지나 정규 기사들 사이의 이야기다. 종자 입장에선 충분히 대단해 보인다.

'천재인 주제에 얼굴도 저렇게 예쁘단 말이지? 쳇, 역시 세상은 불공평해.'

알리타를 위아래로 훑어보며 디나가 연신 입을 삐죽였다.

'심지어 얼굴도 예쁘면서 몸매도…….'

북부 브리안 인종은 성장이 빠르다. 그래서 알리타는 아직 17세지만 충분히 성숙한 육체를 지니고 있었다. 날씬하면서도 나올 데 나오고 들어갈 데 들어간 볼륨 있는 몸이다.

반면 남부 라한족 출신에 나이도 어린 디나는 그저 마르기만 했을 뿐.

무심코 디나의 속마음이 입 밖으로 흘러나와 버렸다. 문제는 애가 평소 어울리는 집단이 중년 아저씨들(그러니까 흑사자 기사단) 혹은 한창 혈기 넘치는 십 대 소년(그러니까 같은 종자 소년들)뿐이었다는 점이다.

"워우, 언니 몸매 쥑이네……."

"어?"

디나를 돌아보며 알리타가 눈을 깜빡였다. 이상하다? 방금 맑디맑은 소녀의 목소리로 걸쭉한 아저씨 말투를 들은 듯한 기분이?

화들짝 놀라 디나가 손을 저었다.

"아, 아무것도 아니에요!"

"……?"

잠깐 의아해했지만 알리타는 곧 자신이 잘못 들었다고 확신했다. 설마 저렇게 작고 귀여운 여자아이가 술집에서 성희롱하는 중년 아저씨같이 말했을 리가 없잖아?

디나가 얼굴을 붉힌 채 걸음을 빨리했다.

"어, 어서 가시죠."

그러는 동안 어느새 여관 앞까지 도달했다. 디나가 울타리 입구에서 안을 가리켰다.

"들어가세요. 기밀 회의 중이시라 전 출입을 허락받지 못했습니다."

*   *   *

앞마당으로 들어서다 말고 알리타는 흠칫 떨었다.

"어머?"

제논이 긴장하며 물었다.

"왜 그러지, 알리타?"

제자리에 멈춰 서서 그녀가 주위를 두리번거렸다.

"방금 이상한 느낌이……."

울타리를 통과하는 순간 묘한 감각이 전신을 잠깐 스치고 지나간 것이다. 시한이 별거 아니란 듯 말했다.

"차음(遮音) 결계 탓이야."

이미 그는 여관 전체에 외부의 소리를 차단하는 마법 결계가 펼쳐져 있음을 눈치채고 있었다. 자드 마을은 시한재림교의 활동 영역 내, 평범한 마을 사람들 중에도 사교단의 끄나풀이 있을지 모르는 것이다. 기밀 유지는 상식이다.

"그 잔여 마력을 감지했나 보지."

"전 마기언도 아니고, 마법을 배운 적도 없는데요?"

투기를 각성한 소드하이어는 눈으로 보지 않아도 상대방의 기운을 감지할 수 있지만 마력은 별개의 이야기다. 마력 감지 능력은 마기언의 영역이다.

시한이 대수롭잖다는 듯 말을 이었다.

"핏줄이 핏줄이니까."

루스클란 황족의 핏줄엔 초대 황제의 강력한 혈통 마법이 각인되어 있다. 그리고 알리타는 시한이 이 세계의 차원좌표축으로 인식할 정도로 그 피가 짙다. 그렇다면 그녀에게 마기언의 자질이 있는 것도 딱히 이상한 이야기는 아니다.

"…그딴 혈통 필요 없는데."

떨떠름한 얼굴로 중얼거리다 말고 알리타가 다시 물었다.

"그런데, 예전에도 마법 결계는 몇 번 접해봤지만 이런 느낌은 든 적 없는데요? 이번이 처음이에요."

"그래?"

"네, 그땐 그냥 결계가 싸구려라 그랬나?"

시한이 머리를 긁었다.

"그보다는 아마도 내 영향이 아닐까 싶은데?"

테라노어로 차원 이동할 때 시한은 알리타를 좌표축으로 삼아 이 세계로 왔다. 그리고 그 마법 술식은 분명 형식상으론 '알리타가 시한을 소환'한 방식이었다.

"그러니까 알리타, 넌 차원을 관통할 정도로 엄청난 마법을 수행한 셈이지. 정확히는 차원을 관통할 정도로 엄청난 마법의 '자발적 이행을 타의적으로 수행당했다' 정도 되려나?"

알리타가 실소를 흘렸다.

"뭐예요, 그 괴상한 표현은?"

"나도 좀 더 그럴듯하게 말하곤 싶다만 아스틴어를 마지막으로 쓴 지가 꽤 돼서. 문법을 파고들면 헷갈린다고, 아직."

하여튼 시한 탓에 알리타의 마법적 재능이 각성한 건 사실인 것 같다. 그것도 굉장히 뛰어난 수준이다. 결계의 잔여 마력을 느끼는 건 어지간한 마기언이라도 힘든데, 그걸 아무 연습도 없이 성공한 셈이니까.

"알리타, 너 마법 배우면 잘하겠다? 어쩌면 투기 쪽보다 더 뛰어날지도 모르겠는데?"

"헤?"

알리타가 눈을 반짝였다. 투기뿐 아니라 마법의 힘도 익힐 수 있다는데 혹하지 않을 수 없었다.

모름지기 한 우물만 파야 성공한다는 경구가 세상에 널리 퍼져 있긴 하지만, 그렇다고 자기 집에 우물이 두 개 있어서 나쁠 일은 없잖아?

그러나 그녀는 이내 고개를 저었다.

"제 처지에 무슨 수로요? 4대 상아탑 어딜 가도 받아줄 리가 없을 텐데."

저주받을 루스클란의 혈족이 상아탑 근처에 갔다가 참 좋은 꼴 나겠다. 알리타는 빠르게 포기해 버렸고, 그래서 시한은 황당해했다.

'얘는 내가 한 때 플로어 마스터까지 올랐었다는 건 모르고 있나?'

사실 상아탑에서 정식으로 단계를 밟아가며 오른 게 아니라 대륙 여기저기 떠돌아다니며 닥치는 대로 익힌 것이어서 완벽한 플로어 마스터라기엔 좀 어폐가 있었다. 분명 층수가 9층이긴 한데, 여기저기 구멍이 숭숭 난 식이랄까?

그렇다 보니 같은 플로어 마스터라도 현재의 릴스타인이나 사파란, 혹은 십여 년 전의 4대 상아탑주와 비교하면 한 수 떨어지는 것이 사실이었다.

그래도 성시한은 분명 마학자로서 높은 수준에 올라 있었다. 당장 자력으로 지구에서 테라노어로 진입한 것만 봐도 알 수 있다.

'…라기엔 당시 불확정 요소가 너무 많지? 나도 왜 성공한 건지 모르니 저걸로 잘난 척하긴 좀 그런가?'

어쨌든 누군가를 마기언의 길로 이끌기엔 충분하다. 시한이 진지한 눈으로 알리타를 내려다보았다.

'진짜로 마법도 한번 가르쳐 볼까?'

그러던 중이었다. 문득 제논이 그를 불렀다.

"시한, 슬슬 들어가 봐야 할 것 같은데요."

호출받아 온 처지에 마냥 이러고만 있을 순 없는 것이다.

안 그래도 울타리 밖에서 디나가 이상하다는 듯 그들을 바라보고 있었다.

"그렇군. 나중에 이야기하지."

셋은 그대로 마당을 가로질러 여관 현관으로 향했다. 안으로 들어서며 시한이 조심스럽게 입을 열었다.

"션 스테인입니다. 부르셨다고 들었습니다만?"

여관 1층 홀엔 이미 흑사자 기사단과 청색 상아탑의 마기언들이 모여 있었다.

"왔나?"

뭔가 상의 중이던 하이어 줄데란이 일행을 돌아보았다.

"그대들에게 할 말이 있다."

*　　　　*　　　　*

어둠 속을 암약하는 사교단은 그 뿌리를 완전히 뽑아버리기가 힘들다.

사교를 신봉하는 광신도라도 평소엔 일반인으로 위장한 채 정체를 드러내지 않는다. 심지어 개중엔 위장용으로 다른 신의 신전에 찾아가 예배를 드리는 경우조차 있다. 그런 물밑의 광신도들을 모조리 색출하는 것은 사실상 불가능에 가깝다.

불려온 시한 일행을 향해 줄데란이 말했다.

"하지만 그런 사교단이라도 본거지 자체는 존재할 수밖에 없지."

남들의 눈을 피해 이단의 신을 모시고 사악한 의식을 거행하는 어둠의 신전, 그곳을 쓸어버리는 것이 현재 시한재림교 토벌대의 공적인 임무였다.

"물론 본거지를 박살 낸다고 사교 자체를 뿌리 뽑을 순 없어. 하지만 그것만으로도 충분히 효과는 있다네."

시한도 바로 이해했다.

"그렇겠죠. 서로 소통이 되지 않을 테니."

아무리 개개인의 충성도가 높더라도 정기적인 연락과 소통이 없다면 변질, 와해되는 것이 조직의 숙명이다. 그리고 테라노어는 딱히 전화나 인터넷 같은 게 없는 세상이다. 장거리 연락을 취하려면 전서구나 파발마, 마기언들의 전령 마법 정도가 전부이며 이는 모두 상당한 수고와 자금을 필요로 한다.

"그런 만큼 사교단의 본거지는 실로 은밀히 감추어져 있었지. 하지만 결국 그 위치를 파악했다네."

지도를 가리키며 줄데란이 말했다.

"이곳일세."

표시된 장소는 자드 마을에서 동쪽으로 반나절 정도 떨어진 깊은 협곡이었다. 숲이 깊어 산봉우리에서도 내부가 보이지 않고, 길이 험해 사냥꾼이나 약초꾼들도 잘 접근하지 않는

지역이다.

"그렇군요. 확실히 뒤 구린 놈들이 숨어 있을 만한 곳으로 보입니다."

시한은 고개를 끄덕이며 동의를 표했다. 그리고 물었다.

"그런데, 저희는 대체 왜 부르신 겁니까?"

지금 줄데란이 알려준 정보는 딱히 기밀이라 할 수 없었다. 내일 아침이면 토벌대 전원이 알게 될 정보이기도 했다. 어차 피 다 같이 저 본거지로 쳐들어가야 할 테니까.

굳이 시한 일행만 따로 불러다 비밀스럽게 알릴 내용이 아 닌 것이다.

"물론 그대들을 부른 이유는 따로 있지. 이건 그저 사전에 알아야 할 정보를 일러둔 것뿐일세."

줄데란이 뒤를 돌아보며 눈짓을 했다. 푸른 로브를 입은 사십 대 후반의 중년인이 테이블로 다가왔다. 청색 상아탑 제 6층에 종사 중인 마기언 하바크였다.

그가 오만한 태도로 입을 열었다.

"시한재림교에는 마수를 조종하는 사악한 수법이 있다. 어 제 당해봤으니 자네들도 알고 있겠지?"

시한이 잠시 움찔거렸다. 시한재림교라니… 역시 저 괴상한 네이밍 센스는 몇 번을 들어도 영 익숙하지가 않았다.

"아, 예, 예."

"그럼 혹시, 어제 같은 상황이 일반적이지 않다는 것도 알고 있나?"

뒤에 서 있던 제논이 슬쩍 한마디를 거들었다.

"다들 그러더군요. 폭우가 쏟아지는데 마수가 덤벼드는 건 처음 겪는 일이라고."

"흐음, 과연. 용병들도 뭔가 이상하다는 것 정도는 눈치채고 있나."

뭔가를 혼자 생각하더니 하바크가 대뜸 물었다.

"자네들, 입은 무거운 편인가?"

"지갑의 무게에 따라 가벼워지기도, 무거워지기도 합지요."

시한은 일부러 능글맞게 대답했다. 비열하게까지 들리는 답변이었지만 하바크는 만족했다. 돈만 밝히는 용병의 모범 답안이었다.

"그렇구먼. 그러면……"

하바크가 품에서 금화 한 줌을 꺼냈다. 젝센 금화 열 닢이었다.

"이 정도면 자네들의 지갑이 충분히 무거워지겠는가?"

알리타와 제논의 눈빛이 달라졌다.

"어머?"

"저런 거액을?"

모 씨의 팬티 팔고 금화 백 닢을 홀랑 챙긴 탓에 이 동네 금화가 되게 싸구려처럼 느껴질런지 모르겠는데, 사실 금화 열 닢의 가치는 결코 적지 않다.

금화 오십 닢이면 일국의 수도에 집 한 채를 마련할 수 있을 정도인 것이다. 뭐, 집이 좀 많이 부실하기야 했지만.

잽싸게 금화를 받아 챙기며 시한이 히죽거렸다.

"이 정도면 망각의 강으로 가라앉기에 충분히 무겁군요."

무엇을 보고 듣든 다 잊어버리겠다는 의미였다. 하바크가 엄포를 놓았다.

"그 무게를 잘 인지하는 게 좋을 것이다. 안 그러면 그대들이 가라앉는 건 망각의 강이 아니라 죽음의 늪이 될 테니까!"

"여부가 있겠습니까요, 마기언 나리."

"좋아."

흡족해하며 하바크가 진지하게 입을 열었다.

"그대들도 시한재림교가 원래는 클랜 오브 디멘션이라는 사교단이었다는 건 알고 있겠지?"

"예."

"클랜 오브 디멘션에는 마수를 조종하는 수법 따위 없었다. 인간을 제물로 바쳐 힘을 얻는 어둠의 주술을 부리면서 마치 이계의 신이 내려준 힘인 양 포장하는 게 전부였지."

체계적이고 학술적으로 정립된 것이 마법이라면, 불확실하고 정립되지 않은 것이 바로 주술이다. 특히 주술 중엔 피나 생명을 제물 삼아 힘을 쓰는 사악한 수법이 많아 루스클란 대제는 그것을 마법에서 배제시켰다. 그래서 4대 상아탑에선 주술을 정식 마법으로 인정하지 않는다.

하지만 국가가 인정하지 않는다고 세상에 존재하지 않는 것은 아닌 법.

세상의 이면에서 주술은 계속 명맥을 이어왔다. 뒷골목의 점쟁이나 사랑의 묘약을 만드는 마녀 등, 대부분은 미신이거나 속임수이지만 정말 효과가 있는 어둠의 주술도 꽤 존재했다.

그리고…….

"사교단이 사악한 주술을 부리는 것은 흔하디흔한 일이지요."

시한이 의구심을 느껴 물었다.

"놈들이 마수를 조종하는 새로운 주술을 손에 넣었다고 생각지는 않으십니까?"

"그럴 수도 있지. 하지만 적어도 시한재림교의 수법은 그런 것이 아니다."

하바크가 단호하게 말했다.

"놈들에게 그런 주술은 없다."

그는 굳이 주술이라는 단어에 힘을 줘 발음했다. 그래서 시한은 한 가지 사실을 깨달았다.

여태껏 하바크는 한 번도 시한재림교의 마수 조종법을 주술이라고 말한 적이 없었다. 어디까지나 수법이라고 칭했을 뿐이다.

"부끄러운 이야기지만……."

중년의 마기언이 인상을 쓰며 이마를 짚었다.

"그건 청색 상아탑의 기밀 중 하나다."

Chapter 2

산골짜기 광신도

라크란 프라우드.

올해로 37세가 된 그는 청색 상아탑 6층에 머무르던 마기언 이었다. 마학자로서 조예가 깊어 탑 내에서 꽤나 촉망받는 인 재이기도 했다.

라크란은 재능과 실력을 인정받아 청색 상아탑의 기밀 실 험에 참가하는 영광을 얻었다. 그는 열정적으로 실험에 임했 고, 그 열정이 과했는지 실수를 저지르고 말았다.

실험에 사용하던 마수 일부를 놓쳐 버린 것이다.

라크란은 모든 지위와 자격을 잃고 상아탑 지하에 감금되는 신세가 되었다. 그때까지만 해도 그는 자신의 실수를 통감하며 얌전히 처벌을 기다렸다.

반년 정도의 마법 노동형, 심하면 층수 하락 정도가 라크란이 예상한 벌이었다.

6층에 머무르던 이가 아래층으로 내려가는 것은 상당한 중형이었지만, 실험의 기밀성을 생각하면 그 정도는 감수해야한다고 여겼다.

그런데 내려진 처벌이 지나치게 예상 밖이었다.

"죄인 라크란을 4원소형에 처한다!"

4원소형이란 지(地), 수(水), 화(火), 풍(風) 4대 속성의 파괴마법을 이용하는 상아탑 특유의 처형법이었다. 누가 마기언아니랄까 봐 화형이나 교수형 같은 평범한 사형법은 택하지않는 것이다.

여하튼 요약하면 죽이겠다는 소리였다.

"사, 사형이라니? 그저 실수했을 뿐인데 그게 죽을죄씩이나 된단 말이오?"

라크란은 기가 막혀 항변했지만 상아탑의 결정은 바뀌지

않았다.

하바크 역시 그 결정을 이상하게 여기지 않는 눈치였다.

"실험의 중요도를 생각하면, 일벌백계로 모범을 보일 필요성이 있었지."

시한은 그의 설명에 의문을 품었다.

정신 나간 고위 마기언들이 득실거리는 상아탑은 기본적으로 인명 경시 풍조가 만연해 있지만, 그렇다 해도 사형은 쉽게 내려지는 처벌이 아니었다.

'게다가 하바크뿐 아니라 다른 마기언들도 당연하다는 표정을 짓고 있단 말이지?'

뒤에 서 있던 제논이 멍청한 얼굴로 물었다.

"아니, 무슨 실험이기에 실수 좀 한 거 가지고 사람을 다 죽입니까요?"

하바크의 시선이 차가워졌다. 섬뜩한 목소리로 그가 뇌까렸다.

"지갑의 무게가 제대로 느껴지지 않나보지, 프리 하이어?"

"시, 실언이었습니다! 물론 저희 지갑은 무겁습니다. 매우 무거워요."

당황한 제논이 허겁지겁 고개를 숙이며 용서를 빌었다. 그 모습이 우스웠는지 사람들이 실소를 흘렸다.

"그대들은 필요한 만큼만 알고 있으면 된다. 얌전히 듣기나

하거라."

굽실거리는 제논을 뒤로한 채 하바크가 말을 이었다.

"그렇게 라크란은 처형 일만 기다리는 신세가 되었다. 그런데 사달이 터졌다."

무슨 수를 썼는지는 모르지만, 라크란은 얌전히 감옥에 갇혀 있지 않았다. 그는 야음을 틈타 감옥을 탈출했다.

그리고 더욱 큰 사고를 일으켰다.

"상아탑에서 실험 중인 특급 마수 하나를 가로채 달아났지."

라크란은 마수의 힘을 빌려 엄중한 청색 상아탑의 포위를 뚫고 몸을 감췄다. 그리고 이곳 베르셀트 지방까지 흘러들어온 뒤 시한재림교를 만들었다.

"나중에야 알았다. 라크란은 양자였고, 그의 친부모는 원래 클랜 오브 디멘션의 고위층이었더군."

라크란의 지휘 아래 시한재림교는 빠르게 교세를 키워갔다. 그가 가로챈 마수의 능력 덕분이었다.

"라크란의 마수는 인근 다른 마수들을 자신의 지배하에 놓을 수 있다. 원래부터 그런 능력이 있었는데 상아탑의 실험으로 더욱 강해졌지. 지금은 마수들의 본능조차 누를 수 있을 정도로 강력한 지배력을 행사할 수 있게 되었다. 그대들이 본 간밤의 전모가 그것이다."

할 말을 다 했는지 하바크가 입을 다물었다.

대신 줄데란이 말을 꺼냈다.

"그 마수를 처리하고 청색 상아탑과 관련된 모든 정보를 지우는 것이 이 토벌의 진짜 임무라네. 자네들을 부른 것도 그런 이유지. 그 정도 실력이라면 충분히 우리에게 도움이 되겠지."

시한이 고개를 끄덕였다.

"그렇군요. 저희야 영광입니다만……."

그리고 머리를 긁적이며 물었다.

"대체 어떤 마수이기에 저희 힘까지 필요하시다는 건지 모르겠군요? 강력한 기사님들과 뛰어난 마기언들께서 이렇게 많으신데요."

어수룩한 말투로 계속 무식한 용병의 모습을 연기한다.

"이 정도면 용이라도 해치우실 수 있을 것 같은뎁쇼? 뭐, 저희야 목돈 벌어서 좋습니다만."

히죽대는 시한을 향해 줄데란이 차갑게 웃었다.

"정답이다."

"네?"

"그 마수의 정체는 지룡, 어스 드래곤이다."

시한의 안색이 딱딱하게 굳었다. 이번엔 연기가 아니라 진짜였다.

"…용이라고요?"

*   *   *

이야기를 마치고 시한 일행은 여관을 나섰다. 방금 전의 대화를 떠올리며 시한이 인상을 찌푸렸다.

"목표물이 지룡이었냐? 어쩐지 금화를 열 닢이나 주더라니……."

용은 테라노어에서 최상급의 위험도를 지닌 강력한 마수다.

이십여 미터가 넘는 거대한 덩치에 성벽도 허무는 파괴적인 힘, 강력한 투기로 무장한 이빨과 발톱은 강철 갑옷조차도 간단히 으깨며 마법이 깃든 숨결은 잘 훈련된 군대를 순식간에 쓸어버린다.

물론 그렇다고 지구의 일부 애니메이션이나 소설에서 나오는, 말도 안 되는 크기와 능력을 지닌 신적인 존재인 것도 아니다.

말하자면 중세 유럽 신화 쪽 드래곤과 가깝달까? 불을 뿜는 날개 달린 공룡이란 이미지가 가장 비슷할 것이다.

"아, 지룡이라니까 날개는 없겠네."

마을 회관으로 향하며 시한이 중얼거렸다.

"하여튼 용은 만만찮은데……."

왕년 그도 몇몇 용을 상대해 본 적이 있었다. 솔직히 말하면 당시엔 그리 어려운 상대가 아니었다. 테라노어의 토종 드래곤보다는 광제가 소환한 외래종 마물들이 훨씬 강력했다.

'하지만 지금 내 컨디션으론 그리 만만하게 볼 상대가 아니란 말이지.'

뒤를 힐끔거리며 제논이 말했다.

"지룡이 진짜 목표라면 고작 사교단 토벌에 저 정도 소드하이어와 마기언들이 대거 참가한 것도 이해가 되는군요."

"그래, 사실 쉬운 일은 아니지. 차라리 빠지는 게 나았을지도……."

시한의 말에 알리타가 피식 웃었다.

"그럼 저치들이 우리부터 처리하려 들었을걸요?"

"그걸 아니까 나도 군말 없이 승낙했지."

이미 자신들은 청색 상아탑의 기밀을 들어버렸다. 그래놓고 못 하겠다고 발뺌했다간 그 자리에서 칼부림이 났을 것이다.

물론 순순히 당할 생각이야 없지만, 사고를 거하게 쳐버리면 차후 운신하기가 힘들어진다.

"저걸 감수하면서까지 몸 사릴 만큼 위험한 일은 또 아니거든."

시한 일행까지 포함하면 소드하이어가 여덟에 마기언이 열 명이다. 이 정도 전력이면 어지간한 지룡 하나쯤 처리하는 건 큰 부담은 없다.

시한이 걱정하는 것은 오히려 그 후의 일이었다.

"문제는 부려먹을 만큼 부려먹고, 일 끝난 다음 입막음으로 죽이려고 할 수도 있단 말이야."

왕년 그가 테라노어를 떠돌아다닐 때도 비슷한 일이 꽤나 잦았다. 토사구팽이나 살인멸구는 지구만의 개념이 아닌 것이다. 윗대가리의 마인드는 테라노어라고 별다를 바가 없다.

그런데 제논이나 알리타나 그리 신경 쓰는 기색이 아니었다.

'역시 평화로운 시대의 애들이라 거기까진 생각이 안 미치는 건가, 쯧쯧.'

시한이 속으로 혀를 찰 때였다.

여전히 태연한 얼굴로 알리타가 어깨를 으쓱였다.

"별문제 없지 않을까 하는데요? 그래서 제논이 슬쩍 운을 떼어봤잖아요?"

제논이 빙그레 웃었다.

"호오? 그걸 눈치챘나, 알리타?"

"저도 그 정도 눈치는 있다고요."

"엥? 그건 또 무슨 소리야?"

당황한 시한이 둘을 바라보았다. 제논이 천천히 설명을 시작했다.

"그러니까 말입니다……."

겉으로는 하바크가 시한 일행에게 청색 상아탑의 비밀을 죄다 알려준 것처럼 보인다. 실제로 대외적으로 알려져선 안 될 속사정을 상당히 누출시키기도 했다.

하지만 정작 그 이야기 속에 정말 중요한 기밀은 없다.

라크란이나 지룡의 존재는 어차피 알게 될 일이고 그 전후 사정은 사실 한 마기언의 신변잡기일 뿐이다. 대외적으로 알려져서 좋을 건 없겠지만, 설사 알려진다 해도 상아탑 입장에서 딱히 피 볼 것도 없는 것이다.

진짜 기밀인 부분은 대체 그 지룡을 가지고 무슨 실험을 했느냐인데…….

"그건 알려주지 않았잖아?"

시한의 질문에 제논이 고개를 끄덕였다.

"예, 그러니까 적어도 우릴 죽여서 입 막을 생각은 없다는 소리잖습니까?"

아까 제논은 어수룩한 표정으로 이야기에 끼어들어 일견 멍청하게 들리는 질문을 던졌다. 만약 하바크가 이들을 추후에 처리할 생각이었다면 무심코 대꾸를 했을 것이다.

"물론 답을 주진 않았겠지만 적어도 서두 정도는 꺼냈을 겁니다. 그러다 얼버무렸겠지요."

어차피 죽일 놈들, 뭘 알고 있든 상관없을 테니 자기도 모르게 긴장이 풀어지는 것이다.

알리타도 대화에 끼어들었다.

"사건의 전후를 설명한 것도 그렇죠."

"그것도 이유가 있어?"

"사실 저쪽에선 그냥 얌전히 따라와서 시키는 대로 싸우라고 명령할 수도 있었어요. 하지만 일부러 제반 사정을 이야기해 줬죠. 그럼 뻔하잖아요?"

시한은 멍청한 표정을 지었다. 알리타는 당연하다는 식으로 말하고 있는데, 솔직히 모르겠다.

"상황을 아예 모르면 인간은 억측이란 걸 하게 되잖아요. 사건의 중대성도 실감하지 못하고. 어설프게 짐작하게 만드느니 필요한 만큼은 알려주는 게 제대로 입을 막는 길이죠."

오히려 알리타가 이해 못 하겠다며 되물었다.

"시한 정도 되는 사람이 왜 이런 걸 몰라요? 예전에 용병 노릇도 많이 했다면서."

"그, 그야 광제 시절엔 저딴 것도 없었거든? 그냥 닥치고 시키는 대로 해라. 일 끝나면 죽어라. 이게 전부였는데."

시한은 머쓱해하며 머리를 긁었다. 그리고 새삼스런 눈으로 제논과 알리타를 바라보았다.

'얘들, 의외로 머리 좋네?'

둔한 곰을 연상케 하는 거구의 제논이다. 겉으로만 보면 당장에라도 냇가로 뛰어들어 힘차게 연어를 쳐올릴 것 같은 인상인데, 이제 보니 머리 회전이 보통 빠른 게 아니다.

'알리타도 그렇고.'

평소 '될 대로 되라~'란 식으로 행동해서 미처 못 느꼈다. 하지만 알리타는 명색이 황제의 딸이다.

어릴 때부터 높은 수준의 교육을 받았다는 의미다. 이후 그녀를 키운 케란도 제국 호위기사 출신이었으니 평범한 기사와 달리 상당한 학식의 소유자였을 것이다.

생각해 보면 그런 알리타가 일개 시골 처녀처럼 멍청할 리가 없는 것이다. 그저 자기 안위가 걸린 일이 아니면 아무 생각이 없을 뿐이지.

'이거 내가 얘들을 너무 무시했나?'

어쨌건 제논과 알리타의 의견은 그럴듯했다. 물론 아주 경계를 풀 수야 없겠지만 크게 걱정할 필요도 없을 것 같다.

제논이 물었다.

"어쩌실 겁니까, 시한? 저들이 바라는 대로 진짜 일 끝내고 잊어버릴까요?"

"글쎄, 쓸데없이 떠들고 다녀서 긁어 부스럼 만들 이유는 없겠지만……."

청색 상아탑 측에서 따로 언급하진 않았지만 대화의 맥락을 통해 충분히 파악할 수 있었다. 저들은 이 사실이 젝센가드에게 흘러들어 가는 걸 두려워한다.

"젝센가드 녀석에게 접근하는 방책으로 쓸 수도 있겠지?"

알리타도 동의했다.

"케란도 말했었죠. 좋은 정보는 좋은 미끼도 되는 법이라고."

그렇게 대화를 주고받다 보니 어느새 회관 근처까지 왔다. 시한이 말을 끊었다.

"일단은 이번 건을 처리하고 천천히 생각해 보자고."

＊　　　＊　　　＊

내일의 전투를 위해 오랜만에 그럴듯한 식사가 주어졌다.

자드 마을 아낙네들이 솜씨를 부렸고, 용병들 전부에게 갓 구운 빵과 삶은 돼지고기가 물 타지 않은 와인과 함께 배식되었다. 야채를 이용한 국물 요리도 한 솥 가득 나왔다. 지휘부에서 꽤 신경을 썼다는 의미였다.

맛이 괜찮았는지 입맛 까다로운 제논도 순순히 식사를 받아먹었다.

"사실 아주 만족스러운 맛은 아닙니다만 남의 요리를 폄하하는 것은 올바른 요리인의 도리가 아니지요."

"그럼 내 요리는 왜 갈아엎은 건데?"

"죄, 죄송합니다, 하이어 시한. 하지만 감히 말씀드리면 그건 요리가 아니었습니다. 선반에서 식재료만 꺼내 늘어놓는 건 보통 요리라고 부르지 않지요."

"…그래도 일단은 썰어서 늘어놓았었는데 말이지."

구시렁대며 시한은 제논을 째려보았다. 죄송해하며 제논이 연신 고개를 넙죽거렸다.

저런 거 보면 분명 제논이 그에게 충성을 다하고, 영웅으로 숭배하고 있기는 하다.

'그런데 또 묘한 데선 고집이 있단 말이야?'

식사가 끝나자 토벌대 용병들은 회관 여기저기 흩어져 웃고 떠들며 휴식을 취했다. 하지만 시한 일행은 쉬지 못했다.

그들에겐 따로 할 일이 있었다.

해가 저물어가는 초저녁.

마을 서쪽 외각을 따라 흐르는 작은 시냇가에 세 사람이 보인다. 식사를 마치자마자 밀린 빨래부터 하러 온 시한 일행이었다.

밤새 제논의 잔소리에 시달릴 바에야 피곤해도 그냥 빨래를 해버리는 쪽이 낫다고 판단한 것이다.

물론 아무리 제논이라도 자신의 영웅에게 잔소리를 할 정도로 개념이 없진 않다. 그의 잔소리 상대는 어디까지나 알리타였고, 시한은 덩달아 끌려 나온 신세였다.

"나 혼자 안에 있어봤자 뭐하겠어? 이참에 빨래나 해야지."

어차피 속옷이나 양말 같은 것뿐이라 크게 품이 들지도 않왔다. 내일 아침에 출발해야 하는 만큼, 이들은 밤새 다 마를 정도의 자잘한 빨래만 들고 왔다.

송구스런 얼굴로 제논이 시한에게 손을 내밀었다.

"먼저 들어가십시오. 제가 대신 다 해놓겠습니다."

"오, 하이어 제논! 내 자네의 충성심에 대해선 한 치도 의심치 않는다만……."

눈을 흘기며 시한이 손을 뺐다.

"겁나서 내 팬티는 못 맡기겠다. 어디다 갖다 팔지 알고?"

"아니, 그건 저……."

"농담이야. 어쨌든 빨리 끝내자고."

그렇게 다 같이 사이좋게 빨래를 벅벅 비비던 중이었다.

한 무리의 아줌마가 빨래 더미를 들고 시냇가로 다가왔다. 원래 이곳은 마을 주민들의 빨래터이기도 한 것이다.

"어머, 잘생긴 총각이 둘이나 있네?"

시한과 제논을 번갈아 보더니 아줌마 한 명이 알리타를 향해 은근한 눈빛을 보냈다.

"아가씨, 양손에 꽃이구만?"

다른 아줌마들도 깔깔거리며 웃는다. 알리타가 이해 못 하겠다는 듯 되물었다.

"제가 양손에 든 건 브래지어랑 팬티인데요?"

"……."

"이거 꽃무늬도 아닌데?"

아줌마들의 웃음이 잠깐 멈췄다. 그녀들도 꽤 당황스러웠던 모양이었다.

"아니, 저, 그런 소리가 아니라……."

하여튼 빨래를 쥔 채 여인들이 알리타 곁으로 와 앉았다. 방망이를 두들기며 아줌마 한 명이 물었다.

"참 듬직한 총각이구먼. 혹시 연인?"

그녀는 두 사람 중 제논 쪽을 바라보고 있었다. 시골 아줌마라 그런지 곱상하고 호리호리한 시한보다는 등빨 좋은 제논에게 점수를 더 주는 것 같았다.

진지하게 뭔가 생각한 알리타가 고개를 저었다.

"그보다는 시어머니에 가까운 것 같은데요?"

뜬금없는 소리였지만 아줌마들은 바로 이해했다.

"잔소리가 많은가 보지?"

"그렇다기보다는, 워낙 깨끗한 거 좋아하는 성격이라서?"

맹한 알리타의 대답에 아줌마들이 재차 깔깔 웃었다. 빨래터 가득 여인들의 수다가 넘쳐흘렀다.

"깔끔 떠는 성격인가 봐?"

"아이구, 그럼 안 되지."

"나도 처녀 적엔 깔끔하고 집안일 잘하는 남편이 좋은 줄 알았어. 그런데 살아보니 아니더라고? 웬 잔소리가 그리 많은지."

"남자는 그저 무던하게 주는 거 잘 받아먹고 일 잘하면 장
땡이여."

"그럼, 그럼. 잔소리 듣는 아내보단 잔소리하는 아내가 행복
한겨."

참 유쾌한 아줌마들이었다. 그 속에서 시한과 제논은 입
꾹 다문 채 열심히 손만 놀리고 있었다. 남자 주제에 이 사이
에 끼어 있으니 어색함이 장난 아닌 것이다.

"끄, 끝냈습니다, 시한."

"휴우, 나도."

간신히 빨래를 끝낸 제논과 시한이 먼저 시냇가를 떴다. 알
리타도 빨랫감을 보자기로 싼 뒤 몸을 일으켰다.

"그럼 저희는 먼저 들어갈게요."

"그려."

"들어가, 들어가."

그렇게 알리타가 아줌마들 사이를 스쳐 지나가려던 차였
다. 시한의 표정이 순간 굳었다.

뒤에 서 있던 여인 중 한 명이 갑자기 품에서 날카로운 단
검을 꺼내 들었다. 그리고 대뜸 알리타를 찔러간다!

"알리타!"

그때였다. 기다렸다는 듯이 알리타가 허공으로 빨래 보자기

를 던졌다.

"흥!"

동시에 몸을 돌려 단검을 피한 뒤 다리를 후려 여인을 넘어 뜨린다. 모든 동작이 물 흐르듯 자연스럽기 그지없다.

쓰러진 여인이 신음을 터뜨렸다.

"에구구!"

그러자 다른 여인들도 태도가 일변했다. 일제히 숨겨놓은 칼을 꺼내 들고 흉악한 표정을 짓는데, 조금 전의 온화한 모습은 온데간데없다.

"불신자!"

"용케 눈치챘구나!"

그러나 알리타는 이미 거리를 벌린 뒤였다. 떨어지는 빨래 보자기를 낚아채며 그녀가 곧바로 일행에게 합류했다.

시한이 당황하며 물었다.

"어떻게 알았어?"

방금 알리타가 보인 반응은 사전에 예상하고 있지 않다면 절대 나올 수 없는 스피드였다.

그런데 어떻게? 시한조차도 저들이 저렇게 나올 줄 전혀 못 알아챘는데?

알리타가 시큰둥하게 대답했다.

"몰랐는데요."

"그럼 어떻게 반응한 거야?"

"전 원래 누군가 다가오면 일단 의심하고 보거든요."

순간 시한은 말문이 막혔다.

그러니까 지금 알리타는, 저 와중에도 마음 한구석에선 '이 친절하고 유쾌한 아줌마들이 언제 칼 들어서 날 쑤실지 몰라!'라며 경계하고 있었다는 소리인가?

"너 참 인생 피곤하게 산다."

"피곤하게라도 사는 게 죽는 것보단 낫죠."

"하긴 그건 맞는 말이지."

시한은 여인들에게로 시선을 돌렸다. 양손에 식칼이며 단검을 든 중년 부인들이 살기를 띤 채 다가오고 있었다.

광기에 찬 외침이 일행의 귓가를 찔렀다.

"가련한 불신자들이여!"

"죽음만이 그대들을 천국으로 이끌 지어다!"

단검을 쥔 여인들이 시한 일행을 서서히 포위해 갔다. 어둑어둑한 저녁놀 아래 십여 개의 칼날이 번득였다.

더 이상 순박한 시골 아낙의 모습 따윈 없었다. 핏발이 선 눈동자에 일그러진 얼굴, 기필코 눈앞의 불신자의 목을 따겠다는 광기의 살의가 전신에서 흘러나온다.

그야말로 전설 속의 광전사(Berserk)를 연상케 하는 광경이었다.

"죽음만이 진실한 구원일지니……."

"믿는 자만이 천국에 다다르리라……"

시한재림교의 교전을 읊조리며 검을 쥔 여인들이 점점 포위망을 좁혀왔다. 제논이 주먹을 쥔 채 앞으로 나섰다.

"제가 처리하겠습니다."

알리타가 긴장하며 소리쳤다.

"조심해요! 눈빛이 보통 아줌마들이 아니에요!"

순간 괴성을 지르며 여인들이 일제히 덤벼들었다.

"아아아!"

"죽어라, 더러운 이교도!"

사방에서 칼날이 어지러이 춤을 추기 시작했다. 제논도 바로 반격에 나섰다.

그리고 10초 후.

허탈한 표정으로 알리타가 제논의 발치를 내려다보며 중얼거렸다.

"…그냥 눈빛만 보통 아줌마들이 아닌 거였네요?"

제논의 주위에 십여 명의 여인이 혼절한 채 쓰러져 있었다. 바로 10초 전, 전설 속의 광전사처럼 용맹하게 덤벼오던 빨래터 아줌마들이었다.

시한이 피식거렸다.

"당연하지. 광전사는 뭐 아무나 되냐?"

이 여인들은 분명 제 목숨 아끼지 않는 처절한 광기로 무장하긴 했다. 하나같이 살벌하고 흉흉한 기운을 풍긴 것도 사실이다.

그렇다고 갑자기 없던 실력이 생기진 않는 것이다.

"광전사도 어디까지나 '전사'가 미쳐야 광전사지."

시골 아낙네가 광기에 물들어봐야 그냥 정신 나간 시골 아낙네가 될 뿐이다.

제논 입장에서 이 여인들을 쓰러뜨리는 것은 전혀 어려운 일이 아니었다. 굳이 투기를 쓸 필요조차 없었다. 그냥 묵직한 주먹으로 툭툭 건드려 주기만 해도 상황 종료였다.

기절한 아낙네들을 내려다보며 제논이 고개를 저었다.

"이런 여인들까지 사교의 마수에 빠져 있다니, 쯧쯧."

시한도 어이없다는 표정이었다.

"게다가 순 아줌마들뿐이잖아? 여기 무슨 시한재림교 부녀회라도 있나?"

"부녀회가 뭡니까?"

"신경 꺼, 제논. 하여튼 윗선에 알려야지. 사교단의 끄나풀을 붙잡았다고."

둘 다 어이없어하긴 해도 크게 놀라진 않았다. 어차피 자드 마을은 시한재림교의 활동 영역, 숨어 있는 사교도가 있을 거란 건 이미 짐작했다.

"그런데 왜 굳이 우릴 노린 건지 모르겠군요."

"그러게? 우리가 무슨 토벌대의 중요 인물도 아닌데."

제논과 시한의 대화를 듣고 있던 알리타가 슬그머니 손을 들었다.

"저기, 시한? 잠깐 생각난 게 있는데요."

"뭔데?"

"정말 이들이 우리를 노린 걸까요?"

그녀의 의문에 제논이 되물었다.

"조금 전 칼 맞을 뻔해놓고 뭔 소리인가, 알리타?"

"아, 표현이 좀 틀렸네요. 그러니까 과연 우리들'만' 노린 걸까, 이 말이에요."

시한과 제논의 안색이 변했다. 알리타가 조심스레 말을 이었다.

"그보다는 토벌대를 노리면서 우리'도' 노렸다는 쪽이 더 자연스럽지 않을까요?"

알리타의 말은 그럴듯했다. 하지만 그 소리는 이 쓰러진 여인들 말고도 이 마을에 더 많은 사교도가 숨어 있다는 의미가 된다.

제논이 반문했다.

"고작 50호밖에 안 되는 산골 마을인데? 여기 몇 명이나 산다고 사교도가 그리 많겠……."

말하다 말고 제논은 자신이 무슨 말을 하는지를 깨달았다. 그가 시한을 돌아보며 심각한 표정을 지었다.

"시한?"

"즉, 이 마을 자체가 통째로 사교도들에게 먹혔다?"

다급하게 시한이 정신을 집중해 사방의 기척을 감지했다.

어마어마한 범위의 기척 감지 능력을 지닌 그였지만 그렇다고 항상 주위의 모든 것을 파악하고 산다는 의미는 아니다. 마수나 소드하이어, 마기언처럼 기운이 유독 강한 존재가 나타났다면 모를까 긴장을 푼 평상시라면 일반인보다 크게 나을 것이 없다.

과연, 정신을 집중하자 대충 주변 상황이 느껴졌다. 자드 마을 저편에서 수많은 인간의 기척이 정신없이 오가고 있었다.

"뭔가 난리가 난 거 같은데?"

알리타가 냇가 옆 수풀 너머를 손가락질했다.

"그 정도는 그냥 봐도 알겠네요."

우거진 숲 저편에 자드 마을의 밤하늘이 보였다.

밤하늘이므로 당연히 시꺼매야 할 것이다. 그런데 지금 하늘은 검붉게 빛나고 있었다. 일렁이는 붉은빛이 어둠에 스며들어 연기처럼 흔들린다.

빨래 더미를 내팽개치며 시한이 혀를 찼다.

"느긋하게 빨래나 하고 있을 때가 아니었군."

＊　　　＊　　　＊

마을 곳곳에서 전투가 벌어지고 있었다.

불타는 회관을 빠져나온 용병들을 상대로 건장한 사내들이 쇠스랑이며 도끼 등을 휘둘러 댄다.

이들이 평범한 시골 농부라면 전투의 전문가인 용병들의 상대가 될 리 없겠지. 그러나 자드 마을의 사내는 대부분 나무꾼이나 사냥꾼이었다.

거친 산속의 삶에 이골이 난 자들, 순수한 신체 능력만 보면 노련한 용병들 못지않다.

차이점이라면 전투 경험과 그에 임하는 정신력인데…….

"이계구원자께서 오시리라!"

"성시한 님께서 어리석은 세상을 불태울 것이다!"

광신에 찬 이들은 죽음을 두려워하지도, 죽임을 꺼려하지도 않았다. 오히려 정신력 면에서도 용병들 이상이었다.

진정한 의미의 광전사들을 앞에 두고 용병들은 연신 밀리기만 했다.

"큭!"

"이 미친놈들……."

토벌대가 150여 명인 반면 현재 나타난 사교도들의 수는 절반이 채 되지 않았다. 사실 수적으로만 보면 이렇게까지 밀릴 상황이 아니다.

용병들의 몸 상태가 정상이었다면 말이다.

"배, 배가……."

"저놈들, 음식에 뭘 넣은 거야?"

회관을 뛰쳐나온 용병 대다수는 창백한 안색을 하고 있었다. 다들 심각한 배탈과 설사에 시달린 탓이었다.

컨디션이 정상이 아니니 제 실력도 나오지 않는다. 여기저기에서 도끼에 찍히고 화살에 맞아 용병들이 쓰러져 갔다.

"크윽!"

"크어억!"

회관 쪽으로 달려가던 일행 역시 한 무리의 장정이 가로막았다. 우렁찬 외침을 터뜨리며 마을 사내 하나가 시한을 향해 도끼를 휘둘러 댔다.

"죽어라! 성시한 님의 이름으로!"

성시한이 기가 차 헛웃음을 흘렸다.

"이건 뭐 십자가로 예수님 후려치겠다는 소리도 아니고……."

도끼를 피하며 그는 상대의 허벅지에 로우 킥을 날렸다. 북 터지는 소리와 함께 장정이 그대로 주저앉았다.

"끄어억!"

쓰러진 마을 사내의 얼굴을 걷어차니 코피를 흘리며 혼절해 버린다. 그러자 또 다른 장정 하나가 흥분해 달려들었다.

이번에는 상당히 표절성 짙은 외침이 들려왔다.

"시한천국 불신지옥!"

"…미치겠네."

시한은 기막혀하면서도 덤벼드는 광신도들을 계속 쓰러뜨렸다. 장정들이 당황하며 서로를 바라보았다.

"이놈들은 어째서 멀쩡하지?"

"스프에 케릴 초를 넣었는데?"

제논이 납득했다는 표정을 지었다.

"식사에 독을 탔었나? 어쩐지 다른 용병들이 너무 무력하게 당한다 싶더니."

케릴 초는 배탈과 설사를 유발시키는 독초의 일종으로, 베르셀트 일대에서 흔히 볼 수 있는 풀이었다. 흔히 볼 수 있는 만큼 독성도 그리 강한 편은 아니다.

"일반인이라면 모를까, 소드하이어를 중독시키기엔 케릴 초는 너무 약하지."

"그러게요. 중독된 줄도 몰랐네."

제논과 알리타의 비웃음에 광신도들이 이를 갈았다.

"제길!"

"그래서 내가 더 센 독을 쓰자고 했잖아!"

"독성이 세면 그만큼 맛도 강하단 말이야! 허가 아리도록 쓴 스프를 불신자들이 잘도 좋다고 먹겠다!"

적을 앞에 두고 내부 분열을 일으키는 광신도들이었다. 시한이 고개를 절레절레 저었다.

"진지하게 상대할 필요성도 못 느끼겠군."

투기를 끌어올리며 세 사람이 본격적으로 움직였다.

"흡!"

"타앗!"

기합이 울릴 때마다 거구의 장정들이 펑펑 나가떨어졌다.

아무리 험한 육체노동으로 단련되고 광기로 무장한 이들이라지만 그래 봤자 평범한 산골 촌민이었다. 상대가 될 리 없었다.

그렇게 포위망을 돌파하며 시한 일행은 마을 회관으로 향했다. 불타는 회관 주위로 토벌대 용병들이 광신도들과 사투를 벌이고 있었다.

앞장서 검을 휘두르던 한 30대 초반의 여인이 그들을 보고 반색을 했다.

"아, 하이어 션!"

토벌대에 고용된 프리 하이어 로잘리였다. 시한 일행을 제외하면 유일한 투사급인 그녀가 현재 임시로 용병들을 지휘하고 있었다.

다른 프리 하이어들도 반가워하며 외쳤다.

"저들이 왔군!"

"대체 어디 갔던 거요?"

차마 속옷 빨고 있었다고는 못 하겠다. 시한이 얼굴을 붉히며 말을 돌렸다.

"우리도 가세하겠습니다!"

세 사람이 토벌대과 사교도 사이를 가로막았다. 사교도들이 칼날을 돌려 일행을 노리고 달려왔다. 제논이 검을 겨누며 눈을 부라렸다.

"덤벼라, 간악한 사교도들아!"

그리고 충심을 가득 담아 분노의 외침을 터뜨린다.

"감히 이계구원자의 이름을 더럽히다니!"

성시한을 숭배하는 제논에게 이들의 행태가 결코 용납될 리 없는 것이다.

물론 시한재림교도 성시한을 숭배하긴 마찬가지다. 발끈하며 사교도들이 마주 소리쳤다.

"어리석은 불신자!"

"우리야말로 진정한 성시한 님의 가르침을 따른다!"

"이계구원자를 위하여!"

전투가 이어졌다. 제논을 비롯한 토벌대의 프리하이어들이 사교도들과 얽혀 투기검을 뻗어댔다.

참고로, 이계구원자의 명성을 흠모하는 이는 비단 제논이나 시한재림교뿐만이 아니다. 현 시대의 테라노어인이라면 대부분 혁명 7영웅의 영웅담을 알고 있다.

토벌대의 프리 하이어와 용병들도 검을 휘두르며 고함을 지르기 시작했다.

"추악한 놈들!"

"어찌 네놈들 따위가 이계구원자의 이름을 감히 입에 담느냐!"

"지구로 돌아가신 성시한 님이 통탄하시겠구나!"

막상 성시한 본인은 파도처럼 밀려오는 정신적 데미지에 허우적대고 있었다.

'그, 그만해! 제발!'

뭐, 통탄하고 있는 건 사실이지 싶다.

*　　　*　　　*

시한 일행이 합류하자 승패는 금방 갈렸다.

기사급 소드하이어인 제논, 투사급 중에서도 강한 축에 속하는 알리타는 다른 프리 하이어와는 수준이 다른 전투력의 소유자였다. 광신의 힘으로 간신히 우위를 점하고 있던 사교도들은 그야말로 낙엽처럼 쓸려갔다.

시한 역시 평소와는 달리 매우 적극적으로 전투에 임했다.

"성시한 님을 위해… 꽥!"

"닥쳐! 닥치라고!"

상황이 상황이니만큼 적극적이지 않을 수 없었다.

몇 분 지나지 않아 전투는 끝나 버렸다. 용병들이 우르르 달려들어 살아남은 사교도들을 포박하기 시작했다.

쓰러진 사교도와 묶인 이들의 수를 합쳐서 세어본 알리타가 의문을 품었다.

"70여 명 가까이 되네요? 이 작은 마을에 이렇게 성인 남자가 많을 리가 없는데?"

제논이 나름대로의 추리를 내놓았다.

"아무래도 다른 곳에서도 모인 것 같군. 예상보다 사교단의 세력이 큰걸?"

꽁꽁 묶인 상태인데도 사교도들에겐 전혀 겁먹은 기색이 없었다. 하나같이 눈에 핏발이 선 채 소리를 질러댄다.

"죽여라!"

"죽음이야말로 진정한 해방일지니!"

공포 따윈 전혀 보이지 않았다. 심지어 환희에 차 웃는 이들마저 있을 정도였다.

"헤루스여, 이제야 당신 곁으로 가옵니다!"

그 광경은 산전수전 다 겪은 용병들에게도 충분히 기괴한 것이었다. 토벌대 용병들이 질린 얼굴로 숙덕거렸다.

"대체 얼마나 미쳐야 저런 황당한 헛소릴 믿을 수 있는 거지?"

"정말이지 광신도들은 이해하지 못하겠군."

시한이 착잡한 표정을 지었다.

'솔직히 말하면 난 어느 정도 이해가 가지만.'

정확히는, 저 교리를 인정한다는 소리가 아니라 저들이 어떤 사고방식으로 저렇게 믿는지 이해가 간다는 의미였다.

시한재림교와 그 전신인 클랜 오브 디멘션은 현세가 거짓이며 죽음만이 진정한 세계로 가는 길이라고 가르친다. 그것도 그냥 죽음이 아닌 진실한 이계의 신, 헤루스의 뜻에 따른 죽음이어야 한다.

그래서 저들은 살인을 저지르고도 거리낌이 없고 죽음을 앞에 두고도 두려워하지 않는다. 사람을 죽여도 오히려 선업을 쌓고 있다고, 자신이 죽어도 지구에서 보다 높은 자리에 앉게 된다고 굳게 믿는다.

정상인 입장에선 도무지 이해가 가지 않는 사고방식일 것이다.

하지만 저 이야기를 살짝 바꿔보자.

이 세계는 사실 가상현실이고, 우리 육체는 기계 속에 잡혀 있으며, 가상현실 속의 자신을 죽여야 빠져나갈 수 있다고 믿는다면?

이런 식으로 바꾸면 전혀 신기한 이야기가 아닌 것이다. 이미 저런 설정의 할리우드 영화가 있지 않은가?

'그것도 대박 인기 끌어서 3탄까지 나왔지.'

영화 매트릭스의 주인공, 네오도 그 속에 살아가는 사람들에겐 충분히 미치광이 정신병자로만 보인다. 영화에서야 가상현실에서 죽으면 진짜 현실에서도 죽는다는 설정이니까 주인공 일행이 함부로 살인을 저지르지 않지만······.

'만약 가상현실에서 죽어야 빠져나온다는 설정이었으면 대량 학살이 벌어졌을걸?'

세상에 근거 없이 미친놈은 없다. 다들 나름대로는 이유와 논리가 있는 것이다.

'그래도 시한 재림이니 따위는 절대 이해 안 가! 전혀 이해 못 하겠어! 젠장!'

시한은 욕설을 흘리며 회관 쪽으로 향했다.

불길을 피해 부상당한 용병들이 모여 있고, 그 앞에서 로잘리가 인원을 체크해 가며 피해 상황을 파악하는 중이었다.

성시한이 다가오자 그녀가 여관 쪽을 가리키며 물었다.

"하이어 선! 혹시 저쪽이 뭐하고 있는지 아시나요?"

이런 상황인데도 지휘부 쪽에서 아직 움직이지 않았다. 아무리 귀족들이 용병들 목숨을 우습게 안다지만, 그래도 비싼 돈 주고 고용한 귀중한 전력들이다. 뭔가 이유가 있지 않고서야 이리 무심할 리가 없다.

"뭔가 일이 터진 것 같은데……."

물론 시한은 이유를 알고 있었다. 전투 틈틈이 여관 쪽도 기감으로 파악해 두었으니까.

"어젯밤과 같은 상황입니다."

"맙소사, 또 마수인가요?"

"그런 것 같더군요."

습격을 당한 건 용병들뿐만이 아니었다. 그동안 여관의 켈테론 측도 마수들의 공격을 받아 고군분투 중이었다.

말이 나온 김에 시한이 한 번 더 집중해서 여관 쪽을 살펴보았다. 그리고 잠시 당황했다. 여전히 온갖 기운이 어지럽게 충돌하고 있었다.

'어라, 아직도 전투 중인가?'

마수 무리의 습격을 알면서도 시한 일행은 용병들부터 먼저 찾았다. 이쪽이 훨씬 상황이 급했고, 또 흑사자 기사단과 마기언들의 실력이라면 굳이 자신들이 끼어들 필요도 없다는 판단에서였다.

당연히 지금쯤 저쪽도 상황 종료되어 있을 줄 알았는데…….

'마수 숫자가 더 늘었네?'

기운이 뒤섞여 있어 자세히는 모르겠지만 최소 수십 마리는 되는 듯했다. 저 정도 숫자라면 확실히 켈테론 측도 무시 못 할 것이다.

"가봐야겠군."

체고(體高) 3미터가 넘는 거대한 황소가 난폭한 기세로 질주하고 있었다. 우르탄이라 불리는 테라노어의 마수였다.

구부러진 양 뿔에서 무형의 기운이 일렁이며 뻗는다. 마수의 투기가 날카로운 창이 되어 하이어 줄데란을 노린다.

줄데란이 기합을 터뜨리며 방패를 들었다.

"타아앗!"

커다란 강철 방패 위로 아지랑이 같은 기운이 피어올랐다. 투기를 덧씌워 강도를 몇 배나 높인 것이다.

동시에 양발에도 투기를 운용해 대지의 기운과 동조시킨다.

"철벽기(鐵壁氣)!"

마수의 뿔과 강철 방패가 서로 충돌했다.

콰아앙!

굉음이 울리며 황소의 돌진이 멈췄다.

놀랍게도 줄데란은 한 치도 밀리지 않았다. 뿌리내린 거목처럼 우뚝 서서 자신의 몇 배나 되는 체중을 지닌 마수를 굳건하게 막고 있었다.

그대로 방패를 쳐내자 도리어 거대한 우르탄이 뒷걸음질 친다. 투기검을 휘두르며 줄데란이 용맹하게 외쳤다.

"하찮은 미물 같으니!"

칼날이 황소의 두꺼운 가죽을 연신 찢어발겼다. 사방으로 피가 튀었다.

하지만 우르탄은 물러서지 않았다. 간밤의 마수들처럼 강제로 조종당하고 있는 것이다.

마수가 뿔을 휘두르며 미친 듯이 날뛰기 시작했다.

"무우우우!"

밤하늘 가득 황소의 울음소리가 메아리쳤다.

날아드는 우르탄의 뿔을 연신 피하며 줄데란은 인상을 썼다.

'역시 목을 베기 전엔 쓰러지지 않나?'

문제는 눈앞의 마수가 체고 3미터의 거대한 황소란 점이다. 저 두꺼운 목에 장검을 찔러봐야 반이나 들어갈까?

"으아아악!"

기합인지 악인지 모를 괴성을 토하며 줄데란은 투기검을 내려치고 또 내려쳤다. 칼질이라기보다는 차라리 톱질에 가까운 무식한 참격이 몇 번이나 쏟아졌다.

간신히 황소의 목이 잘렸다.

날뛰던 거체가 서서히 대지 위로 쏟아지며 진한 핏물을 쏟아냈다.

"헉, 헉……."

그제야 줄데란은 거친 숨을 내쉬었다. 벌써 일곱 마리나 되는 마수를 베어 넘긴 그였다. 강렬한 피로가 양어깨를 짓누르고 있었다.

하지만 쉴 수는 없었다.

아직도 주위에는 우르탄 같은, 아니 그 이상으로 강력한 마수가 수십 마리나 남아 있는 것이다.

갉갉갉갉!

널빤지를 비벼대는 듯한 괴상한 음향이 전장 가득 울려 퍼졌다. 거대한 땅강아지 형상의 곤충형 마수, 젤켑토가 날개를 비비며 내는 소리였다.

곧이어 키틴질의 날개로부터 무수한 파편이 쏟아졌다.

"협!"

하이어 리블이 날아드는 파편을 가로막았다.

양팔로 머리를 감싸며 전신 갑옷에 투기를 건다. 강궁의 화살조차 막아내는 그 가공할 방어력 앞에 파편들이 일제히 팅겨 나갔다.

리블이 투기검을 뽑아 들었다. 칼날을 따라 모인 투기가 한

점 빛이 되어 칼끝에 맺혔다.

"섬멸기!"

리블은 그대로 검을 크게 내려쳤다. 선명한 검광이 빛의 궤적을 그렸다. 덩치에 비하면 상대적으로 작은 젤켑토의 머리가 댕강 잘려갔다.

하지만 마수는 쓰러지지 않았다. 날개를 비비며 더더욱 미친 듯이 날뛸 뿐이었다.

대부분의 곤충이 그렇듯, 곤충형 마수는 숨통을 끊기가 힘들다. 머리를 잘라도 한동안은 운동 능력이 떨어지지 않는 것이다.

곤충형 마수를 해치우기 위해선 좀 더 강력한 공격이 필요하다. 하이어 리블이 등 뒤로 소리쳤다.

"마기언 웨스트!"

"알고 있소!"

청색 로브 차림의 중년 사내가 지팡이를 들어 땅을 찍었다. 지팡이 끝에 달린 푸른 수정이 찬란한 빛을 발했다.

중년인이 지팡이를 앞으로 겨누며 소리쳤다.

"작렬하라! 인시너레이트!"

거대한 불기둥이 마수를 뒤덮으며 강렬하게 타올랐다.

아무리 젤켑토가 강력한 마수라지만 제6층 폭염 마법을 감당할 정도는 아니었던 것이다. 그리고 사실 곤충형 마수는 유독 불에 약하기도 하다.

이내 젤켑토의 거체가 재가 되어 부스러졌다. 그리고 그 잿더미를 짓밟고 또 다른 마수가 모습을 드러냈다.

암담해하며 하이어 리블은 맥없는 음성을 토했다.

"젠장, 아직도 이만큼 남았나?"

*　　　*　　　*

전투를 시작한 지 벌써 몇십 분이 지났다. 벌써 수십 마리를 쓰러뜨린 후인데도 아직 사방에 마수가 가득하다.

흑사자 기사들이 이해가 안 간다며 투덜거렸다.

"이 동네는 뭔 마수가 이리 많아? 여기가 무슨 전설의 마왕성이야?"

"이런 데서 어떻게 사람이 사는 거지?"

나타난 마수의 수가 슬슬 100마리를 넘어가고 있었다. 이렇게 많은 마수가 이 근방에 전부 모여 살 리가 없는 것이다.

마기언 하바크가 마력을 끌어올리며 이를 중얼거렸다.

"아마도 산맥 전역의 마수를 다 동원한 것 같구려."

기사들의 안색이 굳었다. 하이어 줄데란이 어이없어했다.

"그 넓은 지역에 용의 포효를 퍼뜨렸다고?"

용의 포효에는 저급한 마수들을 지배하는 힘이 있다. 지금이 마수들이 조종당하는 이유가 그것이다. 그리고 정신계 마법처럼, 용의 포효도 용의 능력에 따라 그 범위가 결정된다.

이 산맥 전체에 포효를 전파할 정도의 용이라면……

"최소 500년 이상 묵은 강력한 용이나 가능한 일이잖소? 그 지룡은 100년 정도 산 놈이라고 하지 않았던가?"

줄데란의 비난은 타당했다. 500년 묵은 용이라면 초인급 소드하이어와도 비견되는 괴물이었다. 고작 기사급 소드하이어 다섯과 마기언 열 명으로 감당할 수준이 아닌 것이다.

젝센가드란 규격 외의 존재를 뺀다면, 최소 흑사자 기사단이 통째로 출동하고 달인급 소드하이어인 기사단장 버클리 정도는 나서야 할 큰일이었다.

하바크가 진지한 얼굴로 부인했다.

"실험체는 100년 묵은 지룡이 맞소. 단지 실험으로 인해 능력이 증폭되었을 뿐이지."

어이가 없어 줄데란은 이를 갈았다.

'지금 내가 지룡 나이 물어봤냐? 그딴 걸 누가 궁금해한대? 실제 전투력을 물어본 거잖아!'

막말이 속에서 목구멍까지 기어 나왔지만 그는 간신히 참았다. 그리고 애써 정중하게 물었다.

"그러니까, 능력이 증폭되었다는 게 문제 아니오? 내가 알고 싶은 건 그놈의 현재 능력이오!"

하바크 대신 다른 마기언들이 한마디씩 하기 시작했다.

"투기나 마력, 육체 능력 자체는 증폭되지 않았습니다."

"단지 정신 지배 능력만을 증폭시킨 것이지요."

"하지만 실험은 지배력의 심화가 목표였지 광역화가 아니었는데……"

뭔가 자기들끼리 전문용어로 떠들기 시작한다.

줄데란이 눈알을 굴리다 다시 질문했다.

"뭔 소린지는 모르겠지만 하여튼 댁들 예상이 틀렸다는 거 아니오?"

억울하다는 듯 마기언 한 명이 목청을 높였다.

"틀린 건 아닙니다! …그냥 예상 밖의 변수가 생겼을 뿐이지."

"그게 바로 틀린 거잖아!"

결국 막말이 나와 버렸다.

흥분한 줄데란을 향해 하바크가 무뚝뚝한 목소리로 말했다.

"지룡의 전투력 자체는 변함없소. 단지 정신 지배 능력 면에서 우리가 파악 못 한 변수가 있다는 뜻이오. 지룡을 상대하는 건 작전대로 진행될 거요."

하지만 당장의 문제는 지룡이 아니라 눈앞의 무수한 마

수다.

여관을 중심으로 방어선을 형성한 채 흑사자 기사들은 용맹스럽게 싸웠다. 마기언들도 연거푸 마법을 날려 마수들을 베고, 태우고, 얼리고, 어둠에 파묻혀 으깨 버렸다.

하지만 그래도 수가 너무 많다. 결국 마수 몇 놈이 여관 안쪽으로 접근했다.

줄데란의 안색이 창백해졌다.

"이런!"

여관 안쪽엔 흑사자 기사단의 종자들과 켈베론 백작, 그리고 호위병들이 숨어 있었다. 단 한 마리의 마수만 여관 안쪽으로 뛰어들어도 저들이 살해되는 데는 몇 초도 채 걸리지 않을 것이다.

눈앞의 마수를 베어가며 하이어 리블이 고함을 터뜨렸다.

"막아!"

하지만 상황이 좋지 않았다. 다들 마수를 상대하느라 발이 묶여 몸 뺄 틈이 없다.

"크아아!"

곰 형태의 마수, 타렌트 베어가 여관 벽을 발톱으로 후려쳤다. 타렌트 베어의 괴력을 생각하면 나무로 만들어진 여관 벽 따윈 종잇장이나 다름없다. 벽이 우르르 무너지고 내부가 드러났다.

거대한 곰의 그림자가 켈테론 백작의 머리 위에 길게 드리워진다. 공포에 질려 백작이 악을 써댔다.

"그러게 내 호위는 남겨야 한다고 했잖아! 절대 여관 안쪽으론 못 들어오게 한다더니!"

그때였다. 날카로운 장검이 투기를 가득 담아 타렌트 베어의 관자놀이를 노렸다.

"꺼져라, 마수 놈!"

강타 당한 마수가 옆으로 나자빠졌다. 그 너머로 검은 머리의 사내가 모습을 드러냈다. 하이어 파라멘의 종자, 디나가 사내를 알아보고 외쳤다.

"하이어 션!"

성시한이 그녀를 힐끔 보더니 빙그레 웃었다.

"다행히 살아들 있구만."

*   *   *

"크르르르……."

으르렁대며 타렌트 베어가 다시 몸을 일으켰다. 그리고 붉은 눈을 번득이며 발톱을 내려쳤다.

시한이 쌍검을 교차해 공격을 막았다. 투기가 실린 발톱과 두 자루 칼날이 허공에서 얽히며 힘겨루기 상태로 들어갔다.

3미터가 넘는 거대한 마수가 체중을 실어 밀어붙이며 짐승의 울음을 터뜨렸다.

"크허엉!"

하지만 시한은 밀리지 않았다.

'타렌트 베어 따위에게 밀릴 거였으면 진작 이계 마물들에게 죽었지.'

비웃으면서 파산기를 끌어 올린다. 오히려 타렌트 베어가 뒤로 밀리며 휘청거렸다.

그 틈에 시한이 크게 검을 올려 그었다.

파아앗!

피가 솟으며 마수의 뱃가죽이 길게 찢어졌다. 동시에 점프해 쌍검으로 교차 베기!

둔탁한 음향과 함께 거대한 곰 머리가 바닥으로 떨어졌다.

켈테론 백작이며 종자들이 안도의 한숨을 쉬었다.

"사, 살았다……."

시한이 고개를 돌려 소리쳤다.

"알리타! 제논! 이쪽은 대충 막았어!"

다른 쪽으로 침입해 온 마수들도 피를 뿌리며 쓰러지고 있었다.

순간 가속을 통한 가공할 스피드로 거대한 마수에게 파고든다. 백금발의 소녀가 찬란한 검광을 흩뿌릴 때마다 허공 가득 붉은 안개가 퍼져 간다.

반대편에선 거구의 청년이 양수검을 휘두르며 또 다른 마수를 처리 중이다. 거대한 대검이 허공에서 직각으로 픽픽 꺾일 때마다 핏줄기가 허공으로 펑펑 솟구친다.

그 광경을 지켜보는 줄데란의 얼굴에 화색이 돌았다.

"오, 저들이 왔군!"

평소엔 프리 하이어를 그리 높게 평가하지 않는 그였다. 하지만 지금은 진심으로 시한 일행을 반가워하고 있었다.

성시한이 다가오자 줄데란이 빠르게 물었다.

"그대들뿐인가? 다른 병력은?"

"그쪽도 중상자가 많아서요."

앞뒤 다 잘라먹은 답변이었지만 줄데란은 쉽게 이해했다. 그도 어느 정도 예상은 하고 있었다.

"역시 그쪽도 습격을 받은 건가……."

시한은 전황부터 살펴보았다. 그리고 잠시 혀를 내둘렀다.

"뭐가 이리 많아?"

상황을 보니 꽤 오래 싸운 것 같은데, 여전히 서른 마리 가까운 마수가 토벌대 측과 전투를 벌이는 중이었다. 보아하니 기사나 마기언 개개인은 어떻게든 버틸 만한데, 등 뒤의 여관을 보호해야 하다 보니 눈앞의 전투에 집중을 못 하고 있다.

문득 예전의 일이 떠올랐다.

'테오란트랑 알트라스 지방 갔을 때 생각나네.'

제국군에게 포위된 사파란과 그 휘하 혁명군을 구할 때의 일이었다. 누군가를 지키며 싸우는 게 그냥 싸우는 것보다 몇 배나 힘들다는 걸 제대로 배운 날이기도 했다.

"제논! 알리타!"

당시를 떠올리며 시한은 두 사람에게 지시를 내렸다.

"여관 좌우 입구를 막아! 내가 후방을 맡을 테니까!"

많이 지치긴 했지만 아직 흑사자 기사단과 마기언들에겐 여력이 있었다. 저들을 돕기 위해 전장에 뛰어드는 것보단 차라리 여관 내 힘없는 일반인을 보호하는 쪽이 나았다.

그쪽이 오히려 흑사자 기사들과 마기언들의 부담을 덜어줄 테니까.

성시한의 지시에 따라 제논과 알리타가 몸을 날렸다. 그들을 스쳐 지나가며 시한이 추가로 외쳤다.

"절대 앞마당까지 나오지 마! 그 자리에서 버티고 있는 게 최우선이다!"

다수의 전투에선 때론 적을 물리치는 것보다 공간을 선점하는 쪽이 더 중요하다.

과연, 시한 일행이 적재적소에 위치하니 마수들의 움직임도 크게 달라졌다.

시한 일행에게 향하는 마수의 숫자는 전체의 극히 일부, 하지만 길목에서 전투를 벌이니 다른 마수들이 자연스레 앞마당의 기사들 쪽으로 향하게 된다. 위치를 선점해 공격 목표와 방향을 조종한 것이었다.

점점 쓰러지는 마수의 숫자가 늘어나기 시작했다.

'자, 그럼 나도 받은 돈값을 해볼까?'

시한은 쌍검을 휘두르며 접근하는 마수들을 베어 넘겼다. 굳이 눈에 띄는 투기술은 쓰지 않았다. 혹여 정체를 들킬까 싶어서였다.

'첫날 같은 실수는 곤란하지.'

별생각 없이 쓴 잠형기나 중압기를 알리타와 제논은 바로 알아보았다.

그날 이후 경각심을 가진 시한은 남들 앞에선 되도록 고유 투기술을 쓰지 않았다. 쓴다 해도 파산기나 광풍기 같은, 동네방네 다 퍼진 기법만을 사용했다.

물론 알리타는 성시한의 정체를 이미 알고 있었고 제논도 예전에 일면식이 있는 사이라 알아본 것이긴 하다. 어지간해서는 투기술만 보고 상대의 정체를 알아차리긴 힘들다.

'그래도 혹시 모르니 주의는 해야지.'

쓰러지는 마수의 수가 점점 늘어갔다. 더 이상 증원이 없는지 눈에 띄게 수가 줄었다.

하이어 줄데란이 일행을 격려하며 외쳤다.

"거의 끝나간다! 조금만 더 힘을 내도록!"

문득 시한이 인상을 쓰며 고개를 돌렸다.

"어?"

갑자기 여관 남쪽, 수백 미터 떨어진 산속에서 강대한 기운이 느껴졌다. 거대한 투기를 발하는 뭔가가 놀라운 속도로 숲을 헤치고 이쪽을 향해 일직선으로 접근하고 있었다.

거리가 가까워지자 다른 소드하이어들도 상황을 눈치챘다.

"이건?"

"맙소사!"

미친 듯이 덤벼들던 마수들이 갑자기 뒤로 물러섰다. 죽음도 불사하고 싸우던 놈들이 갑자기 꼬리를 말더니 맹렬히 도주하기 시작한다.

뒤이어 무지막지한 포효가 숲을 진동시켰다.

"크아아아!"

숲을 헤치며 거대한 형상이 나타났다.

지붕보다도 높은 곳에서 두 개의 푸른빛이 번득인다. 세 개의 녹색 뿔이 돋아난 머리가 달을 등지고 여관 앞마당에 그림자를 드리운다.

마차 대여섯 개를 이어붙인 듯한 거대한 동체 위로 녹색의 각질과 검은 비늘이 빽빽하게 박혀 있었다. 굳게 디딘 네 발, 돋은 발톱 하나하나가 어지간한 단검과 맞먹는 크기였다.

누군가가 소리쳤다.

"용이다!"

지룡은 모습을 드러내자마자 커다란 아가리부터 벌렸다.

"크르르르……."

들끓는 유황 냄새가 사방에 자욱하게 퍼지더니, 이내 거대한 불길이 어둠을 밝혔다.

콰아아아아!

시뻘건 화염이 여관 앞마당을 넓게 쓸어가며 흑사자 기사단과 마기언들을 뒤덮었다. 잽싸게 마기언들이 푸른빛의 장막을 펼쳐 불길을 가로막았다.

"아쿠아 배리어!"

전투에 임하면 일단 불부터 뿜고 보는 것이 전형적인 용의 습성이다. 미리 예상하고 방어 마법을 펼친 것이다.

후끈거리는 열기 속에서 30대 후반의 흑사자 기사, 하이어 파라멘은 피식 웃었다.

"그래도 저들이 아주 틀린 소리는 하지 않았군."

20여 미터의 덩치와 불의 숨결이 지닌 화력을 볼 때, 저 지룡은 대략 100년 정도 묵은 놈이 맞았다. 현재 토벌대의 전력으로 충분히 상대할 수 있는 수준이다.

파라멘의 웃음이 힘을 잃었다.

"…지치지만 않았다면 말이지."

이미 마수들을 상대하느라 다들 탈진 상태였다. 투기도 마력도 바닥을 드러냈다.

지룡을 노려본 채 줄데란이 등 뒤의 하바크에게 고함을 질렀다.

"이 책임을 어떻게 질 거요? 완전히 계획이 어긋났잖소!"

지룡이 마수를 조종하는 것은 알고 있었다. 사교도의 특성상 제 목숨 아까운 줄 모르는 광신도들이 덤벼들 것도 예상했다.

그래서 기밀 사항임에도 불구하고 용병과 프리 하이어까지 고용해 토벌대를 꾸렸다. 100년 묵은 지룡의 힘을 감안하고 조종당하는 마수들의 숫자와 능력까지 계산한 병력이었다. 그런데 이제 와서 마기언들이 한다는 소리가 이거다.

죄송. 조종당하는 마수 숫자가 훨씬 많은 거 같아요.

"지룡의 능력만 예상대로면 뭐해? 휘하 마수가 열 배는 더 되는 것 같은데!"

물론 하바크 쪽도 할 말은 있었다.

"지룡의 지배 능력이 더 늘어날 가능성은 극히 낮았소. 확률상 고작해야 4퍼센트 정도, 그 정도면 마법학에선 불가능이라 치부하는 법이오."

"불가능이고 나발이고……"

줄데란은 이를 갈았다. 확률로 4퍼센트라고 하면 굉장히 낮은 것처럼 느껴질지 모르겠지만 실제로 인생 살아보면 전혀 그렇지 않다.

"도박도 안 해봤냐! 주사위 두 번 굴려서 연속으로 6 나오는 일은 되게 흔하다고!"

어쨌거나 이미 일은 벌어졌다. 여기서 마기언들과 불화를 일으켜 봐야 좋을 것 하나 없다.

애써 흥분을 가라앉히며 줄데란이 서서히 몸을 움직였다.

"예상 밖의 시간에 예상 밖의 장소에서 마주치게 되었지만……"

두꺼운 갑옷으로 무장한 그의 전신에 투기가 솟구쳤다.

"진정한 기사는 결코 물러서지 않는 법!"

다른 기사들도 마찬가지였다. 바닥난 투기를 애써 끌어 올리며 전의를 다진다.

줄데란이 우렁차게 외쳤다.

"저 사악한 용에게 흑사자의 포효를 들려주어라!"

"크아아!"

지룡이 괴성을 지르며 앞으로 돌진했다. 그리고 앞발로 눈앞의 기사를 내려쳤다.

어지간한 코끼리보다도 거대한 앞발이다. 인간 입장에선 거대한 기둥이 무너지는 듯한 암담한 광경일 것이다.

하이어 리블은 피하지 않았다.

방패를 들어 올리며 전신의 투기를 강렬하게 뿜어낸다.

"철벽기!"

폭음과 함께 리블이 십여 미터 넘게 뒤로 밀렸다. 하지만 쓰러지진 않았다. 육중한 충격에도 불구하고 자세를 바로 한 채 투기검을 휘두른다.

"섬멸기!"

검광이 번뜩이며 검녹색의 비늘 위로 전격이 튀었다. 상당한 타격을 받았는지 지룡이 앞발을 거두고 당혹한 기색을 보였다.

"크르?"

그 틈에 다른 기사들도 몸을 날렸다. 리블처럼 철벽기로 전신을 보호하며 투기검을 휘둘러 사방에서 지룡을 압박해 간다.

흑사자 기사단의 고유 투기술, 철벽기.

이는 원래 혁명 7영웅, 대지 파괴자 젝센가드로부터 비롯된 투기술이었다.

예나 지금이나 젝센가드의 폭렬기는 테라노어 최강의 투기술 중 하나로 손꼽히고 있었다. 십여 년 전 혁명군을 이끌던 그는 자신의 부하들에게도 폭렬기를 가르쳐 전력을 강화하고

자 했다.

하지만 폭렬기의 난이도는 높아도 너무 높았다. 젝센가드 정도의 타고난 천재가 아니고서는 습득은 고사하고 감조차 잡을 수 없을 정도였다.

그래서 그는 이계구원자 성시한, 뇌화의 테오란트와 함께 머리를 맞대고 폭렬기 개조에 들어갔다. 모두가 익힐 수 있는 범용적인 투기술 창안이 그들의 목표였다.

결국 그들이 내린 결론은 이것이었다.

'세 마리 토끼는 아무나 못 잡는다. 한 마리씩이라도 제대로 잡게 하자.'

성시한은 폭렬기에서 거력을 끌어내는 부분만을 특화시켜 파산기를 만들었다.

테오란트는 폭렬기 중 파괴력의 집중만을 따로 뽑아 섬멸기를 만들었다. 젝센가드는 폭렬기에서 방어력과 안정성만을 남겨 철벽기를 만들었다.

이후 파산기와 섬멸기는 대륙 전역에 널리 퍼졌다. 하지만 철벽기만큼은 젝센가드 휘하 부대에게만 전해졌다. 그리고 이제는 흑사자 기사단이 그 명맥을 잇고 있었다.

"크아아아아!"

포효와 함께 지룡이 연신 앞발을 휘두르고 꼬리를 내려친다. 그때마다 모든 공격을 방패와 갑옷으로 막아내며 투기검을 휘두른다. 군건하게 신체 중심을 지키며 방패를 앞세워 계속 밀어붙인다.

철벽기로 무장한 흑사자 기사들은 자신보다 몇 배나 거대한 마수와 싸우면서도 결코 물러서지 않았다.

그 용감무쌍한 모습을 지켜보며 성시한은 멍하니 중얼거렸다.

"와, 젝센가드 같은 바보가 다섯 명 있다……."

보고 있자니 옛 추억이 새록새록 떠올랐다. 그것도 주로 잔소리하던 추억 위주로.

"젝센가드! 거대한 마수가 덤벼드는데 왜 거기다 맞짱을 떠? 피해야지!"

"뒤로 빠져! 제발 좀 물러서라고!"

"맞고 때릴 생각 말고 피하면서 좀 때리면 안 되냐? 젝센가드 너, 그러다 나중에 골병든다?"

온갖 잔소리를 해대도 젝센가드는 꿋꿋하게 자신의 전법을 고수했었다.

나 한 대 맞고 너 한 대 맞고. 내 한 대가 더 아프니 넌 쓰러질 것이다!

지금 보니 흑사자 기사들도 하는 짓이 똑같다.

사실 제논도 비슷한 전법을 쓰긴 하지만 상황과 상대에 따라 다르다. 치고 빠질 땐 또 치고 빠진다. 저 정도 질량 차이가 나는데 저렇게까지 무식하게 버티지만은 않는 것이다.

'자기 기사단이랍시고 아주 자기 같은 기사들만 꽉꽉 채웠구나, 젝센가드.'

십 년이 지났지만 젝센가드는 전혀 변하지 않은 듯했다. 성격뿐 아니라 그의 전법과 전술도.

시한의 입가에 희미한 미소가 떠올랐다.

이건 그에게 유리한 일이었다.

'그렇다면 여전히 예전과 똑같은 약점을 가지고 있겠군.'

*   *   *

비록 성시한이 폄하하긴 했지만, 사실 현 상황에서 흑사자 기사단의 전법은 결코 틀린 것이 아니었다.

그들이 물러서지 않고 굳건한 성벽이 되어준 덕에 마기언들이 침착하게 마법을 준비할 수 있었으니까.

"얽히고설키고 옭아맬지니, 더즌 인탱글!"

"얼어붙는 서리의 울음, 프로즌 프로스트!"

"대지의 이빨이여, 날아올라 내려쳐라! 테라 스피어!"

열 명의 마기언이 지룡을 둥글게 둘러싸고 마법 주문을 외워갔다. 온갖 청색 상아탑의 고층 주문이 전장을 화려하게 수놓았다.

12줄기의 거대한 넝쿨이 지룡의 사지를 휘감고 새하얀 냉기가 비늘을 뒤덮는다. 날카로운 바위 송곳이 허공으로 솟구친 뒤 우박처럼 지룡의 전신을 내리찍는다.

하지만 그 정도론 지룡을 상처 입힐 수 없었다.

지룡이 네 발을 당기는 것만으로 거대한 넝쿨이 썩은 동아줄처럼 툭툭 끊어졌다. 뒤덮은 냉기의 서리는 지룡이 몸을 떨자 사방으로 흩어져 버렸다. 바위 송곳은 지룡의 비늘을 뚫지 못하고 헛되이 튕겨 나갈 뿐이었다.

마기언 하바크가 이를 갈았다.

"젠장, 마력이 부족해!"

원래 그들의 마법은 이 정도 위력이 아니었다. 제대로 발동된 제6층 공격 마법은 100년 묵은 용의 비늘을 뚫기에 충분하다.

하지만 마수들을 상대하느라 마력을 너무 소모해 버렸다.

"크아아아!"

포효하며 지룡이 재차 숨을 들이쉬었다. 유황 냄새가 또다시 자욱하게 퍼져 간다.

리블과 파라멘이 놀라 소리쳤다.

"불의 숨결이다!"

"방어 마법을!"

다시 한 번 불길이 사방을 뒤덮었다. 이번에도 마기언들은 재빨리 응수했다. 수계(水界) 방어 마법, 아쿠아 배리어를 펼쳐 화염의 입김을 가로막는다.

화염이 갈라지고, 흑사자 기사와 마기언들은 무사히 몸을 건사했다. 하지만 문제는 그 후였다.

"으 으……."

신음을 흘리며 마기언 세 명이 혼절해 버린 것이다. 마력이 고갈된 상태에서 너무 강한 마법을 쓴 탓이었다.

그 틈에 지룡이 달려들어 크게 앞발을 휘둘렀다.

"컥!"

"크윽!"

휘두른 지룡의 앞발에 한꺼번에 쓸리며 두 명의 기사가 갑옷째 허공으로 날려갔다.

줄데란이 경악해 소리쳤다.

"파라멘! 리블!"

날려간 기사들이 잠시 꿈틀거리더니 이내 움직임을 멈췄다. 다행히 죽지는 않았지만 호흡이 상당히 가늘다.

남은 이들이 지룡을 노려보며 이를 갈았다.

"젠장!"

＊　　　＊　　　＊

시한 일행은 여전히 여관에서 켈테론 백작과 종자들을 지키고 있었다.

원래는 전투에도 참가할 생각이었지만, 줄데란이 따로 명령을 내린 탓에 어쩔 수 없었다.

'그대들은 켈테론 백작님을 경호토록 하게!'

그래서 지금까진 여관을 떠나지 못하고 지룡과의 전투를 지켜보고만 있었다. 그런데 상황이 영 안 좋게 흘러간다.

제논이 긴장하며 성시한을 돌아보았다.

"우리도 싸워야 하지 않을까요?"

조금 전까지는 이들이 이 자리에 서 있는 것이 큰 도움이 됐다. 뒤를 걱정할 필요가 없어지면서 기사와 마기언들은 집중하고 마수들만을 상대할 수 있었으니까.

하지만 마수들은 전부 도망갔다. 적은 이제 지룡 하나뿐이니 굳이 계속 이들을 보호하고 있을 필요가 없는 것이다. 차라리 전투를 돕는 것이 훨씬 낫다.

물론 줄데란도 그걸 몰라서 굳이 이들에게 여관을 지키게 시킨 건 아니었다. 호위 하나 안 남기면 켈테론이 나중에 엄청 난리칠 테니 입막음용이었달까?

하지만 이쯤 되면 무능한 귀족 따위를 신경 쓸 상황이 아니다.

"그렇군, 슬슬 우리도 가세해야……."

그 말에 동의하며 성시한이 앞으로 나서려던 차였다.

"잠깐! 대체 어딜 간단 말이냐!"

켈테론이 눈을 부라리며 거만한 목소리로 시한을 붙잡았다.

"너희는 나를 지켜야지!"

"저분들이 쓰러지면 다음엔 우리 차례입니다만?"

어이가 없어 시한이 반문했다. 그러자 켈테론 백작이 잠시 놀라더니 진지한 표정으로 고개를 끄덕였다.

"그럼 어서 이곳을 피해야겠군. 당장 퇴로를 안내하도록!"

침묵이 흘렀다. 시한 일행이며 흑사자 기사의 종자들, 심지어 켈테론의 개인 호위병조차도 잠시 할 말을 잃는다.

제논이 속으로 혀를 내둘렀다.

'아니, 지금 당장 눈앞에서 기사와 마기언들이 목숨 걸고 싸우고 있는데 혼자 도망가 버리겠다고? 그럼 그 후환은 어떻게 감당할 건데?'

생각이 짧아도 저리 짧을 수가! 그는 감탄하며 자기도 모르게 뇌까렸다.

"…과연 야수의 두뇌."

"응? 지금 뭐라고 했느냐?"

켈테론이 민감하게 반응하며 고개를 돌렸다. 제논이 잽싸게 딴청을 피웠다.

"아뇨, 아무것도."

다행히 목소리가 작아서 듣지는 못한 모양이었다.

잠시 긴가민가했지만 켈테론은 이내 신경을 껐다. 지금 사소한 거 신경 쓸 때는 아니니까.

"뭐하느냐, 프리 하이어? 어서 퇴로를 확보하지 않고! 명령에 따르지 않을 셈이냐?"

성시한은 난처해하며 꽥꽥 소리치는 켈테론을 바라보고 있었다.

'끙······.'

자고로 군대에선 이런 어리석은 지휘관을 상대하는 오래된 전통의 방식이 있다,

시한이 알리타에게 말없이 눈짓을 보냈다.

'기절시키자!'

용케 알아듣고 그녀도 눈짓으로 화답했다.

'좋아요!'

하지만 오래된 전통의 문제는, 말 그대로 오래되었다 보니 누구나 다 안다는 사실이다.

갑자기 켈테론의 눈빛이 바뀌었다.

"혹시 날 기절시키고 뛰쳐나갈 셈은 아니겠지?"

잽싸게 시한 일행으로부터 등을 숨기며 싸늘하게 노려본다.

"그래놓고 나중에 파편이 날아왔느니 어쩌니 변명하면서 대충 때우려고?"

'크, 눈치는 또 엄청 빠르네?'

시한은 속으로 혀를 찼다. 하긴, 눈치 하나로 저 자리까지 오른 양반이니 오죽할까? 어쩌면 이미 경험이 있는지도 모른다.

이렇게 된 이상 뒤탈 없이 기절시키는 일도 물 건너가 버렸다.

"쓸데없는 생각 말고 앞장서라! 일단 이 자리를 피해야겠······."

뒤통수를 각별히 신경 쓰며 켈테론이 소리치던 중이었다. 갑자기 그가 앞으로 푹 쓰러졌다.

알리타와 제논의 눈이 동그래졌다.

"어머?"

"뭐야?"

아무 짓도 안 했는데 알아서 기절했다?

기절한 켈테론 너머로 몽둥이를 든 채 쓸쓸하게 웃고 있는 여자아이가 보였다.

"가세요, 하이어 선."

뒤에 서 있던 다나가 대신 그를 기절시켰던 것이다. 다른 종자 하나가 기겁해 물었다.

"다나! 너 어쩌려고 이런 짓을?"

다나는 쓰러진 켈테론을 물끄러미 내려다보았다. 그러더니 갑자기 켈테론의 뒤통수 쪽으로 몽둥이를 툭 떨어뜨린다.

소녀가 천연덕스럽게 중얼거렸다.

"어라? 파편이 날아왔네?"

이걸로 사건 현장이 완성되었다.

심증은 있어도 물증이 없고, 증인은 있지만 증언이 없는 훌륭한 완전범죄였다.

"잘했어!"

웃으며 성시한은 제논과 알리타에게 손짓을 했다.

"가자!"

*　　　　*　　　　*

상처 입고 약해진 쪽부터 노리는 것은 짐승의 본능이다.

기절한 기사와 마기언들을 향해 지룡이 질주하기 시작했다.

"크아아아!"

네 발을 놀리며 빠르게 달려가니 그것만으로 지축이 뒤흔들린다. 다급해하며 줄데란이 땅을 박찼다.

"쓰러진 이들을 구해라!"

지룡이 몸을 뒤틀어 거대한 꼬리로 기절한 기사, 파라멘을 내려쳤다.

아슬아슬하게 줄데란이 먼저 도착했다. 재빨리 파라멘을 안고 몸을 던진다.

쿠웅!

굉음과 함께 땅바닥에 커다란 고랑이 파였다.

목표물을 놓친 지룡이 분노하며 재차 포효했다. 그리고 또 다시 불의 숨결을 토했다.

화아아아악!

혼절한 마기언들을 부축하던 다른 기사 두 명의 머리 위로 붉은 파괴의 베일이 드리워졌다. 하바크를 비롯한 마기언들이 일제히 힘을 합쳤다.

"아쿠아 배리어!"

다행히 이번에도 방어 마법은 용의 불길을 막아주었다. 그 대가로 또 마기언 두 명이 혼절해 버렸지만.

그래서 문제가 생겼다. 쓰러진 하이어 리블을 챙길 사람이 하나도 없게 되어버린 것이다.

"크르르르."

노렸다는 듯 지룡이 쓰러진 리블을 향해 머리를 들이대며 입을 쩍 벌렸다. 기사들의 얼굴에 당혹과 경악이 교차했다.

"아차!"

"리블!"

지룡이 리블을 물어 올렸다. 용의 이빨 사이로 실 끊어진 인형처럼 갑옷 입은 기사의 팔다리가 축 늘어졌다.

아무리 기사의 갑옷이라도 투기의 힘이 없으면 그냥 철판 쪼가리일 뿐이다. 그리고 용의 이빨은 철판쯤은 종잇장처럼 씹어 으깰 수 있다.

날카로운 송곳니가 기절한 기사의 전신으로 파고들려는 순간이었다.

"어딜 포장도 안 벗기고 날로 먹으려고?"

날카로운 외침과 함께 두 줄기 검광이 지룡의 머리통을 강타했다.

쾅앙!

검광의 출처는 쌍검을 든 흑발의 청년이었다. 사각을 이용해 지룡의 등 뒤로 접근한 뒤 십여 미터가 넘는 머리 높이까지 뛰어올라 투기검을 날린 것이다.

"크르르!"

그 충격으로 지룡이 물고 있던 먹잇감을 놓쳤다. 떨어지는 리블을 잽싸게 받아 든 청년이 바닥에 착지했다.

놀란 줄데란이 눈을 껌벅였다.

"하이어 션?"

성시한은 리블을 든 채 재빨리 뒤로 물러났다. 제논과 알리타가 교차하며 달려가 지룡의 앞을 가로막았다.

그 틈에 시한은 기절한 리블을 안전한 곳까지 옮겼다. 줄데란이 의아해하며 물었다.

"어떻게 여관을 떠난 겐가? 분명 명령을 내렸을 텐데?"

자신의 명령을 거역한 걸 탓하는 것은 아니었다.

"켈테론 공은 어찌하고?"

그저 뭔 수를 썼기에 켈테론이 이들을 순순히 전장으로 보내준 건지 궁금해서 한 질문이었다.

시한이 아무 일 없다는 듯 대답했다.

"켈테론 백작께선 날아온 파편에 맞아 기절하셨습니다."

군대의 오랜 전통에 대해선 줄데란도 제법 조예가 있었다. 그 역시 한때는 누군가의 부하였으니까.

"아, 그건가?"

"네, 그겁니다."

성시한과 줄데란이 서로를 보며 히죽 웃었다. 이걸로 켈테론의 존재는 이들의 뇌리에서 깔끔히 잊혀졌다……

다시 진지한 표정을 지으며 줄데란이 등 뒤를 가리켰다.

"미안하네, 조금만 시간을 벌어주게. 전열을 정비할 수만 있으면 돼."

기절한 흑사자 기사와 마기언들을 그냥 땅바닥에 버려둘 수는 없다. 적어도 안전한 곳에 놓고 와야 한다. 그리고 다른 이들도 많이 지쳤다.

호흡이 너무 가빠 목구멍이 찢어질 지경. 목이라도 좀 축이고 숨 돌릴 시간이 간절하다.

"알겠습니다."

고개를 끄덕이며 시한이 다시 지룡을 향해 달려갔다. 제논과 알리타 사이로 뛰어들며 그가 투기검을 끌어냈다.

"타아앗!"

강렬한 투기가 지룡의 신경을 건드렸다. 저 작은 인간들에게서 풍기는 기운이 예사롭지 않았다.

가늘게 찢어진 파충류의 눈동자에 경계의 빛이 떠올랐다.

"크르르……."

지룡을 노려보며 제논과 알리타가 중얼거렸다.

"용과 싸워보는 건 처음인데……."

"정말 크긴 무식하게 크네요."

애써 태연한 척했지만 그들의 안색은 딱딱하게 굳어 있었다. 집채만 한 괴물을 검 한 자루만으로 마주하는 상황, 아무리 강하고 아무리 용감한 이라도 자기도 모르게 겁을 집어먹을 수밖에 없는 것이다.

하지만 시한의 얼굴은 평온했다. 긴장은 하고 있을지언정 결코 굳어 있지는 않았다.

거대한 괴물과의 전투는······.

"오랜만의 괴수 대전이네."

그에겐 너무나도 익숙한 것이었으니까.

*　　　*　　　*

제논이 대검을 머리 위로 들며 파산기를 끌어 올렸다.

알리타도 두 다리에 질풍기를 집중하며 땅을 박찼다.

지룡의 좌우를 정신없이 오가며 두 사람은 연신 참격을 날렸다. 투기검이 비늘을 강타하자 지룡이 신음을 흘렸다.

"크르릌!"

이제껏 상대한 인간들과 달리 공격이 너무 아팠다.

지칠 대로 지친 흑사자 기사들과 달리 시한 일행은 딱히 힘쓸 일이 없었다.

그동안의 전투라 봐야 일반인이나 다름없는 광신도 무리를 해치운 것과 마수전 끝물이 전부다. 힘이 철철 남아도는 것이다.

지룡의 비늘이 갈라지며 조금씩 피가 흘러내렸다. 고통으로 지룡이 난동을 부렸다.

하지만 치명상이라 할 정도는 아니었다. 비늘을 부수느라 투기의 힘이 대폭 약화된 나머지 정작 몸체엔 크게 충격이 가질 않는다. 게다가 덩치가 워낙 크다 보니 어지간히 베어봤자 생채기에 불과하다.

제논과 알리타가 물러서며 혀를 찼다.

"큭! 쉽지 않군!"

"쳇……."

그 틈에 지룡이 제논을 노렸다.

알리타에 비하면 덩치도 크고 스피드도 느린 제논이었다. 훨씬 잡기 쉬운 먹잇감이다.

"크아아!"

예상대로 미처 피하지 못한 제논이 지룡에게 물렸다. 제논을 물어 올린 지룡은 그대로 먹잇감을 질끈 씹었다.

아니, 씹으려고 했다.

"크르?"

생각보다 먹잇감이 너무 딱딱했다. 이빨이 전혀 들어가지 않았다.

분명 용의 이빨은 철판조차 종잇장처럼 씹지만, 투기가 실린 철판은 이야기가 다르다. 그리고 현재 제논의 갑옷엔 그의 방호 투기가 가득 담겨 있다.

물린 채로 제논이 회심의 미소를 지었다.

"입안엔 비늘이 없겠지?"

처음부터 일부러 물렸던 것이다.

제논이 지룡의 입 안쪽에 투기검을 내려쳤다. 커다란 입천장이 길게 베이며 피가 솟구친다.

고통에 몸부림치며 지룡이 제논을 도로 던졌다. 가볍게 바닥에 착지한 제논이 원래 자리로 돌아갔다.

주둥이 움켜쥐고 방방 뛰는 거대한 지룡을 보며 성시한이 혀를 찼다.

"쯧쯧, 뚜껑도 안 따고 참치캔 까먹으려니 저렇게 되지."

"…참치캔이 뭡니까?"

제논의 표정이 묘해졌다. 이유는 모르겠는데, 어쩐지 대단히 모욕적인 말을 들은 기분이 든다?

"아무것도 아냐. 그런데 굳이 물릴 필요 있었어? 위험하잖아?"

"할 수 없잖습니까? 비늘이 너무 단단한데."

제논의 항변에 시한이 피식 웃었다.

"비늘 단단한 것들은 다 상대하는 법이 있지."

광풍기를 발동시켜 단숨에 지룡의 코밑까지 질주한다. 지룡이 연신 앞발과 꼬리를 내려쳤지만 예지 능력이라도 가진 것처럼 너무도 쉽게 피해 버린다.

"공격이 너무 단순해."

사실 지룡을 탓할 것은 아니었다.

저 덩치로 돌려차기를 하겠나, 이단 옆차기를 하겠나? 거대한 입장에서 상대적으로 작은 인간을 공격하는 방법이랄 게 다양할 수가 없는 것이다.

그리고 시한은 십여 년 전 이미 온갖 거대한 마물이며 용과 싸워본 처지다.

'물론 그때에 비하면 영 부실하다만……'

차원을 관통한 부작용 탓에 많이 약해진 것은 사실이었다. 이계구원자 시절엔 이런 100년 묵은 용 따위는 일격에 해치울 수 있었다.

반면 지금은 결코 만만치 않다. 체감상 한 500년쯤 묵은 용과 싸우는 기분이다.

'즉, 처음부터 그냥 500년 묵은 용과 싸우는 셈치면 된단 소리지!'

당시의 기억을 떠올리며 시한은 지룡의 사각으로 연신 몸을 날렸다.

여기저기 고속으로 이동하며 투기검을 이리저리 찔러본다. 지룡의 비늘 중 약한 부위를 찾는 것이었다.

잠시 후 성시한이 눈을 빛냈다.

"여기군!"

지룡의 옆구리로 파고든 뒤 칼날을 옆으로 눕힌다. 그 상태로 시한은 비늘 사이에 장검을 찔러 넣었다.

'이대로 올려 벤다!'

옆구리 쪽 껍질이 후드득 벗겨지며 용혈이 흩날렸다. 무슨 생선 껍질 벗기는 것처럼 수십 장의 비늘이 한꺼번에 날아가며 시뻘건 생살이 훤히 드러났다.

그대로 장검을 내려치며 시한이 기합을 터뜨렸다.

"타아앗!"

강렬한 투기검이 지룡의 옆구리를 깊게 베어갔다. 사람으로 치면 피부 벗기고 칼로 쑤신 격이다. 지룡이 처절한 비명을 터뜨렸다.

"크아아아악!"

봇물이라도 터진 것처럼 용의 피가 철철 솟구쳤다. 물러나 있던 흑사자 기사와 마기언들이 놀란 표정을 지었다.

"맙소사!"

"대단하군!"

그들 모두가 덤벼든 것보다 저 검은 머리의 소드하이어가 준 타격이 더 컸다. 물론 그들이 워낙 지친 탓이긴 했지만, 그렇다 해도 저자의 실력을 폄하할 순 없었다.

분명 투기량만 보면 투사급 소드하이어인데, 싸우는 걸 보면 어지간한 기사급도 상대가 안 될 것 같다.

줄데란도 놀라 중얼거렸다.

"저건 쓸 만한 정도가 아닌데?"

*   *   *

한편 제논은 감동한 눈으로 시한을 바라보고 있었다.

"역시 하이어 시한! 전 몇 번을 베어도 소용없었는데."

"너도 할 수 있을걸, 제논."

"어떻게 말입니까?"

"벽장 포 뜰 때처럼 하면 돼."

순간 전장의 모든 이가 의아해했다.

'…벽장을 왜 포를 떠?'

물론 당사자인 제논은 바로 알아들었다.

"아, 그렇군요!"

바로 제논이 움직였다. 시한처럼 지룡의 공격을 피하며 반대쪽 옆구리에 파고들어 칼날을 옆으로 눕힌다.

거대한 용과 싸워본 적은 없지만 생선 비늘이라면 기백 마리 벗겨본 제논이었다. 금방 감을 잡았다.

"이런 거군!"

검을 올려 그으며 제논이 기합을 터뜨렸다.

"타아아앗!"

또다시 비늘이 후두둑 벗겨지고 맨살에 칼침이 놓아진다.

지룡이 재차 비명을 터뜨렸다. 억울하고 분통하기까지 한 비명이었다.

"용도 별것 아니군!"

재차 돌진하며 제논이 히죽 웃었다. 마음 한구석에 잠깐 방심이 깃들었다.

갑자기 지룡이 돌진하는 제논을 올려쳤다. 땅까지 파헤쳐가며 밑에서부터 위로 앞발을 휘두르는 방식, 이제껏 보인 적이 없는 공격 패턴이었다.

"아차!"

방심한 와중에 예상 밖의 기습이 날아오니 아무리 제논이라도 미처 피할 수가 없다.

"크억!"

신음을 흘리며 제논의 거구가 허공으로 떠올랐다. 그것이 끝이 아니었다. 그대로 지룡이 꼬리를 크게 휘둘렀다. 공중에서 후려치려는 것이었다.

시한의 표정이 다급해졌다.

"저 바보!"

황급히 허공으로 점프해 제논을 낚아챈다. 하지만 타이밍이 늦었다. 이미 지룡의 꼬리가 관성을 받을 대로 받아 코앞까지 날아들고 있다!

"젠장! 용 주제에 무슨 공중 콤보를 넣어?"

물론 그는 이 상황에서 자신과 제논을 보호할 방어용 투기술도 알고 있었다. 하지만 투기량이 부족한 현재로썬 쓸 수 없는 기술인 것이다.

그렇다고 보는 눈이 이렇게 많은데 철벽기 같은 걸 쓸 수도 없고.

'할 수 없지!'

급한 김에 시한은 제논을 껴안은 채 투기를 끌어 올렸다. 투기가 성시한과 제논을 동시에 휘감았다. 방어가 목적이 아닌, 다른 용도의 투기술이었다.

"중압기!"

제논과의 첫 만남에서 선보였던 일명 '비살상용 중압기'였다. 이제 중압기가 지룡의 공격을 골고루 분산시켜 줄 것이다.

물론 그 대가로…….

'죽도록 아프겠지만!'

콰앙!

우렁찬 타격음과 함께 두 남자는 한 줄기 유성이 되어 앞마당 저편으로 날아갔다. 그리고 사이좋게 대지에 처박혔다.

성시한은 고통으로 부들부들 떨며 간신히 구덩이 밖으로 빠져나왔다. 옆을 보니 제논은 벌써 거품 물고 기절한 상태였다.

"아으, 내가 이렇게 흉악한 기술을 만들었단 말이냐…….."

깊이 반성하며 지룡 쪽으로 고개를 돌릴 때였다.

시한이 다시 한 번 기겁했다.

"알리타!"

          *   *   *

상처 입은 먹잇감부터 노리는 것이 짐승의 본능이라지만, 그것도 거리에 따라 다르다.

거리가 지나치게 멀면 일단 가까운 먹잇감부터 노리는 것 역시 짐승의 본능이다.

성시한과 제논이 너무 멀리 날아가 버리자 지룡은 알리타 쪽으로 시선을 돌렸다.

"윽……."

혼자서 용과 상대하게 된 그녀의 안색이 창백해졌다.

"저 소녀가 홀로?"

숨을 돌리던 흑사자 기사들이 황급히 몸을 일으켰지만 이미 늦었다. 이미 지룡이 알리타를 향해 거체를 움직이고 있었다.

"크아아아!"

포효를 터뜨리며 지룡이 앞발을 내려쳤다. 알리타는 잽싸게 공격을 피했다. 그 순간 지룡이 불길을 토했다.

파아아아!

워낙 광범위한 공격이라 좌우로 피할 곳이 없다. 그녀는 무심코 허공으로 점프했다. 그리고 화들짝 놀랐다.

"아차!"

실수였다. 일단 허공으로 몸을 띄우면 날개가 달린 것이 아닌 이상 마음대로 움직일 수가 없는 것이다.

아니나 다를까, 기다렸다는 듯이 지룡이 입을 벌렸다. 날카로운 용의 이빨이 섬뜩한 빛을 드러냈다.

제논과 달리 알리타는 투사급 소드하이어, 금속 갑옷에 투기를 부여하는 경지에는 아직 오르지 못했다. 가죽으로 만든 경갑주 차림이니 물리기라도 하면 끝장이다.

기겁한 알리타가 투기를 운용해 애써 몸을 옆으로 틀었다.

허리를 이용한 반동과 투기의 반작용이 있다면 발판 없는 허공에서도 어느 정도 이동이 가능하다. 그래 봤자 몇 발자국이 한계지만.

다행히 아슬아슬하게 용의 이빨이 빗맞았다. 이빨 대신 주둥이가 알리타의 가녀린 몸을 치고 지나갔다.

"아윽!"

알리타가 울컥 피를 토했다. 빗겨 맞았는데도 전신이 부서질 듯한 타격이었다. 워낙 질량 차이가 어마어마했던 것이다.

피를 흘리며 알리타는 그대로 땅에 떨어졌다. 토해낸 핏물이 지룡의 콧잔등에 흩뿌려졌다.

그때 이해할 수 없는 일이 일어났다.

"크륵!"

갑자기 지룡이 전신을 부르르 떨며 굳어버렸다.

세로로 찢어진 파충류의 동공이 일순 동그랗게 커진다. 뭔가 굉장한 충격을 받은 듯한 모습이다.

"크아! 크아! 크아아!"

더 이상 지룡은 알리타를 노리지 않았다. 오히려 미친 듯이 포효를 터뜨리며 정신없이 뒤로 물러난다.

"뭐지?"

"뭐야? 무슨 일이 일어난 거야?"

황급히 달려오던 흑사자 기사들이 놀라 걸음을 멈췄다.

지룡은 어느새 등을 돌려 부리나케 숲으로 달려가는 중이었다. 누가 봐도 도망가는 모습이었다.

황당한 일이었다.

마수가 다 잡아놓은 먹잇감을 포기하고 갑자기 도망치다니? 그것도 고작 피 몇 방울 묻었다는 이유로?

그 광경을 지켜보던 알리타가 얼빠진 음성을 흘렸다.

"…쟤도 결벽증인가?"

Chapter 3

용을 베고 소인배를 얻다

예정과 달리 시한재림교 토벌대는 사흘을 더 지체했다.

습격으로 인한 피해가 너무 컸다. 사망자만 서른에 전투 불가능의 중상자도 스물이 넘는다. 이제 토벌대의 병력은 백이 조금 넘는 수준이었다.

수많은 마수에 지룡까지 상대한 소드하이어와 마기언들도 휴식이 필요했다. 여러모로 바로 토벌을 이어갈 상황이 아닌 것이다.

뒤처리도 큰일이었다. 간밤에 붙잡은 사교도의 수는 생존자만 오십 명이 넘었다. 정식 판결이 떨어질 때까지 토벌대는 이들을 관리, 감시할 책임이 있었다.

물론 재판 결과는 보나마나 사형이겠지만 그래도 필요한 절차였다. 루스클란 제국 시절처럼 이 자리에서 즉결 처분한 뒤 마을째로 불태워 버리는 극악무도한 짓을 할 수는 없으니까.

그래서 켈테론 백작은 베르셀트 인근의 귀족과 신전에 도움을 청했다.

연락을 받고 옆 영지의 라벨 남작이 병력을 끌고 왔다. 사교도들의 뒤처리를 인계하기 위해서였다.

붙잡힌 사교도들은 이제 라벨 남작령에 잠시 갇혀 있다가 차후 왕도 라텐셀로 호송될 것이다.

태양의 신전에서도 추가로 몇 명의 프린을 보내주었다.

낮과 광휘와 태양의 신, 아란 테세린을 섬기는 프린들은 사망자의 시신을 수습하고 치유의 기도로 부상자들을 돌봤다.

소모된 병력이 아쉬운 켈테론 백작이 라벨 남작의 병사들을 노리기도 했지만, 아쉽게도 그 시도는 실패했다.

"죄송합니다, 켈테론 공. 좀 곤란하겠군요."

일반적인 상황이라면 일개 지방 귀족인 라벨 남작이 젝센가드 왕국의 실권자인 켈테론 백작을 거역할 수 있을 리가 없다. 사실 켈테론이 억지를 쓰면 얼마든지 병사를 빼앗을 수도 있었다.

문제는 라벨 남작도 일찌감치 그 속내를 눈치채고 쓸모없는 병사들만 대동했다는 점이다.

"저희 병사들은 전부 농사만 짓던 영지병입니다. 잡일이야 하겠지만 마수와의 전투에선 전혀 도움이 되지 않을 텐데요?"

"…정말 도움이 안 될 것 같군."

라벨 남작의 병사들을 널린 마수들의 시체만 봐도 구토를 해대는 진짜 농민이었다.

저래서야 화살받이는 고사하고 밥값도 못할 것 같다. 내심 주판을 팅겨본 뒤 켈테론도 미련을 버렸다.

그동안 토벌대의 용병들은 마냥 마을에서 대기하고 있었다.

*   *   *

자드 마을 서쪽의 한 통나무집.

투박한 마루에 걸터앉은 성시한이 늘어져라 하품을 해댔다.

'아우, 심심하다.'

현재 시한 일행은 가옥 한 채를 통째로 쓰고 있었다. 여러 명이서 함께 묵는 다른 용병들과 비교하면 상당한 특혜를 받고 있는 셈이다.

지난번 지룡과의 전투 덕분이었다. 그 정도 활약을 펼쳤으니 아무래도 대우가 달라질 수밖에 없었다.

덤으로 켈테론을 기절시킨 일도 유야무야 넘어갔다. 깨어난 켈테론은 아예 전후 사정 자체를 기억 못 하고 있었던 것이다.

"하긴, 원래 사람이 기절하면 기억 앞뒤 다 잘라먹는 게 보통이긴 하지."

중얼거리다 말고 문득 시한은 고개를 돌렸다.

"그런데 제논, 너 뭐 하냐?"

맞은편에서 제논이 그 큰 덩치로 쪼그려 앉아 뭔가를 열심히 조물거리는 중이었다. 자세히 보니 타임, 로즈마리 등의 말린 허브다.

손을 멈추지 않은 채 제논이 대꾸했다.

"소금 만듭니다."

"…소금이 그냥 소금이지, 뭘 또 만들어?"

바닷물 증류한다는 소리는 아닌 것 같은데? 성시한의 의문에 제논이 무섭도록 진지하게 말했다.

"진정한 요리인이라면 최소 네 종류의 소금은 상비해야지요. 여유가 생길 때마다 쓴 만큼 채우고 있습니다."

말하면서도 제논은 계속 소금에 말린 허브를 섞어 열심히 갈고 있었다. 그리고 조심스레 종류별로 작은 병에 옮겨 담는다.

"그, 그러냐?"

시한은 벌렁 뒤로 누웠다.

뭔 소린지 전혀 모르겠다. 그냥 그러려니 해야겠다.

'밥만 맛있으면 됐지.'

알리타가 마루로 다가오며 중얼거렸다.

"벌써 사흘째인데, 이렇게 지체하면 사교단 토벌은 물 건너 가는 거 아닌가요?"

사교도들도 바보가 아닌데 토벌대가 이렇게 가까이 올 동 안 가만있을 리가 없다. 물론 세뇌당한 멍청한 광신도들은 성 지를 지키겠다며 여전히 버티고 있겠지만 진짜 수뇌부는 벌 써 도망쳤을 것이다.

"보통은 그렇겠지만……."

시한은 도로 몸을 일으켰다.

"이 토벌의 진짜 목적은 사교단을 퇴치하는 게 아니잖아?"

시한재림교 토벌대의 진짜 목적은 바로 지룡과 라크란을 처 리하는 것이다. 켈테론을 비롯한 토벌대 지휘부 입장에서는 사실 남은 사교도들이야 도망치든 말든 별 상관이 없다.

"이미 토벌 자체는 충분히 성과를 올리기도 했고."

붙잡은 사교도의 숫자만 해도 국왕 앞에서 공을 자랑하기 엔 충분했다.

알리타가 성시한 곁으로 다가와 앉았다.

"지룡과 라크란도 도망치지 않았을까요?"

"그 부상으론 무리일걸?"

성시한과 제논의 활약 덕분에 지룡은 양쪽 옆구리에 제법 큰 부상을 입었다. 용의 자가 치유력으로도 하루 이틀 사이에 아물 상처는 아니었다.

"물론 라크란이란 자가 억지로 지룡을 조종해서 도망칠 가능성도 있긴 하지만……."

시한은 잠시 생각에 잠겼다.

"그런데 그자, 청색 상아탑의 마기언이었잖아? 과연 부상당한 용을 억지로 움직여서 상처를 덧나게 만들 정도로 멍청할까? 어차피 그 상태로 도망쳐 봤자 멀리 가지도 못할 텐데."

"라크란이 지룡을 버리고 홀로 도주할 가능성은요?"

"아, 그럴 가능성은 좀 있겠다."

알리타를 돌아보며 성시한이 환하게 웃었다.

"하지만 그건 우리가 알 바 아니잖아?"

라크란은 청색 상아탑의 문제다. 어찌 됐든 시한 일행과는 아무 상관도 없다.

"우리야 지룡만 처리하면 끝이지, 뭘."

제논이 몸을 일으켰다. 그리고 인상을 썼다.

"어쨌거나 그 덩치 큰 도마뱀은 남아 있을 거란 말씀이죠?

그거면 충분합니다."

제논의 눈동자가 조용한 분노로 이글거린다. 그는 사흘 전 지룡에 의해 꼴사납게 기절한 일을 아직 잊지 않은 것이다!

'…소금 옮겨 담을 땐 완전히 잊고 있는 것 같던데?'

잠시 의문이 들었지만 굳이 입 밖에 내지 않는 시한이었다.

산 저편을 보며 알리타가 고개를 끄덕였다.

"그렇다면 지금쯤 어딘가에서 상처를 돌보고 있겠네요."

                    *   *   *

햇빛도 달빛도 들지 않는 깊은 동굴.

작은 마법의 등불만이 허공에 떠 간신히 사물의 윤곽을 밝히는 어둠 속에서 30대의 한 사내가 소리치고 있었다.

"일어나라, 마수여!"

동굴 가득 사내의 목소리가 메아리쳤다. 그리고 다시 조용해졌다.

사내, 라크란이 손톱을 깨물며 초조한 표정을 지었다.

"젠장, 왜 이러지……."

라크란 앞엔 거대한 용이 엎드려 있었다. 며칠 전 시한재림교 토벌대를 습격한 바로 그 지룡이었다.

부상을 입고 돌아온 지룡은 그대로 자신의 둥지에 처박혔다. 상처 입은 짐승에게 정신 지배를 거는 것은 실패 위험이 높기에 라크란도 일단 내버려 두었다.

어느 정도 상처가 아문 것 같아 다시 조종하기 위해 동굴로 온 것인데⋯⋯.

'왜 명령이 먹히질 않는 거야?'

라크란은 손에 쥔 검은 가루를 내려다보았다. 청색 상아탑에서 훔쳐온 루스클란 황족의 심장 가루였다.

이제껏 그는 이 가루를 촉매로 지룡을 조종해 왔고, 지룡은 한 번도 그의 명령을 거역한 적이 없었다.

그런데 그 전투 이후 뭔가가 바뀌었다. 아무리 가루를 통해 마력을 주입해도 지룡이 반응하지 않는다.

'대체 사흘 전에 무슨 일이 일어난 거지?'

그렇다고 정신 지배 마법이 실패한 것 같지도 않았다.

만약 마법 자체가 실패한 것이라면 흉포한 본능을 지닌 지룡이 눈앞의 라크란을 가만둘 리가 없는 것이다. 마수답게 벌써 잡아먹었겠지.

하지만 지금 지룡은 그저 몸을 둥글게 만 채 얌전히 엎드려 있을 뿐이었다.

라크란은 욕설을 흘렸다.

"제길! 아직은 이놈이 필요한데!"

시한재림교를 이용해 그가 모은 보물들은 족히 마차 한 대

분량이었다. 적어도 마차를 몰고 이 일대를 빠져나갈 때까진 지룡이 토벌대를 막아주어야 하는 것이다. 그러지 않으면 순식간에 추적당할 것이다.

물론 보물을 포기하고 몸만 내빼면 아무리 토벌대라도 라크란을 쫓는 것이 쉽지 않겠지만…….

'그럴 순 없지. 이게 어떻게 모은 돈인데?'

한평생 떵떵거리면서 살 수 있는 보물을 그냥 버리고 갈 생각은 전혀 없다.

라크란은 품에서 주머니를 꺼냈다. 그리고 평소보다 더 많은 심장 가루를 움켜쥐었다.

'혹시 심장 가루의 양이 모자란 걸지도 모르니…….'

그렇게 막 오른손에 마력을 주입할 때였다. 갑자기 가루에서 희미한 붉은빛이 흘러나왔다.

파아앗!

그뿐이 아니었다.

엎드려 있던 지룡의 콧잔등에서도 비슷한 붉은빛이 점점이 드러났다. 대낮이었다면 미처 눈치채지 못했겠지만 워낙 어둡다 보니 눈에 확 들어온다.

'뭐야, 또?!'

긴장하며 라크란은 뒷걸음질 치려던 차였다. 갑자기 주머니가 화르륵 불탔다.

"윽!"

깜짝 놀라 그는 가루 주머니를 던졌다. 순식간에 재가 되어 버린 주머니 속에서 심장 가루가 빛을 내며 허공으로 떠올랐다.

붉은빛의 입자가 지룡을 향해 흘러갔다. 그리고 커다란 콧잔등에 살며시 안착하더니 이내 사라져 버렸다. 마치 지룡에게 흡수당한 듯한 광경이었다.

"크르르르……"

지룡이 움직였다. 그 거대한 덩치를 꿈틀대더니 라크란을 노려본다.

순간 라크란의 얼굴에 핏기가 가셨다. 부릅뜬 거대한 눈동자 위로 섬뜩한 빛이 흐르고 있었다.

정신 지배 마법이 깨졌다. 지룡의 흉성이 돌아왔다!

"으허억!"

라크란은 공포에 질려 헐레벌떡 동굴 입구를 향해 달리기 시작했다. 하지만 그보다도 더 빨리 지룡이 그를 덮쳤다.

커다란 아가리가 라크란을 머리부터 집어삼켰다.

처절한 비명이 동굴의 어둠 속을 타고 흘렀다.

"아아아아악!"

*　　　　*　　　　*

지룡의 습격으로부터 나흘째 되는 날.

마침내 시한재림교 토벌대는 자드 마을을 출발해 사교단의 본거지로 향했다.

머리 위로 거대한 나무들이 끝없이 펼쳐진다. 평생 도끼라곤 구경도 못 해본 듯한 거목들이 사방으로 길게 가지를 뻗은 험준한 숲이다.

걸음을 옮기며 줄데란이 중얼거렸다.

"생각보다 길이 나쁘지 않군."

비록 노면은 울퉁불퉁하지만 나무들 사이의 거리가 제법 멀었다. 대부분의 가지들은 머리보다 한참 위에 있었고, 발치엔 수십 년에 걸쳐 쌓인 나뭇잎으로 가득했다.

이 오래된 숲은 백여 명이 넘는 토벌대가 움직이기에 충분히 컸다.

선두에서 줄데란과 나란히 걸어가던 켈테론이 문득 투덜거렸다.

"쳇, 천한 용병과 똑같이 걸어가야 하다니……."

나흘 전의 습격으로 인해 타고 온 말들을 모조리 잃은 탓이었다. 덕분에 켈테론뿐만이 아니라 흑사자 기사와 마기언들도 모두 두 발로 이동하고 있었다.

마기언 하바크가 농담조로 물었다.

"혹시 다리라도 아프신 거요, 켈테론 공?"

"그럴 리가 있겠소? 그저 체면이 말이 아니니까 그렇지."

자드 마을을 출발한 지 벌써 반나절이었다. 하지만 딱히 피곤해하는 이들은 없었다.

평소 육체를 단련하는 기사나 용병들이야 그렇다 쳐도, 켈테론이나 허약함의 대명사인 마기언들조차도 크게 지친 기색은 보이지 않는다.

허약함의 기준이 지구, 정확히는 21세기 한국과 전혀 다른 것이다.

자동차도, 에스컬레이터도, 엘리베이터도 없는 테라노어다. 아무리 귀족이나 왕족이라도 가까운 곳은 걸어야 하고 멀리 가려면 말이나 마차를 타야 한다. 그리고 이는 모두 상당한 체력을 필요로 한다.

가끔 중세풍 소설 속에 마차를 너무 오래 타서 피곤해하는 가녀린 귀부인이 나오는데, 이걸 가지고 그녀가 정말로 엄청나게 허약하다고 인식하면 곤란하다.

마차는 자동차처럼 충격을 흡수해 주는 서스펜션 같은 것이 없다. 도로도 전혀 평탄하지 않다.

마차란 물건 자체가 아무리 얌전히 타도 장시간 이동하면 상당히 고된 것이다. 사실 저 '가녀린 귀부인'도 21세기 한국 기준에선 그럭저럭 건강한 축에 낄 것이다.

물론 테라노어인과 현대 한국인의 평균 체력을 비교하면 한국 쪽이 훨씬 높겠지만 그건 어디까지나 식생활의 문제. 충분히 영양을 섭취하는 고위층쯤 되면 기초 생활 습관만으로도 지구의 일반인보다 체력이 높았다.

당장 부실하다고 비웃음당하는 켈테론조차도 한국에서 몇 년씩 꾸준히 헬스클럽 다닌 중년 아저씨 수준은 된다.

"이 정도로 지칠 거였다면 애초에 이 산맥 깊은 곳까지 말 타고 들어올 체력도 없었을 거요."

켈테론이 어깨를 으쓱거리며 되물었다.

"그러는 마기언 하바크야말로 안 피곤하신가? 마기언들은 항상 상아탑에만 틀어박혀 살 텐데?"

"허허, 우리가 그 높은 상아탑을 하루에 몇 번씩 오르내리는지 아시오?"

그렇게 켈테론과 하바크는 서로의 체력을 자랑하며 웃었다. 물론 테라노어의 용병들 눈에는 여전히 '허약한 작자들'로밖에 안 보이지만.

'잘들 논다.'

'갑옷도 짐도 없이 맨몸으로 산 타면서 뭐 잘났다고?'

그리고 저들의 갑옷과 짐들은 현재 켈테론의 호위병과 흑사자 기사의 종자들이 나눠 들고 있다.

"아오, 무거워 뒈지겠네……."

자기 덩치만 한 봇짐을 진 채 디나가 혀를 빼물고 헉헉댔다. 짐도 무거운데 사슬 갑옷까지 걸치고 있으니 무게가 장난이 아니다.

나란히 걷고 있던 하이어 파라멘이 차갑게 뇌까렸다.

"그 또한 수행이다, 디나."

파라멘은 그녀의 마스터이면서 동시에 숙부이기도 했다. 그가 엄한 얼굴로 조카딸을 독려했다.

"튼튼한 하체는 모든 무술의 기본인 법이지."

그래서 디나도 더 이상 불만을 토하지 못했다. 그저 들리지 않게 툴툴거릴 뿐.

"…다리 굵어지는 건 싫은데."

그렇게 토벌대는 숲을 가로질러 계속 움직였다. 이윽고 골짜기가 모습을 드러냈다.

완만한 좌우 능선 가운데 작은 개울이 졸졸 흐른다. 개울 옆 자갈밭이 골짜기 깊숙한 곳까지 이어진다.

줄데란이 골짜기 끝을 바라보았다.

"슬슬 느껴지는군."

그리고 안색을 굳히며 차갑고도 진중한 음성을 흘린다.

"광기에 젖은 사교도들의 살기가."

뒤에서 듣고 있던 성시한이 몰래 콧방귀를 뀌었다.

'느껴지긴 뭐가 느껴져? 나도 모르겠는데.'

보아하니 여기가 목적지이긴 한 것 같다. 하지만 그토록 강력한 기감을 지닌 시한조차도 아무 느낌 없는데 설마 줄데란이 살기를 감지했을 리가?

'하여튼 기사 양반들, 겉멋만 들어서……'

그래도 줄데란이 틀린 말 한 것은 아니었다.

좀 더 이동하니 슬슬 사교도들의 본거지가 보였다.

가파른 능선을 뒤로하고 몇 채의 통나무집이 세워져 있고 그 뒤로 커다란 동굴이 뚫려 있었다. 골짜기 앞쪽은 돌과 나무를 가득 쌓아 올려 튼튼한 방어벽을 만들어놓았다.

그 장벽 위에서 수십 명의 남녀가 창과 활을 든 채 소리를 지른다. 다가오는 토벌대를 발견한 것이다.

"죽음 따윈 두렵지 않다!"

"우리는 하늘에 올라 헤루스 님의 곁으로 갈 것이다!"

확실히 사교도들은 짙은 살기를 뿜어대고 있었다.

줄데란이 칼을 뽑아 들며 우렁차게 외쳤다.

"전투 개시! 저 사악한 사교도들에게 진정한 정의를 가르쳐주어라!"

백여 명의 용병이 일제히 방어벽으로 돌진했다. 사교도들도 활을 쏘며 응수했다.

"죽어라! 불신자들아!"

날카로운 파공음과 함께 수십 개의 화살이 허공을 갈랐다.

몇몇 용병이 화살에 맞아 쓰러졌다.

"이 자식들이!"

분노한 용병들이 둥그런 나무 방패를 치켜들고 급격히 거리를 좁혔다. 방패 위로 화살이 연거푸 날아와 꽂혔다. 다행히 관통할 정도로 위력이 강하진 않았다.

어느새 용병들이 방어벽 바로 밑까지 다다랐다.

방어벽의 높이는 2~3미터 정도, 성벽에 비하면 조촐하지만 일반인에겐 충분히 높다. 아무리 경험 많은 용병이라도 저 벽을 타고 넘는 것은 쉬운 일이 아니다.

하지만 소드하이어에겐 문지방이나 다름없는 높이였다.

"타앗!"

로잘리가 땅을 박차며 몸을 날렸다. 투사급 소드하이어답게 3미터나 되는 벽을 바로 뛰어넘는다.

다른 프리 하이어들 역시 마찬가지였다. 로잘리처럼 한 번에 넘지는 못해도 벽을 밟고 이단 뛰기로 단숨에 사교도들의 코앞까지 당도한다.

로잘리가 살기를 내뿜었다.

"모조리 죽여주마!"

테라노어에서 소드하이어가 일반인을 살해하는 것은 불명예스러운 일로 여겨지고 있다. 하지만 그건 어디까지나 기사 중에서도 고지식한 이들이나 지키는 것이고, 프리 하이어에겐 그딴 거 없다.

프리 하이어들은 거리낌 없이 검을 휘두르며 사교도들을 참살해 갔다. 여기저기서 비명이 터졌다.

"으아아악!"

방어벽 안쪽으로 뛰어든 로잘리가 투기검을 뻗었다. 방어벽 입구에 묶인 두꺼운 밧줄이 일검에 절단되며 요새 문이 좌우로 기울어졌다.

용병 중 누군가가 외쳤다.

"문이 열렸다!"

"좋아! 다 죽여 버려!"

"다 죽이면 안 되지? 생포하면 보너스가 두 배야!"

"그, 그런가? 그럼 다 살려 버려!"

"그건 좀 아닌 거 같은데……."

중간에 헛소리가 끼어 있긴 했지만, 어쨌건 용병들은 사교도들을 압도하고 있었다.

전투를 지켜보며 하이어 리블이 흡족해했다.

"다들 잘 싸우고 있군."

흑사자 기사와 상아탑의 마기언, 시한 일행은 전투에 끼지 않고 조금 떨어진 곳에서 상황을 지켜보았다. 혹시나 마수들이 출몰할지도 몰라서였다.

그러나 전투가 끝을 향해 달려갈 때까지도 마수는 나타나지 않았다.

                    *   *   *

　대부분의 사교도가 죽거나 사로잡혔다. 로잘리를 비롯한 프
리 하이어들이 일곱 명의 건장한 사내를 꽁꽁 묶어 줄데란 앞
에 대령했다.

　"이놈들이 수뇌부로 보이더군요. 사교도들을 지휘하고 있었
습니다."

　"흥, 진짜 수뇌부면 이 자리에 있지도 않았을 것이다. 이놈
들은 꼭두각시지."

　비웃으며 줄데란은 사내들을 내려다보았다.

　"지룡은 어디 있느냐? 그리고 네놈들의 수괴는?"

　지겹게 보아온 반응이 돌아왔다.

　"내가 말할 성싶으냐?"

　"죽여라! 하하하하!"

　묶인 사내들이 가슴팍까지 열어 보이며 호탕하게 웃어젖혔
다. 흑사자 기사들이 혀를 찼다.

　"역시 이렇게 나오는군."

　"이것들, 어째 약도 좀 한 것 같은데?"

　"미친놈들."

예상대로 이들은 순순히 입을 열지 않았다. 하바크가 기다 렸다는 듯 앞으로 나섰다.

"내가 자백 마법을 걸겠소."

하이어 리블이 미심쩍어하며 물었다.

"제대로 먹힐까요? 저항이 심할 텐데."

정신계 마법이 상대의 정신력에 따라 효과가 좌지우지된다 는 건 테라노어의 상식이다. 기사인 리블도 그 정도는 알고 있 었다.

지금 이 광신도들의 상태를 보니 정신력 하나는 참 강해 보 인다. 원래 신념과 고집은 제정신이 아닐수록 투철한 것이다. 아무리 하바크가 제6층의 고위 마기언이라지만 과연 자백 마 법이 통할지 의문이다.

"두고 보시오."

하바크가 자신만만해하며 품을 뒤져 작은 주머니를 꺼냈 다. 검은 가루가 담긴 주머니였다.

손바닥에 가루 일부를 붓고서 주문을 외우기 시작한다.

"뜻을 꺾으라. 의지를 부수라. 이는 복종의 언약, 강제하는 지배의 힘이니……."

시큰둥하게 상황을 지켜보던 성시한이 순간 놀랐다.

'어? 저게 뭐지?'

분명 마법 자체는 평범한 자백 마법이었다. 그런데 저 가루를 촉매로 쓰는 순간 마력의 성질이 변해 버렸다.

어지간한 정신계 마법은 다 익힌 그조차도 난생처음 보는 마력의 흐름, 그것도 기묘하게 불길하고 섬뜩한 느낌이다.

하바크가 주문을 완성시켰다.

"콘페션(Confession)!"

마법에 걸린 사내의 눈동자가 몽롱해졌다. 자백 마법이 제대로 걸렸다는 증거였다. 그래서 시한은 더욱 놀랐다.

'정신력 저항 자체를 무시해 버렸어?'

테라노어의 마기언들과 달리 그는 타인의 마력 흐름조차도 눈으로 보는 것처럼 생생히 느낄 수 있다. 덕분에 방금 무슨 일이 있었는지도 쉽게 파악했다.

단, 파악은 했지만 이해는 못 하겠다.

'어떻게? 저건 마법으로 불가능한 건데?'

그때 알리타가 시한의 팔을 슬그머니 잡았다. 돌아보니 그녀의 안색이 창백해져 희미하게 떨리고 있었다.

"왜 그래, 알리타?"

"왠지 오한이 들어서……."

잠시 후 그녀는 다시 시한의 팔을 놓았다. 방금 덮쳐온 기묘한 오한이 그새 사라졌다.

알리타가 고개를 갸웃거렸다.

'내가 왜 이러지?'

그동안 하바크는 차분히 질문을 던지고 있었다.

라크란은 어디 있는지, 지룡은 어디 있는지, 라크란의 계획은 무엇이며 그가 있는 곳까지 가는 방법은 무엇인지.

"그들의 위치는……."

사교도 사내는 멍한 얼굴로 모든 질문에 충실하게 답했다.

"이게 무슨 짓이오!"

"당장 입을 다물지 못하겠소?"

"헤루스의 천벌이 두렵지 않은가?"

다른 사교도들이 그를 욕하며 난리쳤지만 전혀 개의치 않는 얼굴이었다. 무표정한 얼굴로 오직 주어진 질문에만 답하고 또 답한다.

"…이상입니다."

말을 마치자마자 사교도 사내는 피를 토하며 쓰러졌다.

일행을 돌아보며 하바크가 자랑스러운 듯 으스댔다.

"다들 들으셨겠지?"

줄데란이 고개를 끄덕였다.

"갑시다."

*　　　*　　　*

사교도의 자백에 의하면, 지룡과 라크란은 그들의 본거지로

부터 조금 떨어진 산중턱의 한 동굴에 머물고 있었다. 나흘째 그 자리를 지키며 전혀 움직이지 않은 모양이었다.

필요한 정보를 모두 얻자 줄데란은 용병들을 사교단 본거지에 남겨 뒤처리를 맡겼다.

지룡과 라크란의 존재는 기밀이다. 외부로 알려져서는 안 되니 용병들을 대동할 순 없는 것이다.

"하이어 로잘리, 우리가 돌아올 때까진 그대가 임시로 저들을 지휘해 주시오."

"알겠습니다, 하이어 줄데란."

상하 관계를 세우기 힘든 용병 업계라도 소드하이어와 일반 용병의 격차는 확연하다. 토벌 내내 그녀의 명령을 받으라면 반발했겠지만, 잠깐 동안이라면 거친 용병들도 충분히 납득할 수 있었다.

또한 줄데란은 켈테론을 위해 흑사자 기사 1명과 마기언 2명도 호위로 뺐다.

'기껏 갖춘 전력을 분산시키는 것이 속 쓰리긴 하지만……'

이걸 대비해서 금화 열 장이나 주고 시한 일행을 고용했으니 큰 문제는 없었다. 기대 이상으로 일행의 실력이 뛰어나기도 했고.

남은 네 명의 흑사자 기사와 그의 종자들, 여덟 명의 마기언과 시한 일행이 산을 오를 준비를 갖췄다.

모든 조치를 취했다고 확신하며 줄데란이 말했다.

"그럼 우린 저쪽을 처리하고 오겠소."

그런데 켈테론이 발작했다.

"내 호위가 너무 적잖소!"

줄데란은 켈테론의 인품을 너무 과대평가했다. 그는 무려 2명의 흑사자 기사와 4명의 마기언이 자신을 호위해야 한다고 주장한 것이다.

물론 말도 안 되는 소리였다.

'그 정도로 전력을 빼면 지룡은 어떻게 잡으라고?'

줄데란은 씨알도 안 먹히는 개소리 말라는 의사 표현을 최대한 고상하게 포장해 켈테론에게 전했다.

하지만 켈테론은 요지부동이었다.

"그러다 또 마수 무리라도 나타나면 어떻게 하란 말인가?"

그는 나흘 전의 습격을 기억하고 있는 것이다. 그런 사태가 또 일어나면 남은 병력만으론 감당할 수 없다.

"나보고 지금 돈밖에 모르는 용병들과 미친 사교도 놈들, 언제 나타날지 모르는 마수들 사이에서 기사 1명, 마기언 2명만 믿고 서 있으란 말이오?"

"그럼 어쩌란 말입니까? 이럴 거면 차라리 우리랑 같이 올라가시든가!"

"차라리 그게 안전하겠구려!"

"잘됐군! 그럽시다!"

"…어?"

어쩌 말하다 보니 이야기가 이상하게 흘러간다.

당황한 켈테론을 향해 줄데란이 빠르게 말했다.

"원하시는 대로 2명의 기사와 4명의 마기언을 호위로 붙여 드리리다, 켈테론 공. 대신 그대도 우리와 함께 가는 거요. 그리고 만약의 경우 그 호위들도 지룡과의 전투에 합세할 것이오. 이 정도면 만족하시겠소?"

"말도 안 되지! 내가 왜 그곳에……."

반박하려다 말고 켈테론은 잠시 머뭇거렸다.

'가만? 이것도 나쁜 이야기는 아닌데?'

혁명전쟁의 경험을 통해 그는 전장에서 살아남는 법을 알고 있었다.

약졸들끼리 안전한 곳으로 도망쳐 봤자 소드하이어라도 한 명 나타나면 몰살이다. 진정 살아남고 싶으면 강력한 소드하이어나 마기언 옆에 찰싹 붙어 전황을 살피며 도주 타이밍을 재어야 한다.

현 상황도 비슷했다.

마수 무리는 어디서 나타날지 모른다. 산맥 전체가 놈들의 예상 출몰지, 어차피 안전한 장소 따윈 없다.

그렇다면 지룡이라는 위험을 감수하는 한이 있어도 최대한 강한 자들 옆에 붙어 있는 것이 살아남을 확률이 높은 것이다.

어차피 눈치를 보아하니 줄데란이 그의 요구를 들어줄 것 같지도 않았다. 내심 계산을 해본 뒤 켈테론이 바로 태도를 바꿨다.

"좋소! 그렇게까지 말한다면 내 위험을 무릅쓰도록 하지!"

그렇게 간신히 합의가 이루어졌다.

줄데란이 성대한 한숨을 쉬었다.

'어휴, 소인배 모시고 일하려니 짜증 나는구먼.'

*   *   *

지룡의 둥지로 향하는 길은 사교단 본거지 뒤쪽의 가파른 능선을 따라 나 있었다. 협로를 따라 걸으며 줄데란이 일행을 돌아보았다.

"모두 경계를 놓지 마라!"

좌우 경사가 심하고 길은 좁으니 마수들이 습격하기에는 최적의 조건이다. 안 그래도 다들 곧 마수가 출몰할 거라 예상하며 신경을 곤두세우고 있었다.

하지만 마수는 나타나지 않았다.

"이상하네."

주위를 둘러보며 시한이 중얼거렸다.

"이쯤에서 당연히 마수들을 조종해 공격해 올 거라 봤는데?"

"조종할 마수가 더 없는 게 아닐까 싶습니다만."

제논의 추리에 알리타도 동의를 표했다.

"그럴 수도 있겠네요. 요 며칠 사이 처치한 마수만 백여 마리가 넘잖아요?"

확실히 저 정도 숫자면, 이 근처는 물론이고 베르셀트 산맥의 마수 대부분이라고 해도 과언이 아니다.

시한이 피식 웃었다.

"덕분에 이 동네 사람들은 살기 좋아졌겠는데?"

알리타가 무심히 반문했다.

"그 전에 죄다 왕도로 호송되어서 목 잘리지 않을까요?"

그녀 말대로 '이 동네 사람들'은 지금 죄다 사교도가 되어 꽁꽁 묶여 있다. 기껏 마수를 없앴는데 살 사람조차 남지 않은 형국이다.

시한이 피식거렸다.

"산짐승들만 살판났군."

그렇게 일행은 30여 분 정도를 더 이동했다. 협로가 끝나고 산중턱에 커다란 평지가 나타났다.

평지 끝엔 절벽이 서 있고 그 가운데 동굴이 뻥 뚫려 있었다. 누가 봐도 용의 둥지라 확신할 정도로 커다란 동굴이었다.

동굴을 노려보며 줄데란이 인상을 썼다.

"정말 이곳이 맞나? 너무 조용한데."

그의 의문은 금방 답을 얻었다.

일행의 접근을 눈치챈 지룡이 어둠 속에서 투기를 발하기 시작한 것이다. 거친 투기의 기운이 날카로운 바늘처럼 일행의 전신을 콕콕 찔러온다.

"맞군."

기사들이 전투 준비를 갖췄다. 종자들이 허겁지겁 방패와 창을 섬기는 기사에게 건네고 뒤로 물러난다. 마기언들도 지팡이를 들고 정신을 집중하기 시작했다.

이내 동굴을 통해 거대한 그림자가 모습을 드러냈다. 지룡이 그 거체를 드러내며 울부짖었다.

"크아아아!"

용의 울음이 대기를 뒤흔들었다. 놀란 산새들이 능선 여기저기서 날아올랐다.

그 모습을 본 순간 일행은 저 지룡이 나흘 전의 그놈임을 확신했다.

지룡의 양쪽 옆구리에 채 아물지 않은 상처가 역력한 것이다. 분명 성시한과 제논에게 입은 부상이었다.

하지만 동시에 일행은 의아해했다.

"어?"

"저놈……."

"정말 그때 그 지룡인가?"

그럴 이유가 있었다.

모두의 심정을 대변해 성시한이 중얼거렸다.

"…저거 왜 뻥튀기 됐냐?"

다시 본 지룡은, 족히 200년은 묵은 용과 비슷한 덩치가 되어 있었다.

푸른 눈동자에 세로로 길게 찢어진 싯누런 동공, 세 개의 녹색 뿔과 전신을 뒤덮은 검녹색 각질의 비늘.

분명 그때 그 지룡이었다.

그런데 사이즈가 전혀 다르다.

나흘 전엔 마차 대여섯 개를 이어 붙인 듯한 크기였는데 지금은 족히 마차 여덟 대는 넘는 것 같다.

거구의 제논을 힐끔거리며 시한이 중얼거렸다.

"쟤도 성장기인가?"

"나흘 만에 저렇게 크는 성장기가 어디 있습니까?"

제논 말대로다. 아무리 용이 나이를 먹을수록 거대해진다지만 이렇게 단시간에 성장하는 경우는 없다.

"크르르……."

지룡이 으르렁대며 고개를 들었다. 그리고 둥지를 침범한 작은 침입자들을 내려다보았다.

본능대로라면 불의 숨결부터 토하고 봤겠지만 지룡은 이미 저 작은 인간들과 전투를 벌인 바가 있었다. 불 뿜어봤자 괜히 힘만 빠지고 별 재미를 보지 못했던 것도 기억한다.

저 인간들은 결코 만만한 존재가 아니었다. 신중히 상대해야 할 놈들이었다.

지룡이 마력을 끌어 올렸다.

"크아아아!"

용의 포효가 마법의 언령이 되어 세 개의 화염구를 생성시켰다. 화염의 공이 유성처럼 줄데란 일행을 노리고 날아들었다.

"허업!"

철벽기를 발동시키며 줄데란과 리블, 파라멘이 방어에 나섰다.

투기를 담은 방패로 눈앞의 화염구를 후려친다!

콰아앙!

폭음과 함께 화염구가 박살 나 사방으로 흩어졌다.

"뭐가 어떻게 된 건지는 모르겠지만······."

흩날리는 불티 사이로 줄데란이 회심의 미소를 지었다.

"우리도 그때와는 상황이 다르다."

기진맥진해 서 있기도 힘들던 나흘 전이 아니다. 지금은 혹사자 기사들도 마기언들도 투기와 마력이 충만한 상태다.

"진정한 흑사자의 힘을 보여주마!"

검을 치켜들며 줄데란이 명령을 내렸다.

"모두들 정해진 위치로!"

철벽기를 전신 갑옷에 두른 채 흑사자 기사들이 지룡의 우측을 향해 달려갔다. 성시한과 제논, 알리타가 좌측으로 돌았다.

여섯 명의 소드하이어가 지룡의 좌우를 협공하며 참격을 날린다. 여섯 줄기의 투기검이 연달아 짙은 녹색 비늘을 두들긴다.

당황하며 지룡이 신음을 흘렸다.

"크라락?!"

예전엔 저 '뒤통수 때린 놈'과 '안 씹히는 놈'의 공격만 아팠는데, 어째 이번엔 모든 놈의 공격이 죄다 아팠다.

흥분한 지룡이 날뛰기 시작했다.

"크아아아!"

포효를 터뜨리며 화염구와 전격을 끌어내 사방으로 날린다. 눈에 들어오는 인간들을 향해 연신 앞발을 내리치고 꼬리를 휘둘러 댄다.

저 큰 덩치가 작정하고 난동을 부리니 순식간에 공터 주위가 쑥대밭이 되었다. 공격을 피하며 성시한이 혀를 찼다.

"확실히 덩치가 커진 만큼 강해지긴 했군."

그래도 딱히 문제는 없다. 지금은 마기언들 역시 마력이 건재한 것이다.

'굳이 나설 필요 없겠다. 적당히 보조나 맞추면 되겠네.'

리블이 뒤를 향해 소리쳤다.

"마기언 하바크! 놈의 움직임을 막아주시오!"

"걱정 마시게!"

넘치는 마력을 바탕으로 자신만만하게 마기언들이 주문을 외우기 시작했다.

"얽히고설키고 옭아맬지니, 더즌 인탱글!"

"얼어붙는 서리의 울음, 프로즌 프로스트!"

"대지의 이빨이여, 날아올라 내려쳐라! 테라 스피어!"

12줄기의 거대한 넝쿨, 새하얀 냉기, 날카로운 바위송곳이 주변 하늘을 덮어가며 사방에서 쏟아졌다.

처음 지룡을 상대했을 때와 같은 마법이었다. 그날의 설욕을 위해 일부러 똑같은 마법을 준비한 것이다.

하바크가 의기양양하게 외쳤다.

"그때와는 다를 것이다!"

지룡은 긴장했다. 사방에서 느껴지는 기운이 나흘 전과는 비교도 되지 않을 정도로 강렬했다.

아무리 용이라도 경각심을 느끼지 않을 수 없는 강력한 마법들이다!

"크릉!"

전신의 비늘에 투기를 부여하며 지룡이 몸을 웅크렸다. 동시에 넝쿨과 냉기, 바위송곳이 비늘 덮인 거체를 향해 적중했다.

폭음은 없었다.

폭발도 없었다.

모든 마법의 넝쿨과 냉기, 바위 송곳이 신기루처럼 그 자리에서 사라져 버렸다.

"……?"

슬그머니 지룡이 고개를 들고 눈을 깜빡였다.

"……?"

마기언들도 눈을 깜빡거렸다.

잠시 후에야 마기언들이 화들짝 놀라며 재차 마법을 준비했다.

"뭐, 뭐야?"

"빨리 마법을! 다시!"

화염과 뇌전, 날카로운 바람의 칼날이 지룡을 노리고 날아갔다. 그리고 지룡 근처까지 다가가자 스르륵 사라져 버렸다.

지룡이 좌우로 고개를 두리번거렸다.

"쿠룩?"

저 커다란 덩치가 머리를 갸웃거리는 광경은 일견 희극적이기까지 했다. 물론 그 모습을 지켜보는 입장에선 전혀 희극이 아니다.

하바크가 비명을 터뜨렸다.

"뭐가 어떻게 된 거야?"

당황하긴 흑사자 기사들도 마찬가지였다. 줄데란이 힐난하듯 소리쳤다.

"뭐 하는 거요, 마기언 하바크?"

"내가 뭘 한 게 아니오! 갑자기 마법이 안 먹히게 됐소!"

"마법이 안 먹힌다고?"

"그렇소! 마치 이계의 마물처럼……."

그 틈에 지룡이 움직였다. 당황하는 마기언들을 향해 대뜸 불을 뿜어댔다.

"크아아아아!"

거대한 불의 해일이 밀려왔다. 기겁하며 마기언들이 마법을 준비했다.

이미 지룡의 화염을 몇 번이나 방어했던 수계 방어 마법이었다.

"아쿠아 배리어!"

푸른빛의 장벽이 불길을 가로막나 싶더니 이내 아침 이슬처럼 사라져 버렸다.

작렬하는 화염이 사람들의 머리 위를 뒤덮었다.

"으아아아악!"

처절한 비명이 귀청을 찔렀다.

불길이 멈췄다. 그리고 그 자리에 새까맣게 탄화된 인간의 시체 넷이 남았다. 조금 전까지 마법을 구사하던 마기언들의 비참한 최후였다.

흑사자 기사도 마기언도, 제논과 알리타조차도 잠시 상황을 이해 못 하고 제자리에서 굳었다.

경악한 사람들이 멍하니 중얼거렸다.

"맙소사……."

"아펠트? 네이션?"

불길의 범위에 들어간 모든 이가 일순간에 재가 되었다. 살아남은 건 비교적 외곽에 서 있던 하바크와 또 한 명의 마기언뿐.

"이럴 수가……."

패닉에 빠져 하바크가 털썩 주저앉았다. 지룡이 눈을 부라리며 그를 향해 머리를 들이밀었다.

코앞에 닥친 죽음의 공포에 중년 사내가 비명을 터뜨렸다.

"으헉!"

순간 성시한이 몸을 날려 지룡의 머리를 걷어찼다. 육중한 타격음과 함께 지룡의 고개가 옆으로 꺾였다.

그에 그치지 않고 시한은 쌍검을 교차해 휘두르며 지룡의 목을 노렸다. 지룡이 잽싸게 목을 움츠려 공격을 피했다.

지룡을 물러서게 하며 성시한이 소리쳤다.

"마기언들은 빠져요! 마법이 안 통하면 아무 쓸모 없으니까!"

"아, 알겠다."

거의 기어가다시피 하며 하바크와 또 한 명의 마기언은 공터 외곽으로 도주했다. 계속 지룡을 상대하며 시한이 다른 이들에게도 외쳤다.

"다들 뭐 하는 겁니까? 지금이 넋 놓고 있을 상황입니까?"

경악에 빠져 있던 흑사자 기사들도 그제야 정신을 차렸다. 재빨리 지룡에게 달려가 좌우를 가로막는다.

후방에서 켈테론을 호위하고 있던 두 명의 흑사자 기사, 버릭과 베레트도 허겁지겁 달려왔다.

"하이어 줄데란!"

"우리도 합세하겠습니다!"

"어딜 가시오? 나는 누가 지켜준단 말이오?"

뒤에서 켈테론이 절규를 터뜨렸지만, 당연히 아무도 신경쓰지 않았다. 그나마 시한이 등 뒤로 외친 게 전부였다.

"디나라고 했었나? 그쪽 좀 지키고 있어!"

마법이 쓸모없어진 지금, 켈테론의 호위로 남긴 네 명의 마기언 역시 일반인이나 다름없다. 이들을 지킬 사람은 이제 흑사자 기사의 종자들뿐인 것이다. 그리고 성시한이 종자들 중 이름을 아는 사람은 그녀밖에 없었다.

벌벌 떨면서도 디나가 검을 뽑았다 그리고 용감하게 대꾸했다.

"알겠습니다, 하이어 션!"

＊　　　＊　　　＊

지룡은 본능적으로 깨달았다.

인간의 마법은 더 이상 그에게 먹히지 않게 되었다. 그리고 마법의 힘이 없다면 저들은 용의 불길을 막을 수 없다!

지룡의 가슴께가 붉게 빛나기 시작했다. 입가에서 유황의 연기가 새어 나왔다.

"크르르……."

리블이 경고의 외침을 터뜨렸다.

"놈이 불을 뿜는다!"

화염을 머금은 채 지룡은 잠시 고민했다.

작은 인간들은 그의 좌우로 포진해 있었다. 왼쪽에 있는 가죽이 말랑한 인간들은 묘하게 발이 빨라서 불을 뿜어봤자 피해 버릴 것 같았다. 반면 반대쪽의 껍질 두꺼운 것들은 뭔 짓을 해도 피할 생각이 없는 놈들이었다.

주저 없이 지룡이 오른쪽으로 고개를 틀었다. 그리고 불의 숨결을 토했다.

콰아아아—!

흑사자 기사들이 철벽기를 일으키며 방패를 들어 올렸다. 가공할 화력과 압력이 여과 없이 그들을 휩쓸고 지나갔다.

폭음이 울려 퍼졌다.

콰콰콰쾅!

철벽기의 방어력으로도 용의 화염을 전부 막기엔 무리였던 모양이었다. 하필 불길의 중심에 위치했던 두 명의 흑사자 기사, 파라멘과 버릭이 결국 버티지 못하고 뒤로 날려갔다.

"크어억!"

새까맣게 타버린 갑옷 차림으로 두 기사가 바닥을 나뒹굴었다. 멀리서 그 광경을 본 파라멘의 종자 디나가 비명을 터뜨렸다.

"마스터!"

대답은 없었다. 죽은 것인지, 아니면 기절한 것인지는 모르겠지만.

줄데란이 이를 갈았다.

"제기랄!"

　반대편에서는 성시한과 제논이 지룡 주위를 맴돌며 기회를
노리고 있었다.

　나흘 전 써먹었던 껍질 벗기기 수법은 더 이상 쓸 수 없었다.
그 방법을 쓰려면 일단 저 거구의 품 안으로 파고든 뒤 2차 공
격을 해야 하는데, 그때 워낙 호되게 당한 지룡이 결코 그럴 틈
을 주지 않았다.

　파고드는 건 가능해도 계속 그 자리에 머무를 수가 없다.
그렇다면 남은 것은 정면 승부뿐.

　"박살 내주마!"

　파산기의 투기를 칼날에 실어 제논이 연달아 비늘 덮인 용
의 앞발을 내려쳤다. 시한 역시 몇 번이나 지룡의 동체에 투기
검을 명중시켰다.

　그러나 저 두꺼운 용의 비늘은 금이 가고 찌그러질 뿐 도통
깨지지를 않았다. 이래서야 도저히 지룡에게 제대로 된 타격
을 줄 수가 없다.

　시한이 아랫입술을 깨물었다.

　'역시 척살기 정도로는 용의 비늘을 뚫을 수 없군.'

　투기를 정제해 날카롭게 벼려내는 척살기(刺殺氣)는 테라노

어 전역에 널리 퍼진 참격용 투기술이다. 워낙 보편적인 수법인지라 시한의 정체가 들통 날 일도 없다.

단, 흔해빠진 수법이다 보니 위력도 그리 높지 않았다.

'그렇다고 들킬 게 뻔한 고유 투기술을 쓸 수도 없고……'

질풍기 같은 경우는 다른 사람이 알아봐도 문제가 없다. 실제로 흑사자 기사 중 몇몇은 알리타의 질풍기를 알아보았지만 전혀 이상하게 여기지 않았다. 어차피 프리 하이어가 구 루스클란의 투기술을 구사하는 건 흔한 일이었으니까.

한때 테라노어 대륙을 지배했던 루스클란 제국이다. 황실에서 사용하던 투기술이 한두 개도 아니었고, 제국이 멸망한 이후 여기저기 퍼진 기술도 수두룩하다.

질풍기를 쓴다는 것만으로 알리타의 정체를 의심할 정도는 아닌 것이다. 그저 명예를 모르는 프리 하이어답다며 경멸할 뿐이지.

하지만 이계구원자의 고유 투기술이 나타나면 완전히 이야기가 달라진다.

'어쩐다?'

고민하며 시한은 지룡의 뒤로 크게 돌았다.

아직 방법이 없는 것은 아니었다. 저 지룡의 옆구리에는 자신들이 입힌 상처가 있었는데 채 아물지 않았다. 놈의 약점이다.

"제논!"

"알겠습니다!"

눈빛을 교환하며 제논과 시한이 지룡의 사각으로 파고들었다. 하지만 그들이 채 접근하기도 전에 지룡이 먼저 반응했다.

"크아!"

지룡은 포효를 터뜨리며 화염구를 생성해 쏘았다. 두 개의 화염구가 호선을 그리며 두 사람을 노렸다.

"쳇! 타이밍이 안 맞았나?"

욕설과 함께 제논은 검풍을 일으켜 날아오는 화염구를 튕겨냈다.

성시한은 자신의 마법 무효화 능력을 믿고 그대로 밀어붙였다.

그리고 폭발했다.

콰앙!

'캑? 이놈도냐?'

폭압에 밀려 시한이 뒤로 날려갔다. 그 틈을 놓치지 않고 지룡이 이빨을 들이밀었다.

이대로라면 물릴 판이다. 시한의 안색이 살짝 굳었다.

'아차!'

그때였다.

"이야압!"

날카로운 기합을 터뜨리며 알리타가 지룡을 향해 돌진했

다. 다른 건 몰라도 달리기만큼은 그녀가 제논보다도 빠르다. 질풍기를 발동시켜 단숨에 지룡의 옆구리까지 질주한 뒤, 알리타는 갈라진 비늘 사이로 검을 찔러 넣었다.

투기의 칼날이 부드러운 속살을 사정없이 파고들었다.

"크에에엑!"

비명을 지르며 지룡이 고개를 돌렸다. 머리끝까지 흥분해 알리타를 향해 화염구를 쏘아댄다.

지그재그로 움직이며 그녀는 용케도 모든 폭격을 피해냈다. 빗나간 화염구가 대지를 불태우고 굉음을 떨쳤다.

콰콰콰쾅!

지룡의 정신이 분산된 틈을 노려 제논도 기회를 잡았다. 빠르게 접근하며 반대쪽 상처에 참격을 날린다.

"딴 데 정신 팔면 쓰나!"

피가 튀며 지룡이 주춤주춤 뒤로 물러났다. 그리고 경계의 시선으로 제논을 노려보았다.

"크르르르……."

그 틈에 성시한은 무사히 사정거리 밖으로 몸을 뺄 수 있었다. 식은땀을 흘리는 시한 곁으로 다가오며 알리타가 핀잔을 던졌다.

"뭐 하는 거예요? 나방도 아니고, 불속으로 그냥 뛰어들면 어쩌자고?"

"자, 잠깐 착각한 거야."

머쓱해하며 시한은 속으로 혀를 찼다.

'아오, 무심코 버릇대로 움직이다가 제대로 한 방 맞았네.'

마기언들의 마법이 무효화될 때 알아봤어야 했다. 저 지룡 역시 바켈론 영지에서 만난 보스급 이그니스 울프처럼 시한의 마법 무효화 능력이 통하지 않는 것이다.

'무슨 연관이라도 있나?'

알리타가 눈을 흘겼다.

"전설의 영웅치곤 너무 허술한 거 아니에요? 아무리 약해졌다지만……."

"…차 떼고 포 떼고 싸우려니 그렇지."

변명하다 말고 시한은 인상을 썼다. 생각해 보니 자아비판을 한 셈이었다.

확실히 지금은 정체를 감추고 말고 할 때가 아니다.

알리타와 제논의 활약으로 잠깐 지룡을 주춤하게 만들었지만 그렇다고 크게 타격을 입힌 것은 아니었다. 여전히 상황은 좋지 않았다.

"크어억!"

멀리서 희미한 비명이 들려온다. 그새 줄데란이 처맞고 날아가며 터뜨린 비명이다.

'다들 실력은 나쁘지 않은데 경험이 너무 부족하군.'

루스클란 제국이 무너지며 이계의 마물도 사라졌다. 테라노어의 토종 마수는 아무리 커봐야 5, 6미터 수준이다. 용처럼 거대한 마수는 극히 드물다.

현 시대의 기사들은 인간이나 커다란 마수와 싸워본 적은 있어도 지룡 같은 수십 미터 단위의 거대 괴수와는 싸울 일이 없는 것이다.

물론 줄데란 일행도 아무 대비 없이 오지는 않았다. 지룡과의 전투를 대비해 미리 전법을 세우고 손발도 맞춰두었다.

문제는 그 전법에 마기언의 존재가 필수불가결이었다는 점이었다. 마법 자체가 쓸모없어지니 피땀 흘려 익혀둔 전법도 무용지물이 되어버렸다.

벌써 네 명의 마기언이 시체조차 못 남겼고 쓰러진 두 기사도 생사불명이다.

'그래, 정체 들키든 말든 일단 사람부터 살리고 봐야겠다!'

성시한은 전신에 깃든 척살기를 거두었다. 그리고 투기의 흐름을 바꿨다.

"타아앗!"

날카로운 바람처럼 불어닥치기만 하던 투기가 도도한 대하(大河)로 바뀐다. 수많은 지류가 노도와 같은 기세를 타고 사지백해로 흘러내린다.

무형의 불길이 시한의 전신을 타고 올랐다. 그를 중심으로 폭풍 같은 기세가 일어났다.

깜짝 놀란 알리타가 얼굴을 가리고 뒤로 물러섰다.

"시, 시한? 이건 대체?"

시한은 씨익 웃었다.

파천기(破天氣).

테라노어에서 전설처럼 전해지는 이계구원자의 고유 투기술이 발동되었다.

콰아앙!

폭발과 함께 시꺼멓게 그을린 기사가 허공으로 날려갔다. 지룡의 화염구를 채 막지 못한 리블이었다.

이미 두 차례나 철벽기를 펼쳐 용의 숨결을 방어한 차였다. 투기량이 너무 떨어져 이젠 일개 화염구조차도 감당하기 힘들었다.

"크윽!"

리블은 신음을 흘리며 바닥을 뒹굴었다. 그 위로 거대한 앞발이 내려쳐졌다.

단숨에 으깨 버릴 셈이다. 리블의 안색이 창백해졌다.

바로 그때.

"이거 실례."

어느새 나타난 성시한이 그를 걷어찼다.

아슬아슬하게 지룡의 앞발이 바닥을 찍었다. 걷어차인 리블이 저만치 데굴데굴 굴러갔다.

상당히 볼썽사나운 모습이었지만 그는 화내지 않았다. 죽을 거 살려줬는데 왜 폼 나게 안 살려줬냐고 따질 만큼 경우 없는 인간은 아니었다.

숨을 헐떡이며 리블이 감사를 표했다.

"고, 고맙소……."

그리고 화들짝 놀랐다. 그를 놓친 지룡이 이번엔 성시한을 향해 앞발을 휘두르고 있었다.

"피하시오!"

시한은 피하지 않았다. 도리어 쌍검을 들어 내리찍는 앞발을 향해 마주 찔러갔다.

리블은 기겁했다.

흑사자 기사단이 결코 물러서지 않는 전법을 고수하고는 있지만, 그건 철벽기가 실린 금속 갑옷과 방패가 있기에 가능한 일이다.

방패도 없고 가죽 전투복 차림인 투사급 소드하이어가 할 짓은 결코 아니다!

"하이어 션! 무슨 바보짓을……"

외치다 말고 리블이 입을 다물었다.

바보짓이 아니었다.

"흐읍!"

짧은 기합과 함께 시한의 쌍검이 타원을 그렸다.

두 줄기 검광이 부드러운 곡선을 그리며 내리찍는 지룡의 앞발을 휘감는다. 그대로 지룡의 공격이 엉뚱한 데로 향한다.

마치 보이지 않는 장막에 미끄러진 듯한 광경이었다. 리블이 눈을 휘둥그레 떴다.

"…세상에!"

지금 성시한은 단 일검으로 지룡의 앞발에 실린 힘을 그대로 흘려 버린 것이다.

리블도 가끔 소드하이어나 마수를 상대로 비슷한 짓을 해 봤지만 시한이 선보인 '흘리기'는 차원이 달랐다.

수십 미터에 달하는 거대한 지룡의 공격을 흘리다니? 질주하는 마차 옆면을 툭 쳐서 미끄러지게 만든 것이나 다름없다.

검술도 검술이지만 그 속에 깃든 투기의 흐름이 무시무시할 정도로 섬세하다.

'저게 실제로 가능한 건가?'

기가 막혀 입만 쩍 벌리고 있는 리블을 뒤로한 채 시한이 몸을 날렸다.

"타앗!"

한 번 발을 구르는 것만으로 단숨에 지룡의 머리 위까지 날아오른다. 당황한 지룡이 꼬리를 휘둘렀다. 거대한 용의 꼬리가 허공에 뜬 성시한을 노렸다.

알리타의 예도 있듯, 일단 공중에 뜬 상태에선 운신이 자유로울 수가 없다. 명중을 확신하며 지룡이 포효를 터뜨렸다.

"크아아!"

시한 역시 피하지 못했다. 하지만 날아든 꼬리에 맞지도 않았다.

공중에 뜬 채 몸을 회전시키며 날아든 꼬리를 타고 돈다. 마치 톱니바퀴가 맞물리는 듯한 형상으로 연달아 참격을 날린다.

파지지직!

용의 꼬리 곳곳에서 전격이 튀었다. 검과 비늘에 깃든 투기가 충돌한 것이다. 검녹색 비늘이 연달아 깨져 갔다.

하지만 용의 속살까지 베어내진 못했다. 아무래도 투기량이 부족하다 보니 파천기 역시 제 위력이 나오질 않는다.

꼬리를 박차고 뒤로 빠지며 시한이 심드렁한 표정을 지었다.

'그래, 이 정도일 줄 알았지.'

그래도 척살기를 쓸 때에 비하면 훨씬 효과가 좋다. 파천기를 유지한 채 성시한이 지룡의 사각과 사각 사이를 고속으로 이동했다.

그 틈에 제논과 알리타도 몸을 날렸다.

"돕겠습니다!"

"저도요!"

둘은 지룡의 주위를 돌며 연신 투기검을 휘둘렀다. 목표는 여전히 상처 난 지룡의 옆구리. 하지만 지룡은 채 그 둘까지 신경 쓸 겨를이 없었다.

당장 눈앞의 머리 검은 인간 놈이 너무 아프게 때리고 있었으니까!

본격적으로 실력을 드러낸 성시한의 움직임은 아까와 전혀 달랐다.

알리타 이상으로 빠르게 움직이며 제논 이상으로 위력적인 일격을 쉴 새 없이 퍼붓는다. 그러면서도 불필요하게 과한 움직임은 전혀 없다. 아슬아슬하게 피하거나 지룡의 공격을 흘리면서 그때마다 착실히 반격을 하는데, 모든 공격이 카운터로 들어간다.

분노와 고통으로 지룡이 격렬하게 울부짖었다.

"크아아아!"

그동안 리블과 줄데란은 쓰러진 흑사자 기사들을 후방으로 옮기고 있었다. 동료를 뉘인 리블이 지룡 쪽을 바라보며 멍하니 물었다.

"저자, 대체 정체가 뭡니까?"

비슷한 표정으로 줄데란이 대꾸했다.

"나도 모르겠소……"

몇 번이나 지룡이 네발을 내려치고 꼬리를 휘두르고 화염구를 쏘아댔지만 성시한의 털끝 하나 스치질 못한다.

리블이 혀를 내둘렀다.

"투사급이 아니었군요. 투기량만 봐도 충분히 기사급입니다."

"심지어 우리보다도 훨씬 강한 자다."

실력도 실력이지만, 용을 상대하면서도 전혀 흔들리지 않는 저 침착함이 실로 놀랍다. 저토록 젊은 나이가 아니었다면 왕년에 용 수십 마리쯤 잡아본 베테랑이라 해도 믿었을 것 같다.

"기껏해야 이십 대 정도로밖에 안 보이는데……."

줄데란이 기운 없는 목소리로 말을 이었다.

"대체 어느 소드하이어가 저런 괴물을 키운 거지?"

*   *   *

지룡이 동체를 뒤틀었다. 용의 거체가 반회전하며 두꺼운 꼬리로 바닥을 쓸어간다. 수 미터에 달하는 대지가 파편을 날리며 파헤쳐졌다.

"피해라, 알리타!"

"우왓!"

제논과 알리타가 재빨리 뒤로 뛰었다. 아슬아슬하게 두 사람이 꼬리 공격의 범위 밖으로 몸을 빼냈다.

반면 성시한은 허공으로 몸을 날렸다. 날아드는 용의 꼬리를 뛰어넘으며 오히려 머리 위치까지 높이 솟구친다.

지룡의 눈동자가 순간 빛났다. 기회였다.

공중에 뜬 시한을 향해 지룡이 불을 뿜었다.

"크라라라!"

거대한 불길이 대기를 달구며 폭풍을 일으킨다. 흙먼지가 사방으로 불어 닥친다.

사람들이 얼굴을 가리며 신음을 흘렸다.

"큭!"

"허억!"

여태까지와는 비교도 안 되는 화력이었다. 지룡도 작정하고 남은 힘을 모두 써버린 것이다.

가공할 화염의 벽이 성시한의 시야를 가득 뒤덮었다.

워낙 광범위한 공격이다. 전후좌우 어디로도 피할 곳이 없다.

그래서 시한은 피하지 않았다. 대신 나직하게 중얼거리며 쌍검을 뻗었다.

"파천기, 산울림."

쌍검에 깃든 투기가 진동하며 무형의 기운을 사방으로 흩뿌렸다.

그대로 시한은 용의 불길을 찢었다. 마치 가위로 재단하는 것처럼 거대한 불의 장막이 길게 찢어져 갔다.

콰콰콰콰콰!

굉음과 함께 불의 강을 거슬러 오른다. 단숨에 성시한이 지룡의 머리 위에 안착했다.

"크륵?!"

지룡이 당황해 머리를 흔들었지만 상대는 떨어지지 않았다. 마치 접착제라도 붙여놓은 것처럼 발밑이 요동치는데도 전혀 흔들림이 없다.

"에라, 이왕 이렇게 된 거 오늘 밑천 다 푼다."

시한이 쌍검에 투기를 불어넣었다.

"도룡기!"

무형의 투기가 사방으로 확산되며 3미터에 달하는 거대한 칼날로 화했다.

'전보단 그래도 좀 낫네?'

투기량 늘린 보람이 느껴지는 순간이다. 히죽거리며 시한은 그대로 지룡의 머리에 쌍검을 찔러 넣었다. 지룡이 외마디 비명을 터뜨렸다.

"크악!"

그걸로 끝이 아니었다.

그는 예전, 미간이 관통되고도 팔팔하게 움직여 알리타를 물고 간 이그니스 울프를 기억하고 있었다. 이번에도 같은 실수를 반복할 수는 없다.

쌍검을 꽂은 채 성시한이 한 번 더 투기를 떨쳤다.

"도룡기, 천폭(千爆)!"

벼려진 투기의 칼날이 사방으로 비산하며 지룡의 뇌를 후벼 팠다. 들리지 않는 굉음이 지룡의 머릿속을 울렸다.

거대한 용의 두개골 안쪽이 완전히 곤죽이 되었다. 눈과 코, 아가리와 귀로부터 시뻘건 핏물이 솟구쳤다. 채 비명조차 못 남기고 지룡이 서서히 무너져 내렸다.

네 다리가 꺾인다. 꼬리가 축 늘어진다. 머리와 목이 대지에 부딪혀 굉음과 함께 흙먼지를 피어 올린다.

쿠웅!

쓰러진 지룡으로부터 검을 거두며 시한이 숨을 몰아쉬었다.

"휴우, 잡았다."

그리고 고개를 돌려 옆을 힐끔거렸다. 저 멀리 그를 바라보고 있는 흑사자 기사며 종자들, 살아남은 마기언들이 보였다.

하나같이 눈을 크게 뜨고 놀란 표정을 짓고 있다.

성시한은 어색하게 웃었다.

'…역시 들켰으려나?'

성시한의 예상은 빗나갔다. 그의 정체는 들통 나지 않았다.

"대단하군, 자네!"

"놀라운 솜씨야!"

"대체 왜 그런 실력으로 프리 하이어 따위나 하고 있는 건가?"

살아남은 흑사자 기사며 마기언들이 시한을 향해 환호와 감탄을 보냈다. 그 눈빛에 전설의 영웅을 만난 경외는 전혀 비치지 않았다.

잠시 후 시한은 그 이유를 깨달았다.

'아, 그렇구나……'

그가 선보인 무위는 분명 대단했다. 수십 년씩 투기를 익힌 경험 많은 소드하이어들조차도 감탄해 마지않을 굉장한 기량이었다.

하지만 이계구원자의 전설과 비교하기엔 사정없이 초라한 것이다.

전해지는 말에 따르면, 이계구원자는 십여 미터가 넘는 빛의 검을 휘두르며 거대한 이계 마물들을 수숫단처럼 베어낸다고 했다.

수백 년 묵은 고룡조차도 그의 일검을 당해내지 못했다고 전해진다.

'당시에도 과장깨나 됐었으니까.'

그에 비해 지금의 시한은 100년 묵은, 살짝 뻥튀기되어도 200년짜리 용 하나 잡는 데 날고뛰고 온갖 난리를 다 쳤다. 대단한 건 틀림없지만 이계구원자의 전설과 연결시키기엔 격차가 좀 심하다.

그의 고유 투기술, 파천기와 도룡기가 영 부실한 것도 원인이었다.

하늘을 깨뜨리는 기운이란 명칭답게, 이계구원자의 파천기는 한 번 발동되면 대지가 흔들리고 구름이 갈라지며 천둥이 내리치고 폭풍이 분다고 전해지고 있었다. 혹자는 천신의 강림을 연상케 한다고 할 정도였다.

이 역시 과장되긴 했지만 딱히 거짓말이라고 할 수도 없었다.

'실제로 전력을 다하면 저런 쓸데없는 특수효과(?)가 붙긴 했었지.'

그에 비하면 지금의 파천기는 너무 조신한 것이다.

뭐, 겉으로 티 나는 게 있어야지? 십 년 전의 파천기가 천신 강림이라면 지금은 거의 첫날밤 앞둔 새색시 수준이다.

도룡기 역시 마찬가지였다.

십여 미터가 넘는 찬란한 빛의 검인 풀 버전(?)에 비해 지금은 고작 3미터에 아지랑이처럼 일렁이는 무형의 칼날일 뿐이다. 솔직히 멀리서는 잘 뵈지도 않는다.

이 정도면 설사 일면식이 있다 해도 어지간히 눈썰미가 좋지 않은 한 알아보기 힘든 수준이다.

덕분에 사람들은 성시한의 실력에 경악하면서도, 막상 그가 이계구원자일지도 모른다는 의심은 눈곱만큼도 하지 않았다.

'이거 참 좋아해야 할지 슬퍼해야 할지 모르겠네.'

시한 입장에선 참으로 미묘한 기분이라 하겠다.

'어쨌든 무사히 넘어가게 되었으니 다행이라 해야 하나?'

완전히 넘어가게 된 것만은 아니었다.

줄데란이 딱딱하게 굳은 얼굴로 시한에게 다가오고 있었다.

"자네……."

성시한을 위아래로 훑어보며 차가운 눈빛을 보낸다.

"실력을 숨기고 있었더군."

이계구원자를 떠올리게 할 정도는 아니더라도 지금 시한이 선보인 무위는 충분히 놀라웠다.

"투기량, 실력, 검술, 그 모든 것이 결코 흑사자 기사의 아래가 아니었어."

체면 때문에 저렇게 말하긴 했지만 사실은 월등히 위였다. 줄데란도 눈이 있으니 그 정도는 알고 있었다.

이 흑발의 청년은 흑사자 기사단 내에서도 족히 대장급에 필적하는 실력자다.

시한을 노려보는 줄데란의 눈빛이 더욱 싸늘해졌다.

"대체 무슨 의도로 투사급이라 칭한 것이지?"

"아, 그게……."

자기 정체가 발각될 경우는 예상했지만 이런 식으로 의심받을 줄은 생각지 못했다. 뭐라고 변명해야 할지 전혀 떠오르지 않는다.

그때 제논이 잽싸게 끼어들어 구원의 손길을 펼쳤다.

"무슨 의도가 있어서가 아닙니다, 기사님들."

알리타와 달리, 그는 현재의 시한이 왕년만큼 강하지 않다는 사실을 모른다. 그저 들키지 않기 위해 힘을 감추고 있다고 알고 있다.

그토록 신뢰했던 친구들에게도 배신당했던 성시한이다. 아무리 제논이 믿음직해 보여도 자신의 약점을 전부 말해줄 수는 없는 것이다. 알리타야 사정이 사정이다 보니 사실대로 알려줬지만.

그래서 제논은 시한이 일부러 지룡을 쓰러뜨릴 수 있는 정도로만 힘을 썼다고 생각하고 있었다. 그 결과 이런 의심을 살 거란 것도 충분히 예상한 바였다.

제논이 미리 떠올려 둔 변명을 주절주절 늘어놓았다.

"사실은 선 형님은 이제껏 산속에서 수련만 해서 세상 경험이 좀 없습니다. 용병이 된 지도 얼마 안 되었지요. 그래서 일단은 경험을 쌓는 의미에서 투사급부터 시작하라고 제가 조언했습죠."

그러자 흑사자 기사며 마기언들이 놀라 되물었다.

"…형님?"

"그대가 저자보다 연하였단 말이오?"

"대체 자네 몇 살인가?"

이건 또 예상치 못한 반응이다. 제논이 머쓱해하며 대꾸했다.

"저, 이제 22살 됐는데요."

"허억?!"

눈앞의 비주얼 쇼크 덕분에 시한에 대한 의문은 뒷전으로 밀렸다. 저 얼굴로 이제 스물 갓 넘긴 총각도 있는데, 실력 감춘 소드하이어쯤이야 전혀 이상할 것 없다는 느낌?

그 틈에 제논이 서둘러 변명을 이었다.

"그리고 선 형님은 예전에 용을 사냥해 본 경험이 있습니다. 그래서 이번 일도 받아들이신 것이고요. 믿는 구석이 없었으면 아무리 돈이 좋아도 저희가 이 의뢰를 받았겠습니까? 다른 마수도 아니고 무려 용이었는데요."

그리고 마지막으로 쐐기를 박았다.

"게다가 원래 이 바닥에서 어느 정도 실력 숨기는 건 상식 아닙니까?"

줄데란의 표정이 풀렸다. 저런 이유라면 투사급을 사칭한 것도, 흑사자 기사들조차 감당 못 했던 지룡을 해치운 것도 납득할 수 있었다.

"어쩐지… 기사급인 그대가 고작 투사급인 저 친구에게 공손하게 구는 것이 이상하다곤 생각했다. 단순히 나이 때문만은 아니었군."

분위기를 살피며 성시한도 잽싸게 끼어들었다.

"기사님들 덕분에 운 좋게 지룡의 숨통을 끊을 수 있었지요."

어디까지나 흑사자 기사들이 힘을 빼놓았기에 가능했던 일이라 강조하면서, 그 와중에도 욕심 많은 용병의 모습을 연기한다.

"어쨌거나 제 공이 적지 않은 것 같은데, 혹시 추가 보수 같은 건 없습니까?"

시한의 말에 줄데란은 헛웃음을 흘렸다. 이걸로 조금 남아 있던 의심도 사라졌다.

"왕도로 돌아가면 적절한 보상이 있을 것이다."

대충 대꾸하며 줄데란이 몸을 돌렸다.

"다들 고생이 많았다. 좀 쉬도록 하게. 우리는 할 일이 남았으니."

마기언이며 남은 흑사자 기사들이 쓰러진 지룡 쪽으로 걸어갔다. 제논에게 시한이 귓속말을 했다.

"휴우, 살았다. 고마워, 제논."

"별말씀을."

살짝 고개를 숙이며 제논은 뿌듯해했다. 드디어 그의 영웅에게 제대로 도움이 된 것이다!

뭐, 검으로 도움이 되었으면 더 뿌듯했겠다만 이것도 나쁜 기분은 아니었다.

싱글벙글하는 제논 곁에서 시한이 가슴을 쓸어내렸다.

"이걸로 다들 대충 넘어간 것 같네."

그때 알리타가 작게 속삭였다.

"전부 넘어간 건 아닌 것 같네요."

"응?"

"저기."

그녀는 날카로운 눈빛으로 저만치 떨어진 수풀 쪽을 노려보았다. 디나를 비롯한 종자들 사이에서 켈테론이 격앙된 얼굴로 이쪽을 바라보고 있었다.

"저, 저거……."

창백해진 얼굴로 뭔가를 연신 중얼거리고 또 중얼거린다.

"저건… 아니, 그럴 리가… 하지만 저건 분명……."

분명 현재 시한의 투기술은 설사 일면식이 있어도 엄청나게 눈썰미가 좋지 않은 한 알아차리는 게 불가능하다.

거꾸로 말하면, 일면식이 있고 엄청나게 눈썰미가 좋을 경우 알아볼 수 있다는 소리도 되는 것이다.

시시각각 변화하는 켈테론의 표정을 보며 성시한이 미간을 찡그러뜨렸다.

"이런……."

시한의 활약 덕분에 잠깐 활기를 띠긴 했지만 분위기는 다시 어두워졌다.

네 명의 고위 마기언이 시체조차 못 남기고 한 줌 재가 되었다. 파라멘과 버릭, 두 흑사자 기사는 다행히 죽지 않았지만 심각한 중태였다.

"마스터? 정신 차리세요, 마스터!"

디나가 애타게 불렀지만 기절한 파라멘은 깨어나지 못했다. 버릭 역시 마찬가지였다.

둘 다 팔다리가 으스러지고 전신의 화상이 심했다. 고위 프린의 치유술을 받는다 해도 기사로 복귀할 수 있을지 장담할 수 없는 심각한 상태였다.

"…그나마 임무를 완수할 수 있어 다행이로군."

줄데란은 한숨을 쉬며 뒤처리를 지시했다. 마기언들이 시체가 된 동료의 재를 챙기고 종자들이 들것을 만들어 파라멘과 버럭을 옮겼다.

지룡의 시체도 처리했다.

바켈린 영지에서 이그니스 울프를 죽였을 때와는 또 다르게, 이번엔 지룡의 시체가 사라지지 않았다. 그냥 테라노어의 일반 마수처럼 고스란히 남아 있었다.

'도대체 무슨 기준인 거야, 이거?'

시한은 의아해했다. 생각해 보면 당시에도 수컷은 시체를 그대로 남겼었다. 사라진 것은 암컷 늑대뿐이다.

'분명 연관은 있어 보이는데……'

용혈과 살점, 비늘 일부를 샘플로 채취한 뒤 마기언들은 마법의 불꽃으로 지룡을 불태웠다. 숨이 끊어진 지룡의 시체엔 마법이 다시 통용되었던 것이다.

그 와중에 이번 사건의 원흉인 탈주 마기언, 라크란도 발견했다.

"어디 있던가?"

"동굴에 반, 지룡 배 속에 나머지 반."

"…비참한 최후로군."

라크란의 시체 역시 깔끔하게 불탔다.

마치 세상에서 지룡과 라크란의 존재를 지워 버리려는 듯 마기언들은 시체의 재마저 산산이 흩어 사방에 뿌려놓았다.

모든 처리가 마무리되자 줄데란 일행은 하산했다. 그리고 본거지에 머무르던 본대와 합류한 뒤 자드 마을로 귀환했다.

그날 밤.

"어휴, 용케 이번에도 살아남았구먼."

임시로 묵고 있는 통나무집의 창밖을 내다보며 염소수염의 중년 사내가 너털웃음을 흘렸다.

"트란덴 그 영감…… 뭐? 별거 아니니 아무 일 없을 거라고? 몇 번이나 죽을 뻔했잖아!"

정확히 말하면 켈테론이 직접적으로 목숨을 위협당한 적은 한 번도 없었지만, 어쨌든 위험했던 건 사실이다.

"이 빚을 어떻게 받아내야 하려나?"

벌써부터 이번 사건을 이용할 다양한 교섭 방식이 머릿속을 가득 메운다. 그렇게 열심히 켈테론이 생각에 잠겨 있을 때였다.

갑자기 방문이 벌컥 열렸다.

"엉?"

놀라며 켈테론은 고개를 돌렸다. 검은 머리의 갈렌족 청년이 노크도 없이 대뜸 방 안으로 들어온 것이다.

"하이어 션? 무슨 일인가?"

"흐음."

성시한은 물끄러미 켈테론을 바라보았다. 그는 놀란 와중에도 살짝 긴장한 얼굴로 시한을 바라보고 있었다.

어울리지 않는 태도였다.

지금 시한은 노크도 없이 대뜸 상급자의 방에 침입했다. 상식적인 귀족이라면 무례하다며 길길이 날뛰어야 정상이다.

그런데 화도 안 낼뿐더러, 오히려 이쪽 눈치를 본다?

'어디, 시험해 볼까?'

갑자기 시한이 큰 목소리로 외쳤다.

"어이, 켈테론!"

"넵!"

켈테론이 자기도 모르게 차렷 자세를 취하며 대꾸했다.

"과연……."

이럴 줄 알았다. 성시한의 눈빛이 싸늘하게 식었다.

"눈치 깠구만?"

켈테론은 자세를 풀었다. 그리고 조심스레 눈앞의 청년을 바라보았다.

"…혹시?"

시한은 말없이 천변기를 거두었다. 잘생긴 갈렌족 청년이 곱상한 한국인 청년으로 바뀌었다.

상대를 요리조리 뜯어보던 켈테론이 놀라며 물었다.

"정말 성시한 님이셨습니까?"

"용케 알아봤더군? 소드하이어도 아닌 주제에."

당황하면서도 켈테론은 차분히 대답했다.

"그야… 시한 님은 저를 모르시겠지만 전 시한 님을 몇 번이나 뵈었으니까요."

잘 알려지지 않았지만, 원래 켈테론은 남의 투기술 알아보는 것에 비상한 눈썰미가 있었다. 그렇기에 전쟁 내내 용케 목숨을 부지한 것이다.

혁명전쟁 당시 파천기나 도룡기도 직접 두 눈으로 똑똑히 보았다. 그래서 눈치챌 수 있었다. 그때보다 위력 차이가 너무 심해 긴가민가하긴 했지만.

"다시 테라노어로 돌아오신 줄은 몰랐습니다."

잠깐 놀란 켈테론은 이내 침착해졌다. 지구로 돌아간 줄 알았던 이가 눈앞에 있는데도 딱히 이상하게 여기지 않는 표정이었다.

어차피 그는 성시한이 제 발로 지구로 돌아간 줄 알고 있는 것이다.

제 발로 돌아간 양반이 제 발로 다시 온 게 뭐가 이상하다고? 마법에 대해 잘 모르는 일반인이라면 이쪽이 상식적인 반응이다.

켈테론이 의아해하는 부분은 다른 쪽이었다.

"그런데 왜 굳이 변장까지 하시고……?"

지금의 성시한을 보면 아무리 봐도 정체를 숨기는 것 같았다. 이해할 수 없는 일이었다.

혁명전쟁은 성공했다. 광제도 제국도 사라졌다.

이 상황에서 시한이 테라노어로 돌아왔다면, 그 목적은 변한 세상을 확인하거나 그리운 옛 친구를 만나는 것 정도일 것이다.

'둘 다 굳이 정체를 감춰야 할 이유가 전혀 없는데?'

혹시 사람들이 귀찮게 구는 게 싫어서일까? 그래서 조용히 암행하듯 둘러보는 것일까?

그런 거라면 얼굴을 바꾸고 정체를 숨기는 것까진 이해가 간다.

하지만 지룡과의 전투에서까지 힘을 감춘 이유를 모르겠다.

여유로웠던 상황도 아니고 사상자도 나온 마당이었다. 지금 시한의 행보는 왠지 정체가 드러나는 걸 경계하는 것처럼 보인다.

'마치… 테라노어에 아직도 적이 남아 있는 것처럼?'

습관적으로 켈테론은 머리를 굴렸다.

왜일까? 돌아온 이계구원자가 왜 저리 조심하고 있는 걸까?

문득 십 년 전 떠돌았던 소문이 뇌리에 떠올랐다.

"설마… 그 소문이 사실이었습니까?"

"소문?"

"시한 님께서 지구로 돌아가신 뒤의 일입니다."

이계구원자의 직속 부대원들은 성시한이 지구로 돌아갔다는 말을 믿지 않았다.

광제를 물리친 뒤 테라노어에 정착할 거라며 들뜬 얼굴로 떠들던 시한이었다. 레비나와의 결혼식을 떠올리며 수줍게 얼굴을 붉히기도 했다.

나이 많은 부대원들이 '18살에 벌써 코 꿸 생각이십니까?', '결혼과 죽음은 늦을수록 좋습니다!' 등등 연장자의 조언을 건네기도 했지만 귓전으로도 듣지 않았다.

분명 최종전을 앞둔 성시한은 미래에 대한 희망에 부풀어 있었다.

그러던 이가 갑자기 말도 없이 고향으로 돌아갔다고? 시한과 가깝게 지내던 이들에겐 도무지 납득할 수 없는 이야기인 것이다.

누군가가 음모론을 내세웠다.

다른 혁명 6영웅이 이계구원자의 힘과 명성을 시기해 그를 배신하고 강제로 지구로 귀환시켰다는 소문이 은밀히 세상에 떠돌았다.

"물론 모두 무시했던 헛소문이었습죠. 저 역시 마찬가지였고……."

헛소문이라 여긴 이유가 있었다.

'혁명 영웅들이 죄다 바보냐? 이왕 배신할 거면 그냥 뒤에서 칼 쑤시고 말지 뭐 하러 곱게 집에 보내줘? 언제 복수하겠다고 돌아올지 모르는데.'

머리를 벅벅 긁으며 켈테론이 말끝을 흐렸다.

"하지만 지금 시한 님을 보니 의외로 그 소문도……."

시한은 솔직히 감탄했다.

"대단하군. 내가 정체를 숨기고 있다는 것만으로 거기까지 유추한 건가?"

그가 한 거라곤 켈테론 앞에서 힘 좀 쓰고 천변기를 푼 것밖에 없다. 그런데 켈테론은 그것만으로 제반 사정 대부분을 파악해 버렸다.

들어왔던 소문과는 전혀 다르지 않은가?

'거참, 이렇게 머리 좋은 양반이 왜 야수의 두뇌 취급을 받은 거지?'

빙그레 웃으며 시한이 되물었다.

"소문이 사실이라면 어찌할 텐가?"

켈테론은 잠시 눈을 껌뻑거렸다.

'응? 어찌할 것이냐고?'

사실 그는 성시한을 앞에 두고도 별로 긴장하지 않았다.

켈테론은 성시한의 친우, 젝센가드의 충실한 심복이었다. 과거 시한에게 무슨 잘못을 저지르거나 한 적도 없었다.

성시한이 자신을 적대할 이유가 전혀 없는 것이다.

그런데 지금 말하는 걸 보니 어째 저 소문이 사실이었던 것 같다.

'가만, 저 소문이 정말 사실이라면……'

성시한이 왜 돌아왔을까?

'그야, 자신을 배신한 이들에게 복수를 하기 위해서겠지.'

그럼 왜 정체를 숨기고 있을까?

'그야, 이미 세상을 지배하고 있는 혁명 6영웅을 하나하나 처리하려면 자신의 존재를 숨겨야 하니까 그랬겠지. 아무리 이계구원자라도 혁명 6영웅을 한꺼번에 상대할 순 없을 테니까.'

…그럼 자신의 정체를 알아챈 사람을 성시한이 과연 어떻게 할까? 심지어 그 상대가 '배신자'의 '더러운 주구'라면?

'허걱?!'

순간 그토록 잘 돌아가던 머리가 정지했다.

켈테론이 개구리처럼 바닥에 찰싹 엎드리며 울부짖었다.

"사, 살려주십쇼!"

*   *   *

고작해야 이십 대의 젊은 청년 앞에서 염소수염의 중년 사내가 목 놓아 빈다.

"제발 살려주십시오. 늙은 노모와 세 살배기 애들이 저 하나만을 믿고 있습니다요. 제가 죽으면 제 아이들은 고아가 될 것이고, 길바닥에 나앉을 것이고, 굶주린 배를 움켜쥐고 동냥질에 나서야 할 것이고……."

주절주절 떠들어대는 켈테론을 내려다보며 성시한은 황당해했다.

젝센가드 왕국의 실권자 중 한 명인 켈테론이다. 그 정도 고위층 귀족이 죽는다고 가족이 길바닥에 나앉을 리가?

게다가 켈테론은 결혼도 안 했다. 세 살배기는 고사하고 애자체가 없다.

'이 인간은 머리가 좋은 거야, 아니면 나쁜 거야?'

보아하니 자기가 뭔 소리를 하고 있는지도 모르는 것 같았다. 조금 전 날카롭게 추리하던 모습이 거짓말 같을 정도였다.

'아무리 겁이 많다지만 이건 좀 심한데?'

그때 시한은 깨달았다.

'아, 이래서 당시 야수의 두뇌라고 불렸던 거구나.'

항시 목숨의 위협을 받으며 숨어 살고, 수시로 전투를 벌이던 시절이었다. 설사 작전참모나 후방 물자를 담당하던 이들이라도 언제든 칼을 들고 제국군의 습격에 맞서 싸워야 했다.

켈테론 같은 성격이 제대로 머리 굴릴 환경이 아니었던 것이다.

물론 24시간 내내 겁먹고 살진 않았을 테고, 평소엔 꽤나 영민했을 것이다. 그러니 아부도 잘하고 눈치도 잘 보았겠지.

하지만 전투만 벌어지면 바보 되는 인간을 중용할 이가 과연 있을까?

켈테론의 재능은 안전한 장소에서, 든직한 호위를 받으며 마음 편하게 호의호식할 때만 발휘되는 종류의 것이었다. 당연히 혁명군 내에서는 두각을 드러낼 수 있었을 리가 없다.

'가만? 전투 중에도 신기하게 잘 살아남은 건 그럼 뭐지? 그냥 초식동물스런 생존 본능?'

어쨌거나 켈테론의 생존 본능은 오늘도 건재하게 돌아가는 것 같았다.

실제로 저 몰골을 보고 있자니 너무 한심해서 있던 살의도 사라질 판이다.

'죽일 생각도 없긴 했지만.'

고개를 저으며 시한이 손짓을 했다.

"일어나, 켈테론. 당신을 죽일 생각은 없으니까."

"그렇습니까? 감사합니다! 감사합니다!"

슬그머니 몸을 일으키더니 켈테론이 재차 고개를 숙였다. 허리를 연신 직각으로 꺾고 또 꺾는데 어찌나 자연스러운지

한두 번 해본 동작이 아니다.

"살려만 주시면 충성을 다하겠습니다! 젝센가드 따위 알 게 뭡니까요!"

성시한은 눈을 가늘게 떴다.

"하지만 그냥 살려둘 생각도 없지."

"…네?"

켈테론이 의아해하던 차였다. 갑자기 시한이 그의 가슴을 가볍게 쳤다.

"흐익!"

놀라며 켈테론이 뒷걸음질을 쳤다.

딱히 아프지는 않았다. 단지 뭔가 희미한 기운이 심장 쪽으로 슬며시 스며들었다가 사라지는 기분이 들었을 뿐이었다.

"…뭘 하신 것인지?"

"혹시 폭살기라고 들어봤나?"

켈테론이 두 눈이 경악으로 물들었다.

"헉!"

폭살기(爆殺氣)는 투기의 일부를 상대의 체내에 심은 뒤 언제 어디서든 마음대로 터뜨리는 이계구원자의 고유 투기술이었다. 일종의 투기로 이루어진 시한폭탄이랄까?

한 번에 세 명까지밖에 걸 수 없고, 소드하이어나 마기언에겐 통하지 않는다는 약점이 있어 전투에는 쓸모가 없지만 전략적으론 충분히 유용한 기술이었다.

당시 혁명 7영웅은 폭살기를 이용해 제국 측에 스파이를 심거나 언제 배신할지 모르는 변절자들을 재어하곤 했다.

비릿한 미소를 지으며 시한이 협박을 날렸다.

"내가 마음만 먹으면 그 순간 펑~ 하고 터진다는 거지."

켈테론이 부들부들 떨며 자기 가슴을 내려다보았다. 시한이 차갑게 말을 이었다.

"당신이 충분히 신뢰할 만하다 싶으면, 그땐 풀어주도록 하지."

그런데 켈테론이 갑자기 전혀 예상치 못한 반응을 보였다.

"휴우, 살았다……."

말만 저러는 것이 아니었다. 실제로 얼굴이 눈에 띄게 평온해지더니, 나중에는 옅게 미소마저 띤다?

'얼씨구?'

황당해져 시한이 물었다.

"지금 진심으로 하는 소린가?"

켈테론이 침착하게 되물었다.

"이거, 시한 님이 원할 때만 터지는 거 아닙니까?"

"그렇지."

"그리고 시한 님은 제가 충성을 다하면 이걸 안 터뜨리신다는 것이지요?"

"물론이다."

"그럼 이런 걸 걸었으니 제가 배신할 거라고 의심하시지도 않으시겠군요?"

"…어, 뭐, 그렇지?"

어느새 켈테론은 조금 전의, 영민하게 머리가 돌아가는 상태로 돌아가 있었다. 정말로 공포를 느끼지 않고 있는 것이다.

"그럼 저만 잘하면 시한 님이 절 죽이실 일은 없다는 거 아닙니까? 정말 안심이지요."

심지어 가슴을 쓸어내리며 비굴하게 웃기까지 한다.

"아랫것이 윗분 섬길 때 제일 무서운 게 아무 짓도 안 했는데 의심받는 것입니다요, 헤헤헤."

켈테론이 넙죽 고개를 숙였다.

"무엇이든 명하십시오! 충실히 행하겠습니다, 시한 님!"

성시한은 찜찜한 표정을 지었다. 순순히 복종하는 것까진 좋다만, 너무 반색을 하니 의심이 안 들 수가 없었다.

그래서 슬쩍 떠보았다.

"켈테론, 그대는 이제 내 목적을 알았다. 그리고 나를 따르기로 했지. 그런데 전혀 두려워하지 않는 것 같군?"

"예?"

"젝센가드를 배신하는 것이 말이야."

대지 파괴자 젝센가드는 혁명 영웅이자 일국의 국왕이며,

대류에서도 열 손가락 안에 드는 강력한 초인급 소드하이어다. 저렇게 산뜻한 얼굴로 배신 때릴 만큼 만만한 상대가 절대 아니다.

"아무리 목숨이 걸려 있다지만, 전혀 부담을 못 느끼는 것처럼 보이는데?"

그러자 켈테론이 도통 이해가 안 간다는 표정을 지었다.

"제가 왜 부담을 느껴야 합니까?"

"왜냐니?"

어이가 없어 시한이 되물었다. 눈을 껌뻑이더니 켈테론이 조심스레 입을 열었다.

"그러니까… 지금 시한 님 말씀은 대지 파괴자와 이계구원자 중 한쪽을 선택하라는 것 아닙니까?"

이어진 단호한 말에, 성시한은 과거 자신의 영향력이 상상했던 것 이상으로 크다는 사실을 깨달았다.

"그럼 미치지 않고서야 누가 대지 파괴자를 택하겠습니까?"

*   *   *

성시한은 켈테론의 집을 나섰다.

이미 밤이 깊어 사방이 어두웠다. 부스럭거리는 소리와 함께 어둠 속에서 백금발의 소녀가 튀어나왔다.

"이야기가 잘된 것 같네요."

밖에서 망을 보고 있던 알리타였다. 시한이 비밀 이야기를 할 동안 혹여 다른 이들이 접근하면 곤란하니, 근처에 몰래 숨어 상황을 살피고 있었던 것이다.

참고로 현재 제논은 홀로 집을 지키는 중이었다. 그 큰 덩치가 숨어봤자 눈에 안 뜨일 리가 없으니까.

"수고했어, 알리타."

감사를 표하며 시한은 걸음을 옮겼다. 뒤를 따르며 그녀가 물었다.

"그런데 많이 약해졌다면서 용케 폭살기를 구사했네요, 시한? 그거 투기량깨나 잡아먹는 거라던데."

성시한의 폭살기 역시 각종 서적을 통해 꽤나 자세히 알려졌다. 알리타도 예전 관련된 내용을 읽은 적이 있었다.

그녀의 질문에 시한이 실소했다.

"당연하지. 실제론 폭살기 같은 건 존재하지도 않으니까."

"…뭐라고요?"

알리타가 놀라 입을 벌렸다. 쓴웃음을 지으며 그가 말을 이었다.

"그냥 때려 박기만 하면 언제 어디서든 마음대로 터뜨릴 수 있는 투기술? 세상에 그렇게 입장 편한 능력이 있을 리 없잖아?"

기가 막혀 알리타는 잠시 말문을 잃었다.

'그 유명한 이계구원자의 폭살기가 실은 거짓말이었다고?'

그럼 지금 켈테론을 제어할 수단은 실제론 전혀 없다는 소리다. 등 뒤를 보며 그녀가 걱정 어린 기색을 보였다.

"이래도 되는 거예요?"

시한이 어깨를 으쓱였다.

"켈테론은 그 사실을 모르잖아?"

성시한과 그의 친구들이 이제 막 혁명 7영웅이라 불리기 시작하던 때였다.

혁명 7영웅은 몇몇 제국의 유력자를 붙잡은 뒤 그들의 처치에 골머리를 앓았다. 그냥 죽여 버리기엔 너무 쓸모가 많은데 또 살려두기엔 도저히 신뢰할 수 없는 이들이었다.

그때 성시한이 아이디어를 냈다.

"대충 투기 쑤셔 넣고, 만약 배신하면 언제든지 터뜨릴 수 있다고 협박하는 거 어때?"

실은 그가 한국에서 보던 소설들에서 자주 나왔던 수법을 응용한 것이었다.

"거기 보면, 주인공이 제압한 악당에게 독단을 먹이고 정기적으로 해독약을 주면서 복종시키는 내용이 나오거든."

투기술에 대해 잘 아는 테오란트와 레비나는 어이없어하며 반대했다.

"무슨 말도 안 되는 소린가, 시한?"

"그래, 누가 그런 말에 속겠니? 세상에 소드하이어가 우리밖에 없는 것도 아닌데."

반면 여신을 섬기는 프린인 카렌 이나시우스와 마기언인 사파란, 그리고 소드하이어지만 별로 생각 같은 거 안 하고 사는 젝센 가드는 찬성표를 던졌다.

"어머? 괜찮을 거 같은데요?"

"그렇군. 어차피 죽이지 못할 거라면 심리적 압박을 걸어두는 것도 나쁜 생각은 아니지."

"밑져야 본전이잖아? 그냥 해보자."

당시 일을 떠올리며 성시한은 피식 웃었다.

"그땐 그냥 눈앞의 일을 때우려는 임기응변일 뿐이었어. 두 번 이상 써먹을 생각은 없었지."

"그럼 그때 거짓말이 지금까지 이어진 거예요?"

이해가 안 된다. 잠깐 써먹은 거짓말치곤 폭살기는 지나치게 세상에 널리 알려져 있다.

"꼭 그런 것만은 아니고……."

시한이 뒷머리를 긁적였다.

"나중에 릴스타인이 저 거짓말을 진짜로 만들어 버렸거든."

다른 이들은 대충 넘겨 버렸지만 릴스타인은 저 아이디어를 버리지 않았다.

"작정하고 폭살기에 대한 소문을 사방에 퍼뜨렸지."

물론 다른 소드하이어들도 처음엔 무시했다. 세상에 그런 투기술이 가능할 리 없으니까.

그러나 릴스타인은 여기다 단서를 하나 달았다.

폭살기는 이계구원자, 즉 지구인만이 사용할 수 있다고. 테라노어인은 익힐 수 없는 기술이라고.

동일한 비교 대상이 없으면 진위를 증명할 수도 없다. 본인이 지구인이 아닌 이상 아무리 투기술에 대해 능통한들 저 폭살기가 거짓이라 장담할 수 없는 것이다.

거기에 그럴싸한 사례도 몇 가지 만들었다. 몇몇 제국 귀족을 폭살기로 협박한 뒤, 배신의 기미가 보이는 이들을 며칠 뒤 정말로 폭사시켜 버렸다.

"그냥 남들 몰래 찾아가서 폭사시키는 건 별로 어려울 거 없으니까."

시한의 말대로 언제, 어디서든 마음대로 폭사시키는 건 설사 무신급 소드하이어라도 불가능하다.

하지만 직접 찾아가, 직접 투기 때려 넣고 폭사시키는 건 어지간한 달인급 정도만 되어도 충분히 가능하다.

"폭살기의 약점을 설정한 것도 릴스타인이었어."

한 번에 세 명에게밖에 걸 수 없고, 소드하이어나 마기언에 겐 통하지 않는다? 실존하지도 않는 투기술에 저런 약점이 있을 리가 있나?

"하지만 폭살기 정도로 황당한 기술이라면 저 정도 제약은 있는 쪽이 훨씬 그럴싸하게 들린다고 하더라고."

이계구원자의 명성이 높아지면 높아질수록 저 거짓말도 신빙성을 더해갔다. 종국엔 누구나 폭살기의 존재에 대해 의심치 않게 되어버렸다.

진실을 알게 된 알리타가 입을 쩍 벌렸다.

"와, 사기당한 기분이야."

"거 미안하군."

"그럼 켈테론은 여전히 자기 목숨이 시한 손에 달려 있다고 믿고 있겠군요?"

성시한이 고개를 끄덕였다.

"덕분에 쓸모 있는 카드가 생겼지. …정말 쓸모 있을지 어떨지는 두고 봐야 알겠지만."

＊   ＊   ＊

시한과 알리타는 어두운 밤길을 계속 걸었다.

주민을 잃은 자드 마을은 고요했다. 토벌대의 용병들도 대부분 깊은 잠에 빠진 모양이었다.

걸음을 옮기다 말고 문득 알리타가 시한의 옆얼굴을 바라보았다.

왠지 심각한 표정으로 생각에 잠겨 있다.

"무슨 생각 해요?"

"응? 별건 아니고……."

그는 오늘 있었던 전투를 떠올리던 중이었다.

"대체 그 지룡은 뭐였을까?"

마기언의 마법이 통하지 않고, 지구인인 성시한에게도 마법 공격을 할 수 있었던 그 지룡은 분명 바켈론 영지의 이그니스 울프와 비슷한 존재였다. 둘 다 테라노어의 마수이면서 이계의 마물 같은 특성을 지니고 있었다.

"분명 연관이 있어."

저 지룡은 청색 상아탑의 실험체라고 들었다. 그렇다면 그 이그니스 울프 역시 비슷한 처지였을 것이다.

"마기언들이 각종 실험 해대는 거야 별로 신기할 것도 없지만, 역시 신경이 쓰여서 말이지."

"그러고 보면 저도 좀 이상한 걸 느끼긴 했었어요."

알리타가 고개를 끄덕였다.

"그 지룡에 대한 건 아니었지만."

"응?"

"그 가루⋯⋯."

사교도에게 자백 마법을 걸었을 때 마기언 하바크가 사용했던 그 검은 가루. 그녀는 아직도 그 가루를 본 순간 느꼈던 오한을 잊지 못했다.

"묘한 기분이었어요."

단순한 오한이 아니었다. 마치 수십 마리의 얼음으로 만든 벌레가 전신을 기어오르는 듯한, 기이할 정도로 섬뜩하고 불길한 감각이었다.

몸서리를 치며 알리타가 양팔을 감쌌다.

"뭐라고 설명할 수는 없지만⋯⋯."

그리고 젖은 목소리를 흘렸다.

"왠지 눈물이 날 것 같은 기분이었달까⋯⋯."

＊　　　＊　　　＊

어둠 속에 커다란 칼을 쥔 한 사내가 있었다.

나이는 40대 중반, 오랜 시간 갇혀 지낸 듯 수염이 덥수룩했다. 걸친 옷도 남루하기 그지없었다.

사내의 귀에 목소리가 들렸다. 차가운, 일말의 감정조차 실려 있지 않은 목소리였다.

"눈앞의 여자를 죽여라."

어둠 속에서 40대 초반의 중년 여인이 모습을 드러냈다. 그녀 역시 사내처럼 초췌한 모습이었다. 사슬에 묶인 채 주위를 둘러보던 여인이 사내를 보더니 눈물을 흘리며 외쳤다.

"여보!"

사내는 여인을 베었다. 비명과 함께 피가 튀었다.

덤덤하게 칼을 거두는 사내의 귀로 다시 한 번 목소리가 들렸다.

"눈앞의 여자를 죽여라."

어둠 속에서 10대 후반의 한 소녀가 모습을 드러냈다. 중년 여인을 쏙 빼닮은 외모였다.

소녀가 사내를 보더니 외쳤다.

"아빠!"

사내는 소녀를 베었다. 비명과 함께 피가 튀었다.

여전히 사내의 표정은 무심했다. 아내와 딸을 베고도 전혀 눈빛에 흔들림이 없다.

목소리가 이어졌다.

"네 자신을 죽여라."

사내가 칼을 거꾸로 쥐었다. 그리고 거리낌 없이 날카로운 칼날을 목으로 가져갔다.

하지만 그는 자신을 찌르지 못했다. 칼날이 목에 닿는 순간, 자기도 모르게 몸이 멈춰 버린다.

"아……."

사내의 눈동자에 감정의 빛이 생겨났다. 무심하던 얼굴에도 표정이 돌아왔다.

주위를 둘러본 사내가 칼을 집어 던졌다. 쓰러진 두 여인의 시체를 향해 오열을 터뜨린다.

"으아아악! 여보! 에밀리! 내, 내가 대체 무슨 짓을!"

콰아앙!

폭음과 함께 사내의 머리가 잘 익은 수박처럼 박살 났다. 붉은 피와 뇌수가 더러운 석벽에 튀어 천천히 흘러내렸다.

어둠 속에서 누군가가 모습을 드러냈다.

"또 실패로군."

목소리의 주인, 적색의 릴스타인이었다.

릴스타인은 자신의 손바닥을 내려다보았다. 검은 가루가 손아귀에서 회오리치며 빛을 발하고 있었다.

루스클란 황족의 심장 가루였다. 이 정도로 순도 높은 가루를 얻기 위해 그는 족히 30명이 넘는 인간을 희생시켰다.

그럼에도 결과가 영 만족스럽지 않다.

사랑하는 아내와 딸조차도 살해할 정도로 본능을 억제하는 데는 성공했다. 하지만 자기 자신을 죽이게 만드는 건 실패했다.

보다 확실한, 완벽한 정신 지배 마법은 여전히 갈 길이 멀었다.

"…이거 참, 쉽지 않군."

차원 너머 이계의 통로를 여는 것.

완벽한 정신 지배.

이는 릴스타인의 숙원을 위한 두 핵심 기둥이다. 둘 중 하나만 무너져도 그의 숙원은 결코 이루어지지 않는다.

그는 무심한 얼굴로 시체들로부터 등을 돌렸다. 그리고 손가락을 튕겼다.

딱!

불길이 솟구쳤다. 세 구의 시체가 활활 타올라 재로 화했다. 한때 가족이었던 이들이 허공에 뒤섞여 어둠 속으로 날아갔다.

＊　　　＊　　　＊

열흘 뒤, 시한재림교 토벌대는 왕도 라텐셀로 귀환했다. 토벌 결과를 들은 젝센가드 왕실은 충격에 빠졌다.

"단순한 사교도 토벌이라 들었는데?"

"상대가 용이었단 말이오?"

원래는 지룡의 존재를 감추려 했던 켈테론이다. 하지만 그러기엔 피해가 너무 컸다.

중상을 입은 파라멘과 버릭은 결국 기사직을 관뒀다. 워낙 부상이 심해 아란 테세린의 최고위 프린들조차도 그들을 완치시킬 수가 없었다. 목숨을 건진 것만으로도 감사할 일이었다.

두 흑사자 기사가 재기불능이 되었고 청색 상아탑의 고위 마기언도 넷이나 죽었다. 고용한 용병도 100명 가까이 사상자를 냈다.

도저히 조용히 넘어갈 수 없는 수준인 것이다.

그렇다고 트란덴의 요청을 무시하고 사실대로 보고할 수도 없는 노릇, 그래서 켈테론은 상아탑과 관련된 부분을 쏙 뺀 뒤 적당히 이야기를 꾸며내 앞뒤를 맞췄다.

"베르셀트 지방에 300년 묵은 지룡이 서식하고 있었습니다. 마수를 조종해 백성들을 습격한 것은 사실 그 지룡이었더군요. 사교도들은 그걸 이용해서 자신들의 짓인 것처럼 소문을 퍼뜨렸을 뿐입니다."

젝센가드는 전혀 의심하지 않았다. 그저 무릎을 치며 한탄했을 뿐이다.

"상대가 지룡이었어? 젠장, 이럴 줄 알았으면 내가 직접 가는 건데!"

흑사자 기사를 둘이나 잃은 것에 대해선 그리 아쉬워하지 않았다. 딱히 그들을 아끼지 않았다는 의미는 아니었다.

평생을 전장에서 살아온 젝센가드다. 혁명전쟁 동안 수많은 부하를 잃어보기도 했다.

그런 그의 기준에서 재기불능 정도면 별로 슬퍼할 일이 아닌 것이다.

'칼 쥔 놈이 살아서 은퇴했으면 충분히 남는 장사했지, 뭘.'

그저 자신이 직접 지룡을 상대하지 못한 것에만 미련을 가질 뿐이었다.

"크으, 300년 묵은 용이라면 손맛 끝내줬을 텐데……. 괜히 켈테론 말은 들어가지고."

"죄송합니다, 폐하."

"됐어, 켈테론. 그대가 알고 한 것도 아닌데."

아쉽긴 하지만 이미 끝난 일이었다. 젝센가드는 이내 이번 사건에 흥미를 잃었다. 대신 흑사자 기사단의 단장, 하이어 버클리가 관심을 보였다.

"자네 이야기대로라면 그들은 충분히 흑사자의 문장을 달기에 합당한 실력자들이더군, 하이어 줄데란."

시한 일행의 실력에 크게 감명을 받은 줄데란은 돌아오자마자 단장부터 찾았다. 저들을 기사단에 추천하기 위해서였다.

마침 버클리도 기사단의 충원을 고민하던 참이었다. 그래서 자세한 이야기를 듣고자 줄데란을 부른 것인데…….

"그렇습니다만 지금은 또 상황이……."

며칠 전과 달리 줄데란은 난감한 표정을 짓고 있었다.

"무슨 문제라도 생겼나?"

경멸을 담은 어조로 그가 대답했다.

"그들은 벌써 켈테론 백작가의 기사가 되었습니다."

기사단장의 얼굴에도 비슷한 표정이 떠올랐다.

"쯧쯧, 명예와 긍지보다 더러운 돈을 선택한 건가?"

아무리 기량이 뛰어나다 해도 성품이 천하면 흑사자의 문장을 달 자격이 없다.

"아무래도 사람을 잘못 본 모양이군."

* * *

왕도 라텐셸의 중심가에 위치한 한 저택.

화려한 응접실에 염소수염의 중년인과 흑발의 청년이 앉아 있었다. 저택의 주인인 켈테론 백작과 성시한이었다.

켈테론이 정중히 머리를 조아렸다.

"명하신 대로 모두 처리했습니다."

성시한이 그에게 요구한 것은 세 가지였다.

너무 높지 않으면서도 사람들에게 무시당하지 않을 정도의 적당한 신분.

특별한 중책이 아니면서도 젝센가드에게 자연스럽게 접근할 수 있을 정도의 지위.

남의 눈에 뜨이지 않으면서도 운신이 편하고 수행을 할 수 있는 안전한 근거지.

여러모로 쉽지 않은 조건이었다.

하지만 몸만 안전하면 머리 잘 돌아가는 켈테론은, 간단한 방식으로 이 모든 조건을 충족시켰다.

"이제 시한 님과 하이어 제논, 그리고 알리타 양은 켈테론 백작가의 호위 기사입니다."

선 스테인, 알리타 렐칸이라는 가명은 그대로 썼다. 릴스타인 왕국의 기사인 제논도 스트라이드라는 성만 바꾸고 이름은 내버려 두었다.

제논이란 이름 자체가 워낙 흔하다 보니 굳이 바꿀 필요가 없었던 것이다. 애초에 가난한 농가의 고아가 특이하고 그럴싸한 이름을 가졌을 리가 있나?

"저택 후원에 시한 님을 위해 따로 별채를 마련해 놓았습니다. 원하신 대로 조용하고 눈에 뜨이지 않는 곳입니다."

만족스러운 일 처리였다. 성시한이 고개를 끄덕였다.

"훌륭하군! 수고했다, 켈테론. 그런데 이걸로 끝난 건가? 자네 앞에서 무릎 꿇고 충성 서약이라도 해야 하는 거 아냐?"

"제가 어찌 감히……."

송구스럽다는 듯 켈테론이 비굴한 표정을 지었다.

"사람들 앞에서 하대하는 것만으로도 가슴 떨려 죽겠는뎁 쇼."

문득 그가 고개를 들며 물었다.

"그럼, 시한 님은 언제 젝센가드를 죽이실 겁니까요?"

자연스럽게 켈테론은 성시한이 혁명 6영웅을 죽이기 위해 돌아왔다고 생각하고 있었다. 보통 복수 하면 제일 먼저 떠오르는 것이 저것이니까.

그런데 시한이 한쪽 눈을 치켜떴다.

"죽여? 내가? 젝센가드 그 친구를?"

황당한 소릴 들었다는 표정이었다. 얼토당토않다는 듯 얼굴을 일그러뜨리며 웃음을 터뜨린다.

"하하, 내가 왜 그를 죽이겠어? 응?"

켈테론은 흠칫 놀랐다.

조금 전까지만 해도 차분한, 일견 느긋해 보이기까지 했던 시한이었다. 그런데 갑자기 분위기가 변했다.

"그냥 단순히 배신 좀 한 것뿐이잖아? 날 죽이려 한 것도, 사람 병신 만든 것도, 더러운 감옥에 가둬놓은 깃도 아닌데? 물론 우리의 우정, 신뢰, 추억, 피땀 흘려 쌓아 올린 그 모든 걸 빼앗긴 했지만……."

기괴한 실소를 흘리며 시한이 되물었다.

"그래도 사지 멀쩡하게 고향 집으로 돌려보내 줬잖아? 그런 고마운 친구들을 어떻게 죽이겠어? 안 그래?"

물론 정말로 고마워하는 표정은 절대 아니었다.

저 논리대로라면 강간당한 여자도 범인에게 감사해야 할 것이다.

죽이려 한 것도 아니고, 병신 만든 것도 아니고, 이상한 곳에 감금한 것도 아니고, 그저 제 욕심만 채운 뒤 사지 멀쩡하게 원래 살던 집으로 돌려보내 주었으니 이 얼마나 고마운 일인가?

저런 일을 당했다 해도 예쁜 얼굴, 예쁜 몸매는 그대로 남아 있으니까 좋은 남자 만나서 행복한 가정 꾸린 뒤 과거 따위 다 잊고 희망찬 미래를 향해 달려가면 되는 거잖아?

"……."

감히 대꾸조차 못한 채 켈테론은 침만 삼켰다. 한겨울의 눈보라도 지금 시한의 목소리보다는 따뜻할 것 같았다.

"큭큭큭큭……."

얼굴을 가린 채 성시한이 광소를 흘렸다.

"…죽이지 않을 거야."

짙은 감정이 실린 나직한 목소리가 공간을 은은하게 흔들었다.

순수한 분노도, 시꺼먼 악의도 아니었다.

그것은 깊고 음습하며 끝없이 떨어지는 듯한 회색빛 증오였다.

"암, 절대 죽이지는 않을 거야⋯⋯."

Chapter 4

과거, 그리고 과거

불티가 날리는 전장의 밤이었다.

사방에 시체들이 널려 있었다. 루스클란 제국 남부군과 젝센가드, 사파란이 이끄는 혁명군의 전투로 인한 결과였다.

치열한 전투 끝에 승리는 혁명군에게 돌아갔다. 대패한 제국군은 수만의 사상자를 낸 채 항복했다.

승리를 기뻐하며 혁명군은 잔치를 벌였다. 그리고 지친 몸을 뉘인 뒤 하나둘 잠에 빠져들었다.

모두가 잠든 깊은 밤, 야영지 한쪽에서 삼십 대 초반의 건장한 사내가 모닥불 앞에서 홀로 술을 마시고 있었다.

문득 사내의 등 뒤로 백색 로브를 걸친 이십 대 후반의 청년이 다가왔다. 꿀을 녹인 듯한 진한 금발에 녹색 눈동자, 얼핏 보면 미녀로 착각할 정도로 아름다운 외모의 청년이었다.

사내가 청년을 돌아보며 물었다.

"술도 한잔 안 한 건가, 사파란? 전투도 끝났는데 승리를 좀 만끽하지 그래?"

"이건 우리 힘으로 승리했다고 볼 수가 없지, 젝센가드."

사파란은 젝센가드의 발치를 바라보았다. 모닥불 앞에 놓인 잘린 머리통이 보였다.

광제 루스타나드의 배다른 동생이자 제국 4대 도시 사우스클라니움의 군주, 루스클란 남부 제국군의 총사령관 글루스 대공이었다.

대공의 잘린 머리는 두 눈을 부릅뜬 채 일그러진 표정을 하고 있었다. 죽는 순간까지도 억울하고 분통했던 모양이다.

쓴웃음을 지으며 사파란이 중얼거렸다.

"억울하긴 했겠지. 믿는 도끼에 발등 찍힌 셈이니."

남부 제국군의 총 전력은 사실 혁명군의 그것을 훨씬 웃돈다. 아무리 젝센가드의 투기와 사파란의 마법이 강력하다 해도 정상적인 상황이라면 도저히 이기기 힘들었을 것이다.

그럼에도 혁명군은 승리했다.

루스타나드 2세는 글루스 대공으로 하여금 남부군 일부의 병력만으로 혁명군을 토벌하라 지시했다. 물론 대공도 처음엔 거부했다. 패할 게 빤한 전투를 벌일 생각은 없으니까.

그래서 황제는 글루스 대공이 혁명군의 발을 묶는 사이 원군을 보내 포위 공격을 펼친다는 작전을 세웠다. 그 작전을 믿고 대공은 군사를 일으켰다.

약속했던 원군은 없었다. 거꾸로 포위된 제국군은 처참하게 패했고 글루스 대공은 자신의 친형에게 저주를 퍼부으며 목이 잘렸다.

"이건 광제가 우리 손을 빌려서 정적을 제거했다고 봐야 옳겠지."

사파란의 말에 젝센가드가 혀를 찼다.

"쯧쯧, 권력 앞에선 혈연도 소용없다더니……."

그리고 술을 벌컥 들이켠 뒤 대수롭잖다는 듯 말을 이었다.

"뭐 어때? 덕분에 이겼음 된 거지."

"…생각 짧아서 부럽네, 젝센가드. 참 인생 살기 편하시겠어?"

"너야말로 고민 좀 작작 하고 살아, 사파란. 그러다 예쁜 얼굴에 주름 생긴다?"

나이 차가 제법 있음에도 사파란은 젝센가드에게 스스럼없이 굴고 있었다. 젝센가드도 전혀 어색해하지 않았다.

서로를 인정하는 혁명 7영웅은 성별과 나이를 초월한 우정으로 묶여 있다. 십 대인 성시한과 레비나와도 친구 먹은 판에 이십 대 후반인 사파란 정도야 신경 쓸 거리도 아니지.

사파란이 젝센가드 옆으로 다가가 앉았다. 손을 내밀며 모닥불을 쬔다.

문득 사파란이 질문을 꺼냈다.

"생각해 본 적 있나, 젝센가드?"

"아니."

"…나 아직 말도 안 꺼냈거든?"

황당해하며 사파란이 눈을 가늘게 떴다. 젝센가드가 너털웃음을 터뜨렸다.

"뭘 생각인지는 몰라도, 내가 했을 리는 없으니까."

그는 원래 생각 같은 거 안 하고 산다.

"생각은 사파란, 네가 하는 거지. 난 그저 칼 휘두르며 싸울 뿐이고."

두 친구는 낄낄 웃었다. 웃음이 잦아들자 사파란이 다시 입을 열었다.

"전략전술에 대한 이야기가 아니야."

"그럼?"

잠시 침묵이 흘렀다. 사파란이 조용히 물었다.

"광제를 해치우고 제국을 무너뜨리면 어떻게 될까?"

"평화가 오겠지."

"그런 단순한 이야기 말고 좀 더 현실적으로."

"현실적?"

"제국이 무너지면 누가 테라노어를 다스리게 될까?"

잠깐 고민하다 젝센가드가 물었다.

"뭐, 혁명군이 대신 테라노어를 다스리게 되려나? 어쨌든 누군가는 광제 대신 왕이 되어야 하겠지."

"그렇겠지? 그럼 과연 누가 광제의 빈자리를 대신 채울까?"

별 고민도 안 하고 젝센가드는 바로 대꾸했다.

"성시한, 그 녀석이겠지."

답이 정해져 있었으니까.

"원체 잘난 놈이잖아? 사람들도 납득할 테고. 시한이 녀석, 지구로 안 돌아가기로 결심했다며?"

사파란도 부인하지 않았다.

"그렇겠지? 그런데 말이야……."

그저 어두운 표정으로 나직하게 질문을 이을 뿐.

"그 후에도 과연 우리가 시한의 친구로 남아 있을 수 있을까?"

젝센가드의 안색도 살짝 굳었다. 권력을 쥔 자가 정상의 자리에 오른 뒤 신뢰하던 이들을 내치는 일은 역사 속에서 얼마든지 볼 수 있다.

사파란은 고개를 돌렸다. 선명한 녹색 눈동자 위로 잘린 머리통이 비쳤다.

같은 아비를 지닌, 같은 피를 나눈 형제에게서 배신당해 목이 잘린 이의 머리다.

"…저게 과연 남의 일일 뿐일까?"

*　　　*　　　*

'벌써 십여 년 전의 일인가?'

전용 연무장의 흙바닥에 드러누워 젝센가드는 숨을 몰아쉬었다. 구릿빛 피부가 호흡에 따라 들썩였다.

평소엔 생각 같은 거 안 하고 사는 그였지만, 역시 이렇게 미친 듯이 검을 휘두른 뒤 탈진한 채 누워 있자면 가끔 과거의 일들이 떠오르곤 한다.

젝센가드가 희미한 미소를 머금은 채 중얼거렸다.

"역시 그때의 선택은……."

그때였다. 연무장 저편이 소란스러워졌다. 누군가를 말리는 시종들의 목소리가 들려왔다.

"아인츠 왕자님!"

"아직 폐하께서 수련 중이십니다!"

"수련 중엔 아무도 들이지 말라고 명하셨……."

젊은 남자의 음성이 시종들의 말을 가로막았다.

"썩 비키거라!"

곧이어 스무 살 정도의 청년이 안으로 들어섰다. 허리까지 드리운 짙은 흑갈색 머리에 검은 눈동자, 수려한 외모를 지닌 젊은 사내였다.

청년이 연무장으로 걸어와 정중히 예를 올렸다.

"오랜만에 뵙겠습니다, 아버님."

몸을 일으키며 젝센가드가 심드렁하게 물었다.

"무슨 일이냐, 아인츠?"

순간 왕자의 눈빛이 매서워졌다.

"남화궁(南花宮) 옆에 새로 공사를 시작하신다는 말을 들어서 말입니다."

남녘의 꽃이란 이름을 붙인 저 궁궐은 젝센가드의 수많은 애첩이 거하고 있는 곳이었다. 얼마 전 젝센가드는 남화궁 옆에 보다 크고 화려한 궁궐을 세우라고 신하들에게 지시했었다.

아인츠가 인상을 쓰며 비꼬듯 물었다.

"대체 왜 멀쩡한 건물 놔두고 막대한 돈과 인력을 들여 굳이 새 궁전을 지어야 하는지 아버님의 고견을 듣고 싶습니다만?"

단순명쾌한 대답이 돌아왔다.

　"남화궁은 난방이 잘 안 돼. 겨울 되면 춥더라."

　늙은 아버지께서 겨울 냉풍에 뼈가 시리시다는데 거기에 토를 달면 참으로 불효자라 할 것이다. 하지만 아인츠는 거침없이 반박했다. 일단, 이제 40대 초반인 젝센가드가 늙은 아버지도 아니었고…….

　"초인급 소드하이어가 더위와 추위를 느낄 리가 없잖습니까!"

　"난 괜찮은데, 내 새끼 고양이들이 추워하더라고."

　참고로 저 새끼 고양이는 현재 남화궁에 머물고 있는 젝센가드의 후궁들을 칭한다.

　"옷을 두껍게 입으라고 하십시오!"

　"그럼 몸매가 안 보이잖냐? 아깝게스리."

　어처구니가 없어 아인츠 왕자는 미간을 짚었다.

　"고작 그런 이유로 백성들을 이 바쁜 시기에 공사에 투입시킨단 말입니까? 이래서야 아버님이 광제와 다른 게 뭡니까?"

　"허허허……."

　젝센가드의 입가에 미소가 떠올랐다. 그리고 그 미소는 이내 거대한 투기로 변했다.

　상체를 드러낸 젝센가드의 전신으로 살기가 뻗어 나왔다.

　"한 번은 용서해 주마, 아인츠. 하지만 네가 내 아들이라도 결코 용납될 수 없는 부분이 있다."

초인급 소드하이어의 가공할 기운이 일반인인 아인츠의 어깨를 짓누른다.

"크, 크윽!"

신음을 흘리며 왕자는 무릎을 떨었다. 하지만 결코 꿇지는 않았다. 애써 버텨내며 목소리를 높인다.

"…가혹한 노역에 백성들은 신음하고 왕국 곳곳에 사교도가 다시 창궐하고 있습니다. 이게 대체 광제가 다스리던 시절과 뭐가 다릅니까?"

젝센가드의 얼굴이 더더욱 일그러졌다. 폭풍 같은 분노가 아인츠의 심장을 옥죄었다.

"닥치거라! 그 시절에 대해 네놈이 뭘 안다고 떠드느냐?"

왕자의 안색이 창백해지다 못해 시퍼렇게 변색되기 시작했다. 너무도 강렬한 기세에 이젠 혀조차도 움직이지 않는 것이다.

"끄, 끄윽……."

'아차, 이러다 애 잡겠네.'

투기를 가라앉히며 젝센가드는 가볍게 손을 휘저었다. 돌풍이 왕사를 휘감아 연무장 멀리 밀어붙였다.

"귀찮다, 썩 물러가거라!"

아인츠는 볼품없이 바닥에 나뒹굴었다. 몸을 일으키며 그가 새하얀 얼굴로 고개를 숙였다.

"…말씀은 다 드렸습니다. 그럼 물러가겠습니다, 아버님."

숨을 헐떡이며 왕자는 연무장을 나섰다.

젝센가드가 인상을 찡그렸다.

'역시 저놈은 제 어미를 닮았어.'

아인츠가 태어난 것은 젝센가드가 20대 초반, 아직 고향에서 머물고 있을 때의 일이었다.

마을 처녀 한 명과 사랑에 빠졌고, 임신시켰다. 하지만 그녀 곁에 머무를 수는 없었다. 제 성질 못 이기고 포악한 제국 관리를 때려죽인 것이다. 젝센가드는 수배범이 되었고, 아이를 가진 여인에게 자신의 정표를 남긴 뒤 고향을 떠났다.

그렇게 대륙을 떠돈 지 십여 년, 세상이 바뀌고 그는 위명 높은 혁명 7영웅이자 일국의 왕이 되었다.

험한 삶이 끝나자 젝센가드는 가족을 찾았다.

아쉽게도 그의 부모와 형제들은 모두 죽은 후였다. 광제에 의해서 반역자로 처형당한 것이었다. 사랑했던 여인 역시 죽음을 당했다.

젝센가드는 슬퍼했다. 하지만 실망하진 않았다. 어차피 각오했던 일이었다. 다행히 그의 핏줄, 아인츠는 살아 있었다. 크게 기뻐하며 그는 아이를 데려와 왕자로 삼았다.

그렇게 십 년이 지났다. 아이를 찾은 기쁨은 점점 불만으로 바뀌어갔다.

그의 아들은 자신과 너무 달랐다.

타고난 거한인 젝센가드와 달리 아인츠는 체형부터가 가늘고 호리호리했다. 인상도 영 딴판이어서, 강인하고 투지 넘치는 호걸형인 아비에 비해 차분하고 선이 고운 미남형이다.

소드하이어의 재능 역시 전무했다.

이십 대에 이미 기사급을 넘어 달인급의 경지를 바라보던 젝센가드였다. 반면 아인츠는 스무 살이 다 되도록 아직도 투기의 기본조차 익히지 못했다. 성격 또한 전혀 사내답지 않았다.

'소심하고, 유약하고, 쓸데없이 생각만 많아서 결단력이 없고……'

이쯤 되면 정말 자신의 아들이 맞는지 의심할 법도 하다. 하지만 다행인지 불행인지, 그런 의심은 할 필요가 없었다. 분명히 스무 살의 아인츠는 어릴 적의 그를 쏙 빼닮았으니까.

…그 어릴 적이라는 게 젝센가드가 열두 살일 때라서 문제지만. 그때만 해도 젝센가드도 나름 미소년 소리 듣고 살았었다.

'끙, 분명 내 아들인 건 틀림없는데……'

멀어지는 아인츠의 뒷모습을 바라보며 젝센가드는 혀를

찼다.

"역시 너무 곱게 키웠나?"

＊　　　＊　　　＊

켈테론 백작가 저택 후원에 있는 시한 일행의 별채.

건물을 바라보며 성시한은 탄성을 터뜨렸다.

"이야, 여기 좋은데?"

별채는 너무 화려하지도, 너무 수수하지도 않았다. 외부는 평범한 건물처럼 보이지만 안쪽은 고급스런 가구와 인테리어로 치장되어 있다. 세 사람이 머물기에 충분히 안락한 공간이었다.

위치 또한 괜찮았다. 저택 뒤에 붙어 있으면서도 적당히 거리가 떨어져 있어 다른 사람들 눈에 띄지 않는다. 심지어 비밀 통로도 달려 있어 몰래 드나들기에도 최적이다.

모든 면에서 기대 이상이었다. 그래서 성시한은 의아해했다.

"…부탁한 지 며칠 되지도 않았는데, 어떻게 이렇게 조건에 딱 맞는 장소가 뒷마당에 있는 거야?"

아무리 생각해도 이건 원래부터 지어놓은 건물이었다.

켈테론이 수염을 매만지며 쑥스러운 듯 대답했다.

"실은 제가 아직 장가를 가지 않아서… 혹여 마음에 드는 여인이라도 나타나면 잘 모셔두려고 미리 준비를 해두었습죠."

순간 시한은 말문을 잃었다.

'뭐야? 그러니까, 여자 납치할 때를 대비해서 미리 감금해 놓을 장소부터 만들었단 소리야? 이걸 준비성이 투철하다고 해야 하나?'

기가 막혀 잠시 웃은 뒤 시한이 살기까지 흩뿌리며 눈을 부라렸다.

"여자 납치해 오면 꽉 터뜨려 버린다!?"

기겁하며 켈테론이 변명을 했다.

"그, 그런 게 아닙니다!"

실제로 그는 그런 이유로 이 별채를 지은 것이 아니었다.

켈테론은 타고난 아부의 재능으로 젝센가드 왕국의 유수 권력자 중 하나가 되었다. 쉽게 말해서 간신배다. 그리고 대부분의 간신배가 그렇듯, 많은 우국지사가 그를 노리고 있다. 그래서 숙련된 간신배가 그렇듯, 비장의 한 수를 마련해 둔 것이다.

"제가 가족을 만들면 그들 역시 위험해질 수 있지 않겠습니까? 그래서 일찌감치 안전가옥부터 만들어둔 것뿐입니다요."

성시한은 자신의 편견을 반성했다. 켈테론은 욕심 많은 간신배였을 뿐이지 변태 성도착자는 아니었던 것이다.

"그런 거였어? 미안. …간신배로 사는 것도 쉬운 일은 아니네."

"세상사 쉬운 일이 어디 있겠습니까? 헤헤."

그래도 자신이 간신배라는 사실은 부인 안 하는 켈테론이었다. 나름대로 주제 파악은 잘하고 있달까?

어쨌거나, 덕분에 시한 일행은 왕도 라텐셀에 훌륭한 새 근거지를 얻었다. 원래 살던 집은 필요가 없어졌으니 도로 중개인에게 내놓았다.

제논의 놀라운 솜씨로 리모델링된 가옥은 무려 금화 60닢에 팔렸다. 금화 열 닢이나 남겨먹은 것이다. 거기에 흑사자 기사들로부터 부수입도 얻었고 정식 용병 보수도 알차게 챙겼으니 이제 한동안 돈 걱정과는 안녕이었다.

뭐, 켈테론을 거둔 시점에서 돈 문제 자체가 아예 사라진 셈이긴 했지만.

"필요하신 것이 있다면 무엇이든 말씀하십시오, 시한 님!"

정중히 고개를 숙인 뒤 켈테론은 종종걸음으로 별채를 나섰다. 한결같이 굽실대는 그의 뒷모습을 보며 시한은 속으로 생각했다.

'역시 알리타 말 듣길 잘한 건가?'

제논이나 알리타와 달리 켈테론은 시한에게 극존칭을 쓰고 있었다. 그에게만큼은 성시한이 이름만 부르라고 허락하지 않은 탓이었다.

사실 시한은 처음엔 켈테론에게도 똑같이 말하려 했었다. 그걸 말린 이가 알리타였다.

"괜찮을까요? 물론 시한이 저나 제논을 편하게 대해주는 건 고마운 일이지만……."

"응? 이게 뭐 문제라도 있어?"

"아무래도 그는 아직 믿을 수 없는 사람이잖아요? 폭살기로 제어하고 있다곤 하지만 사실은 안 하고 있는 거나 마찬가지고……."

호칭은 곧 인간들 사이의 고정된 관계 정립이다. 사소한 호칭이나 태도만으로도 인간은 무의식중에 스스로의 위치를 자각하게 된다.

설사 켈테론이 폭살기의 존재를 진심으로 믿고 있다 하더라도, 성시한을 스스럼없이 대하게 되면 자기도 모르게 그와 자신을 동급으로 놓을 수 있는 것이다. 괜히 왕실이나 군대에서 강제로 호칭을 고정하고 예의범절을 확립시켜 서로를 대하게 하는 것이 아니다.

어린 시절을 황실에서 보낸 알리타는 저 사실을 잘 이해하고 있었다.

"역시 극존칭을 붙이게 하는 게 옳다고 생각해요. 특히 상대가 저런 성격일 때는 더더욱."

"그것도 그렇겠네."

납득이 가는 이야기였기에 시한도 순순히 동의했다. 그리고 문득 신기하다는 듯 알리타를 바라보았다.

"웬일로 이런 것까지 신경을 써?"

이제껏 그녀는 항상 제 목숨 걸린 일이 아니면 무심한 태도를 보여 왔다. 시한도 그걸 별로 이상하게 여기지 않았다.

알리타는 어디까지나 운 나쁘게 상황에 얽힌 처지다. 시한이 복수를 하든 말든 그녀 입장에선 남의 일일 뿐인 것이다. 적극적인 태도를 보이는 쪽이 오히려 이상하지.

"아, 예전엔 그랬지만 지금은……."

"응?"

"아, 아니에요."

잠깐 뭔가 생각하더니 알리타가 고개를 저었다. 그리고 화제를 돌렸다.

"저랑 제논도 호칭을 다시 바꿀까요?"

"그건 싫은데. 꼭 필요하다면 모를까, 굳이……."

시한은 인상을 썼다. 이제 와서 제논과 알리타가 딱딱한 태도로 자신을 대하는 건 바라지 않는다.

불만스런 그의 표정에 그녀는 부드럽게 웃었다. 그리고 나직하게 속삭였다.

"고마워요."

"…뭐가?"

시한이 어리둥절해했지만 소녀는 더 이상 대답해 주지 않았다.

단지 잔잔한 미소만을 입가에 머금고 있을 뿐이었다.

＊　　　＊　　　＊

날은 밝고 화창했다.

봄이 지나고 초여름이 다가온다. 점점 기세를 더해가는 햇살 사이로 엿보이는 하늘은 푸르기 그지없다.

켈테론 백작가 저택 별채의 뒷마당 한편. 신록의 거목 아래 그늘진 대지 위에서 아름다운 백금발의 소녀가 무릎을 꿇은 채 얌전히 눈을 감고 있었다.

문득 그녀가 몸을 떨었다. 옆에서 서 있던 흑발의 청년이 조심스레 질문을 던졌다.

"뭔가 느껴져?"

소녀는 눈을 떴다. 그리고 당황과 흥분이 뒤섞인 얼굴로 중얼거렸다.

"네, 굉장히 희한한 느낌인데……."

"잘했어, 알리타."

청년, 성시한은 그럴 줄 알았다는 표정을 지었다.

"그게 바로 마력이다."

여유가 생기자 시한은 힘을 되찾기 위해 전력을 다했다. 그러는 한편 전부터 염두에 두었던 일에도 착수했다.

바로 알리타에게 마법을 가르치는 일이었다. 그녀는 사흘 만에 마법의 가장 기본, 마력을 다루는 감각을 터득했다.

"빠르네? 뭐, 당연한 거겠지만."

알리타는 시한의 정체를 깨닫자마자 상대가 이계의 인간임을 감지했다. 그 시점에서 이미 마기언의 재능은 깨어난 것이나 다름없다.

"그럼 바로 다음 단계로 넘어가자."

마기언에게 마력이란 검사의 검, 궁사의 활과도 같다.

검을 손에 쥐었다 해도 그것을 제대로 휘두르려면 '검술'이라는 체계적이고 합리적인 기술이 필요한 법.

"이제 마법 총론에 대해 배울 차례야."

시한이 오른손가락을 들고 입을 열었다.

"마법의 기본적인 개념은 알지?"

"대충은? 어렸을 때 주워들은 게 있으니까요."

마법은 마력이란 정신 에너지를 세계의 자연기(自然氣)와 합

일시켜 현세의 법칙을 왜곡시키는 행위다. 그렇게 함으로써 아무것도 없는 허공에서 불이 타오르고 번개가 치고 얼음이 얼어붙게 된다.

저 정도는 알리타도 황실에서 기본적으로 배웠다. 너무 어린 나이라 말 그대로 기본만 배우고 말았지만.

차분한 목소리로 시한이 설명을 시작했다.

"기본적으로 마법은 세 개의 언어로 구성된다."

손가락을 든 채 알아들을 수 없는 말을 내뱉는다.

"하스트 펠 레펠트 라텔라……."

자체로 의미가 있는 언어는 아니었다. 단어 하나하나가 조합되며 마력이란 정신 에너지를 현실로 보내는 도구의 역할을 할 뿐.

"첫 번째가 마력을 움직이는 힘 있는 말, 룬어다. 이걸로 마기언은 자신의 마력을 현실에 투영해 법칙을 왜곡하는 토대를 쌓는다."

손가락으로 가볍게 허공을 휘저으며 시한이 말을 이었다.

"불꽃, 내 손끝에 머물러 타오르는 숨결이 되리……."

이번엔 알리타도 알아들을 수 있었다. 현재 테라노어 대륙에서 사용하는 아스틴어였다.

"두 번째가 주문, 곧 스펠(Spell)이다. 이 행위로 마기언은 투영된 마력을 마법으로 전환하며 세상의 법칙을 왜곡한다. 일종의 설계도라 할 수 있지."

시한이 손가락으로 조금 떨어진 땅바닥을 가리켰다. 그리고 가볍게 뇌까렸다.

"매직 파이어."

적색 상아탑의 제1층 마법이 발동되었다. 불덩이가 바닥을 때리며 가볍게 폭발하더니 이내 사그라졌다.

"마지막이 시동어다. 마법을 시전하는 방아쇠, 정해진 법칙에 의거한 약속의 언어지."

알리타가 열심히 고개를 끄덕였다. 시한은 설명을 이었다.

"이 세 단계가 마법의 가장 기본 구성 요소라 할 수 있어. 물론 위층 마법으로 올라가면 일종의 촉매라든가 특수한 마도구가 필요하거나 한 경우도 있는데, 이건 상아탑마다 조금씩 다르고."

그리고 잠깐 머뭇거리다 첨언했다.

"뭐, 내 경우엔 적백청흑 상아탑 중 하나를 깊게 판 게 아니라 돌아다니면서 이래저래 막 배워서 사실 좀 짬뽕이야."

모르는 단어가 나왔다. 알리타가 손을 들었다.

"짬뽕이 뭐예요?"

"맛있는 거. 음, 먹어본 지 오래됐네. 혹시 제논이라면 만들수 있지 않을까?"

시한은 잠시 입맛을 다셨다. 근거는 없지만 정말 제논이라면 설명만으로도 뚝딱 만들 수 있을 것 같다.

'나중에 시켜봐야지, 히히.'

어쨌건 지금 중요한 건 테라노어산 짬뽕이 아니다. 정신 차리고 그는 한 번 더 손가락을 들었다.

"지금 설명한 건 어디까지나 기본적인 이야기고……."

아무 동작이나 주문도 없이 바로 손가락을 튕긴다. 똑같은 폭발이 일어났다.

"익숙해지면 이렇게 죄다 생략해 버리는 것도 가능해. 숙련과 경험의 문제지."

시한은 굳이 알리타에게 방금 시전한 매직 파이어를 따라 해보라고 요구하지 않았다. 어차피 오늘은 총괄적인 개념을 전하는 날이었다.

그래서 바로 다음 설명으로 넘어갔다.

"마법의 지식과 정보는 방대하다. 게다가 상황에 따라서 복잡한 변수가 있지. 단순히 스펠만을 외운다고 마법을 쓸 수 있는 것이 아니야."

더울 때, 추울 때, 낮일 때, 밤일 때, 건조할 때, 습할 때, 눈 올 때, 비 올 때…… 환경이 변할 때마다 주위의 기운도 조금씩 변한다. 그때마다 마기언은 마력의 투입 배율을 미세하게 조정해야 한다.

그 미세한 조정 하나하나마다 복잡한 이론과 지식이 따른다. 가장 단순한 1층 마법, 매직 파이어조차도 모든 것을 기록하려면 족히 양피지 예닐곱 장은 넘는 것이다.

아무리 머리가 좋은 사람이라도 저걸 죄다 외우고 살 수는 없다.

"그래서 모든 마기언은 자신만의 마법서를 가진다."

성시한이 오른손을 펼쳤다. 손바닥 위로 커다란 빛의 책이 떠올랐다.

마치 3차원의 입체 영상처럼 반투명하게 빛나는 허상의 책, 마기언의 지식과 지혜를 담는 마법적 기록 매체인 스펠북(Spell book)이었다.

"이게 내 마법서다. 마기언이라면 누구나 기본적으로 쓸 수 있는 마법이지. 일단 이걸 창조해 내는 것이 마법의 시작이야."

시한의 손바닥 위에서 빛의 책이 빙글빙글 돌았다.

알리타가 신기해하며 눈을 빛냈다.

"와, 마기언들을 제법 만나봤지만 이런 건 처음 봐요."

"그렇겠지. 원래 타인의 눈에는 안 보이거든."

마기언에게 있어 지식과 지혜가 담긴 마법서를 남에게 보여준다는 것은 부자가 사람들 앞에 자신의 금고를 활짝 여는 행위나 다름없다.

알리타를 위해 일부러 눈에 띄게 바꿨을 뿐, 성시한의 마법서 역시 기본적으로는 자신의 눈에만 보이고 입력한 지식을 꺼낼 수 있게 되어 있었다.

"덕분에 수능 칠 때 완전 편했지, 후훗."

"수능?"

"아, 미안. 잊어버려."

뜨끔해하며 시한이 잽싸게 화제를 돌렸다.

"어쨌건 복잡한 고위 마법은 이런 식으로 마법서에서 원하는 술식과 변수를 찾아야 하는데……"

시한이 허공에 뜬 빛의 책장에 손가락을 가져갔다. 손동작을 스펠 북이 인식해 책장이 넘어가고 일부 술식이 확장된다.

그렇게 손짓을 하다 말고 시한이 말했다.

"평소엔 이렇게 보이겠지?"

갑자기 알리타의 시야에서 스펠 북이 사라졌다. 남은 것은 허공에 괴상한 손짓을 하는 성시한뿐. 그녀가 눈을 크게 떴다.

"어, 그거……"

익숙하게 보아온 움직임이었다. 바로 마기언들이 마법을 시전하기 전에 취하는 묘한 손동작이다.

시한이 고개를 끄덕였다.

"응, 이걸 수인(手印) 혹은 소매틱(Somatic)이라 불러. 자신의 스펠 북에서 원하는 관련 술식을 찾는 인식 동작이다. 고층 마법으로 올라갈수록 스펠 북도 커지다 보니 나중엔 막 손짓 발짓 다 동원하기도 하고 그래."

대충 필요한 개념을 전부 정리해 전한 것 같다. 시한이 알리타에게 지시했다.

"그럼, 룬어를 다루는 것부터 시작해 봐."

*   *   *

초여름의 햇살이 눈꺼풀을 간질인다. 눈이 부신지 알리타는 슬쩍 고개를 돌렸다.

덕분에 집중이 깨졌다.

"델 라스타 필 마라… 아! 또 놓쳤다……."

한숨을 쉬며 알리타는 호흡을 골랐다. 생각보다 룬어를 다루는 것이 쉽지 않았다.

이 용법을 터득하는 데 평균 한두 달은 걸리는 게 정상이다. 그녀가 바로 성공했다면 오히려 이상한 일일 것이다.

잠시 쉬며 알리타는 옆을 힐끔거렸다. 조금 떨어진 곳에서 수련 중인 성시한의 모습이 보였다.

"후우……."

심호흡과 함께 천천히 주먹을 뻗고, 천천히 발을 내지른다.

동작 하나에 족히 30초가 넘게 걸린다. 겉보기엔 꼭 게으름 피우는 것처럼 보이지만 전신이 팽팽히 긴장해야 하니 실제론 굉장히 힘든 동작이다.

만련(慢練)이라 불리는, 심기체를 활성화시켜 투기량을 늘리는 소드하이어 특유의 수련법이었다.

잠시 후 시한은 몸을 풀며 이마의 땀을 닦았다. 알리타가 슬쩍 말을 걸었다.

"저기요, 시한?"

"왜?"

"궁금한 게 있어서요."

마침 좀 쉬고 싶을 때였다. 시한도 알리타 곁으로 다가와 앉았다.

"뭔데?"

어깨를 나란히 한 채 그녀가 물었다.

"지구에는 투기나 마법이 존재하지 않는다고 들었는데, 사실인가요?"

"응, 우리 세계엔 그런 건 미신으로 취급받아. 대신 과학의 힘이 있지."

"그럼 지구인들은 마법을 못 쓰나요?"

"못 쓰지."

"하지만 시한은 지구에서도 마법을 쓸 수 있었죠?"

만약 지구로 돌아간 성시한이 마법의 힘을 잃었다면, 스스로 테라노어에 돌아오지도 못했을 테니까.

"그럼 지구라는 세계 자체가 마법을 거부하는 건 아니네요. 그런데 어떻게 마법이 발달되지 않은 건가요? 그 긴 세월 동안, 그 많은 사람 중에서 단 한 명도 마법의 힘을 개발한 이가 없는 거예요?"

"…글쎄?"

시한은 멍한 표정을 지었다. 한 번도 생각해 보지 않은 문제였다.

'그냥 원래 그런 거려니 하고 대충 넘겼는데.'

막상 생각해 보니 정말 궁금하긴 하다.

모르겠다는 표정으로 성시한이 머리를 긁적였다. 알리타가 재차 물었다.

"그럼 지구엔 시한 말고는 아무도 투기나 마법의 힘을 가진 자가 없는 거예요? 전부 일반인?"

"나야 다른 지구인들이랑은 사정이 좀 다르니까."

투기와 마법은 개인의 기운이나 정신 에너지가 세상의 자연기와 융합되어 탄생하는 제3의 힘이다. 기운을 느끼고 다루는 특별한 재능이 있어야 사용할 수 있다.

성시한 같은 경우엔 차원을 넘는 부작용으로 그 재능이 개화되었지만 21세기의 지구인에겐 그런 재능이 없었다.

"그렇군요……."

뭔가를 생각하며 알리타가 고개를 주억거렸다.

"그럼 지구에서 시한을 대적할 수 있는 사람은 하나도 없었 겠네요?"

시한은 코웃음을 쳤다.

"그럴 리가 있나? 우리 세계에 투기나 마법이 없긴 한데, 대신 온갖 무시무시한 전쟁병기가 가득하다고. 손가락 하나만 까닥해도 지형을 바꾸는 엄청난 병기도 있어."

하지만 그녀의 말도 딱히 틀린 것만은 아니었다.

분명 인류의 시스템 자체를 파괴하는 것은 무신급 소드하 이어에 제9층 플로어 마스터가 떼로 모여 있어도 터무니없는 일이다.

하지만 시스템 속에서, 시스템을 거스르지 않고 오히려 이용하며 마법과 투기의 힘을 쓴다면?

테라노어 이상으로 절대적인 존재가 되는 것도 불가능하진 않다.

'뭐, 굳이 그러진 않았지만.'

문득 그는 알리타를 바라보았다.

'그러고 보니 이 녀석, 왠지 태도가 평소와 다른데?'

어쩐지 지구에 대한 관심이 굉장히 높아 보인다.

"그럼……."

목소리에 묘한 열기마저 띤 채 알리타가 질문을 이었다.

"지구로 돌아간 뒤엔 어떻게 지냈었어요?"

순간 성시한의 안색이 굳었다.

"그건……."

*   *   *

아직도 생생하게 기억한다. 알몸으로 세종대왕상을 바라보며 멍하니 주위의 시선을 받고 있던 그 순간을.

숨이 막힐 듯 매캐한 공기, 현기증이 날 정도로 요란한 거리의 소음.

"어머나!"

"저거 미친놈인가?"

"어우, 근데 몸매는 좋……."

"너 지금 뭐 보는 거야?"

사람들이 수군거렸지만 아무것도 들리지 않았다. 휴대폰으로 촬영하는 사람들이 있었지만 몸을 가릴 생각조차도 하지 못했다.

모든 것이 악몽 같았다. 전혀 현실감이 없었다. 마치 뇌가 정지되어 버린 듯했다.

잠시 후 경찰이 달려왔다. 욕설을 퍼부으며 성시한의 알몸에 점퍼를 뒤집어씌우고 수갑을 채웠다.

저항은 하지 않았다.

저항할 기력도 의지도 없었다. 실 끊어진 인형처럼 경찰들이 이끄는 대로 힘없이 끌려 다녔다.

"이 새끼, 무슨 약 했나?"

경찰 중 한 명이 혀를 찼지만 시한은 반응하지 않았다.

오로지 공허한 눈동자로 답이 없는 의문만을 되풀이하고 또 되풀이할 뿐.

왜?

도대체 왜?

경찰서 조회에 따르면, 성시한은 막 16세가 되자마자 행방불명이 된 걸로 기록되어 있었다.

딱히 중요 사건으로 분류되진 않았다. 십 대 소년이 가출하는 건 워낙 흔한 일인 데다, 성시한은 이혼 가정 출신에 학업성적도 낮은 편이었다. 대한민국에서 저 정도면 편견이란 이름의 색안경을 끼기에 충분한 조건이다.

경찰은 조서를 꾸미기 위한 의례적인 질문만을 던졌다.

"그동안 어디서 뭐 했냐?"

그때쯤엔 시한도 어느 정도 정신을 차린 후였다.

"몰라요, 전혀 기억이 나질 않아요."

사실대로 말하면 어떤 취급을 당할지 뻔하다. 그렇다고 거짓말을 지어낼 만큼 정신적 여유가 있는 것도 아니다.

무작정 기억상실로 밀어붙였다. 요즘 같은 세상에 기억 상실이라고 우겨봤자 누가 믿겠냐마는, 경찰은 순순히 납득해주었다.

"그래? 어이, 정 순경. 이놈, 최 박사한테 넘겨."

보통 상황이라면 행방불명된 미성년자가 알몸으로 다시 나타났는데 이렇게 대충 넘어가진 않는다. 그동안 무슨 범죄에 휘말렸을지 모르는데?

이래저래 욕을 먹곤 있지만 사실 대한민국의 경찰들은 상당히 유능하고 사명감도 높은 편이다.

그래서 시한은 마법의 힘을 썼다.

'일 커지면 골치 아프지.'

정신계 마법으로 담당 형사를 현혹했다. 담당 정신과 의사 역시 마찬가지였다.

그렇게 광화문에서의 일은 마무리되었다.

물론 마무리된 것은 어디까지나 경찰 업무상이었다. 시내 한복판에서 알몸으로 나타났는데 화제가 안 될 수는 없었다.

사진 찍은 놈들이 여기저기 사이트에 자료를 올렸다. '광화문 스트리퍼' 등의 짤방이 돌고 인터넷 뉴스에도 실렸다.

괜히 성시한이 십 년이 다 되도록 머리 쥐어뜯으며 이를 바득바득 갈고 있는 게 아니다. 아무리 마법이라도 인터넷까진 어찌할 방법이 없는 것이다.

어쨌거나 나흘 뒤, 그는 경찰서에서 풀려났다.

"가자, 이놈아. 형님이 기다리신다."

그리고 보호자 자격으로 온 삼촌을 따라 고향인 대전으로 내려갔다.

*　　　*　　　*

3년 만에 돌아온 집이었다. 하지만 그곳에, 돌아온 아들을 반기며 눈물짓는 부모의 존재는 없었다.

이혼 후 외국으로 이민을 간 어머니는 소식이 닿지 않은 지 벌써 8년째였다. 시한이 행방불명되었었다는 사실을 알고 있을지조차도 의문이었다.

아버지란 자는 돌아온 자식에게 욕설부터 퍼부었다.

"어디서 무슨 짓을 하고 돌아다닌 게냐?"

돌아온 기쁨 따윈 느끼지 못했다. 테라노어에 있을 땐 그토록 그리워했던 한국이고 집이었는데.

새삼 깨달았다.

자신이 진정 그리워한 것은 집과 가족이 아니었다. TV, 컴퓨터, 인터넷, 콜라, 그리고 온수와 난방이었을 뿐이지.

"학교는 어떡할 거냐고? 엉?"

노성을 터뜨리는 아버지를 시한은 말없이 지켜보기만 했다.

"네놈 때문에 내 체면이 말이 아니다!"

오직 자기 자신만을 생각하는 그 모습을 보고도 전혀 화가 나지 않았다. 그저 웃음만이 나왔다.

'하하…….'

그는 더 이상 예전의 평범한 소년이 아니다. 마음만 먹으면 눈앞의 중년 남자 따윈 손가락도 대지 않고 꼭두각시로 만들 수 있다.

자신에겐 충분히 그럴 능력이 있었다.

하지만 그럴 이유를 찾을 수가 없었다.

'아, 이 사람은 정말 나와 아무 상관도 없는 인간이구나.'

진지하게 상대할 필요성이 느껴지지 않았다. 그래서 시한은 순순히 고개를 숙였다.

"앞으로는 잘할게요."

아버지가 보고 싶어 하는 순종적인 태도로, 아버지가 듣고 싶어 하는 대답을 들려준다.

"검정고시를 쳐서 고등학교 졸업장을 딴 다음, 서울에 있는 대학에 가겠습니다."

그러자 권위에 가득 찬 그의 아비도 조금 누그러졌다.

"이제 와서 무슨……."

혀를 차면서도 아버지는 나름 만족해하는 얼굴로 아들에게 명했다.

"서울로 올라가라. 괜찮은 학원을 알고 있다. 아무렴, 대학을 가야 제대로 된 인간이 되지."

시한의 아버지는 제법 재산이 있는 편이었다. 신림동 근처의 작은 원룸을 얻어주고 유명한 입시 학원에도 등록시켜 주었다.

학원은 다니는 척만 했다. 하루의 대부분을 방에 틀어박힌 채 테라노어에서 얻은 마법과 마학 지식을 되새기고 또 되새겼다.

"돌아가야 해."

이계의 문을 열고 차원을 뛰어넘는 것, 플로어 마스터의 경지에 든 시한에게도 결코 쉬운 일이 아니었다.

하지만 그는 포기하지 않았다. 포기하기엔 가슴을 태우는 불길이 너무도 거셌다.

"두고 보자, 개자식들……."

모든 것을 바쳐 싸웠다. 새로운 세상을 위해, 모두와 함께할 미래를 꿈꾸며 목숨을 걸었다.

그 대가로 모든 것을 빼앗기고 추방당했다.

"레비나……."

아직도 그녀의 마지막 한마디가 귓가를 어지럽힌다.

'이제 우린 더 이상 네가 필요 없어, 시한.'

이대로 주저앉을 수는 없다. 여기서 포기하면 그의 우정, 신뢰, 사랑… 그 모든 것이 하찮은 싸구려로 전락해 버린다.

저들은 자신을 배신한 데 대한 대가를 치러야 한다!

"빌어먹을!"

이를 갈며 연구를 거듭했다. 그 어떤 인간관계도 맺지 않았다. 철저한 아웃사이더가 되어 테라노어의 마지막을 되새기고 또 되새겼다.

그렇게 1년이 지났다.

그의 삶은 전혀 변하지 않았다.

아니, 변한 게 있긴 있었다. 주민등록증이 나왔지.

그토록 노력했지만 성시한은 테라노어로 돌아갈 방법을 찾을 수 없었다. 간신히 차원 계면에 구멍을 뚫는 것까진 성공했지만 그것이 전부였다.

무한에 가까운 수많은 차원 속에서 테라노어라는 특정 대상만을 짚는 것은, 광활한 사하라 사막에서 맨몸으로 헤매면서 오아시스 하나를 찾는 것이나 마찬가지였다. 성공과 실패를 떠나서 아예 실마리조차 잡을 수 없었다.

그는 점점 지쳐 갔다.

목표는 까마득했고 길은 너무 어두웠다. 전혀 출구가 보이지 않았다.

강철 같던 각오가 시간 속에 마모되기 시작했다.

'…이게 이렇게까지 분노할 일인가?'

조금씩 생각이 바뀐다.

'날 죽이려 한 것도 아니고 그냥 집으로 돌려보낸 것뿐인데……'

점점 현실과 타협하기 시작한다.

'레비나도 뭐, 남녀 관계란 게 원래 어떻게 될지 모르는 거고.'

스스로를 합리화하며 변명을 늘어놓는다.

'물론 그들이 날 배신한 건 사실이지만……'

영원히 타오를 것만 같던 분노는 고작 1년을 버티지 못했다.

'…이해할 수도 있는 일이잖아?'

용서라는 이름의 맹독이 그의 심장을 좀먹고 있었다.

*　　　*　　　*

지친 성시한은 현실에 적응해 갔다.

손 놓고 있던 검정고시 준비에도 본격적으로 임했다.

생각했던 것보다 공부는 어렵지 않았다.

원래는 성적이 좋지 않았던 시한이었다. 하지만 그는 테라노어에서 3년 동안 목숨을 걸어가며 마법을 익히고 술식을 외운 몸이다.

뭔가를 위해 노력하는 자세 역시 부단한 연습을 통해 향상될 수 있다.

전혀 다른 분야의, 전혀 다른 지식이었지만 시한은 어렵지 않게 검정고시를 패스해 고등학교 졸업 자격을 얻었다. 그리고 수능을 쳐 서울의 명문대에 진학했다.

솔직히 명문대쯤 되면 그냥 노력만으로는 좀 모자라긴 했다. 워낙 경쟁도 심하고 공부해야 할 범위도 넓으니까.

하지만 그에겐 스펠 북이 있는 것이다.

스펠 북에 각종 참고서를 몽땅 베껴 넣고 수험장에서 당당하게 커닝을 했다.

눈앞에서 열심히 책장을 넘겨도 감독관이 보기엔 그냥 허공에 괴상한 손짓을 하는 걸로밖에 안 보인다. 혹시 다른 수험생에게 신호를 보내는 게 아닐까 의심하긴 했지만, 설마 성시한 본인이 커닝 중이라고는 생각하지 않았다.

시한의 대학 합격 소식에 아버지는 크게 기뻐했다.

"허허, 네 녀석이 드디어 정신을 차렸구나!"

물론 아버지의 인정 따위 그에겐 일고의 가치도 없었다. 대학생이 되자마자 바로 집에 통보했다.

"독립하겠습니다. 학비라든가 생활비는 알아서 조달할 테니 신경 끄고 잘 사세요."

"네가 세상을 우습게 보는구나! 어디 한번 알아서 살아봐라! 이 고얀 것!"

도로 아버지가 길길이 날뛰었지만, 어차피 상관없는 일이었다.

아버지가 마련해 준 원룸에서 나와 강남 한복판에 근사한 오피스텔을 얻었다. 값비싼 외제 스포츠카도 구입했다.

돈이 어디서 났냐고?

투기와 마법이라는, 현대 문명의 룰을 벗어난 능력을 지닌 시한에게 돈을 버는 것은 너무도 쉬운 일이었다.

그냥 경마장 가서 배당 낮은 경주마에게 돈을 건다. 그리고 그 경주마보다 앞서 달리는 말들에게 슬쩍 투기를 쏘아 발을 느리게 만들기만 해도 간단히 돈을 딸 수 있다.

종잣돈조차도 필요 없다. 만마권 한 방만 제대로 터뜨려도 십만 원이 천만 원이 된다.

아니면 XX랜드로 가도 된다. 도박이 불법인 대한민국에서, 무슨 논리인지는 모르겠지만 합법적으로 도박을 할 수 있는 곳이다.

간단한 투시 마법만으로도 상대의 패 따위 훤히 보였다. 룰렛의 구슬도 투기로 얼마든지 조작할 수 있었다. 돈 너무 많이 땄다고 시비 거는 놈들이야 뭐, 한입거리도 안 되는 판이고.

마음만 먹으면 로또조차도 당첨될 수 있을 것이다. 몰래 로또 추첨장 근처로 가서 담당자를 현혹시키고 숫자를 조작해 버리면 되니까.

'하지만 그렇게까지 하긴 귀찮지. 굳이 안 그래도 돈 벌 방법은 많은데, 뭘.'

고작 1년 만에 성시한의 재산은 평생 긁어모은 아버지의 그것을 몇 배나 능가했다. 그 시점에서 그는 모은 재산을 통장과 펀드에 나눠 넣고 도박을 관뒀다.

한번 맛보면 결코 끊을 수 없는 게 도박이라는 말이 있다. 하지만 초상 능력이 개입되는 시점에서 이건 더 이상 도박이 아닌 것이다. 그저 단순하고 지루한 반복 노동일 뿐이다.

'어차피 돈 모으는 재미도 못 느끼겠고······.'

평생 돈 걱정 안 하고 살 정도의 재산은 모았으니 미련이 없었다. 만약 돈이 떨어지더라도 그냥 같은 짓을 반복하면 되었다. 저축은 지금의 시한에겐 아무런 의미가 없는 행위였다.

그러는 동안에도 대학은 꼬박꼬박 다녔다.

반쯤 관성에 불과하긴 했지만, 대학 생활은 그나마 즐거운 편이었다.

몇몇 친구를 사귀었다. 같이 몰려다니며 밥도 먹고 수업도

같이 듣고 가끔 술잔을 기울이는 친구들이었다.

꽤나 친해진 몇몇에겐 오컬트인 척 위장해 투기나 마법을 가르쳐 보기도 했다. 전혀 효과가 없어 곧 포기했지만.

취미 생활도 즐겼다. 썩어나는 돈을 이용해 해외여행도 다니고 이런저런 문화생활도 향유했다.

그렇게 시한은 한국의 삶에 적응했다. 하지만 그것이 자신의 삶을 살고 있다는 의미는 아니었다.

*   *   *

테라노어에서 돌아온 지 3년이 지났다.

그는 아직도 밤마다 그날의 악몽을 꾸고 있었다.

"허억!"

시한은 눈을 떴다. 이불이 식은땀으로 흥건하게 젖어 있었다.

한숨을 쉬며 그는 부엌으로 향했다. 냉장고에서 냉수를 꺼내며 고개를 젓는다.

"후우, 왜 이러지……."

이해할 수 없는 일이었다. 자신은 분명 그들의 배신을 용서했다. 그리고 한국에서 새 출발을 하기로 결심했다.

나쁘지 않은 생활이었다. 아니, 남들이 보기엔 충분히 부러운 삶이었다.

충분한 재산, 번듯한 학벌, 근사한 외모, 초월적인 능력.

육체적으로 강건하고 미래에 대한 걱정도 없다. 테라노어에서의 삶과 비교하면 천국이나 다름없었다.

그런데 악몽이 그치질 않는다.

술을 마시고 도락에 빠져도 눈을 감으면 그날의 일이 떠오른다.

"젠장······."

욕설을 흘리며 시한은 물을 들이켰다.

갈증은 멈추지 않았다.

아무리 물을 마셔도 사라지지 않는 갈증이었다.

5년이 지났다. 그동안엔 그래도 제법 변화가 있었다.

군대를 갔다 왔으니까.

마음만 먹으면 군대를 빼지는 것도 가능했다. 마법을 이용해 신체검사를 조작하든가, 아니면 넘치는 돈을 이용해 방위산업체에 위장 취업하든가.

하지만 시한은 그냥 순순히 입대했다. 뭔가 삶에 변화가 생기지 않을까 기대해서였다. 반쯤은 자포자기였달까?

과연 변화가 있긴 있었다.

일단 그토록 끈질기던 테라노어의 악몽을 꾸는 빈도수가 현저히 낮아졌다. 대신 군대를 다시 가는 악몽을 꾸게 되었다.

'어쩌 악몽으로 악몽을 돌려막기한 느낌이긴 하지만……'

어찌 되었든 변화는 변화였다.

제대 후엔 나름 성실하게 미래를 준비했다. 진지하게 새로운 인연도 찾아다녔다.

몸매 좋고 키도 큰 편에 얼굴도 곱상한 성시한이다. 심지어 돈도 많아 명품만 걸치는 데다 고급 스포츠카까지 타고 다닌다.

인기가 없을 수가 없었다. 제법 많은 여자를 만났다.

하지만 하나같이 오래가질 못했다.

'당신은 진짜 나를 사랑하는 게 아니야, 시한.'

'시한 오빠는 대체 무슨 생각을 하는지 모르겠어.'

'나한테 뭔가 숨기고 있다는 걸 알아! 그게 뭔지는 몰라도 여자는 느낄 수 있다고!'

슈퍼히어로 영화에서 나오는 일종의 자경단처럼, 세상을 위해 자신의 능력을 사용해 볼까 하는 생각도 했다.

그러나 이내 흥미를 잃었다.

할 일이 없어서는 아니었다. 분명 한국에도 도움이 필요한 이들은 수두룩했다. 하지만 그들은 '시한의 현실' 속에 존재하는 이들이 아니었다.

테라노어에서는 쉽게 분노할 수 있었다.

어딜 가도 누굴 만나도, 억울하게 고통받는 사람들을 만날 수 있었다. 눈앞의 충동에 따라 그들을 구하기 위해 손을 쓸 수 있었다.

하지만 21세기 한국은 달랐다.

신문과 뉴스, 인터넷상에선 수많은 고통이 난무하고 있었지만 정작 거리로 나서면 그들은 보이지 않았다.

보이는 것은 서로를 무관심하게 스쳐 지나가는 수많은 시민뿐, 가장 추악한 범죄자라 해봐야 치한이나 지하철에서 힘없는 여성에게 패악을 부리는 나잇값 못하는 노인들 정도다.

저런 이들을 벌하는 데 이능력 따윈 필요 없다. 그냥 사지 멀쩡하고 지병만 없으면 된다.

물론 시한의 능력이라면 보다 적극적으로 나설 수도 있었다.

테라노어에서 얻은 이능의 힘은 강대하다. 마음만 먹으면 얼마든지 도움이 필요한 사람들, 간악한 범죄자들을 직접 찾아다니며 정의를 실현할 수도 있었을 것이다.

…마음만 먹으면.

수많은 사람이 뉴스와 신문을 통해 불의한 일을 접하고 분노를 터뜨린다. 그런데 그들 중 실제로 피켓을 들고 나가 시위를 하는 자가 몇 명이나 되는가? 설마 피켓 만들 능력, 거리로 나갈 능력이 없어서 못 한다고 하진 않겠지?

분노를 실행에 옮기기 위해서는 그만큼의 의지와 의욕이 필요하다.

지금의 그에겐 그럴 의지도 의욕도 없었다.

이미 한 번 정의를 실현하기 위해 목숨 바쳐 싸웠던 시한이었다. 그리고 그 대가가 무엇인지도 몸소 겪었다.

화면 너머의 불의를 보며 느낀 얄팍한 분노는 마우스를 클릭해 다음 페이지로 넘어가는 순간 사라져 버렸다.

하루하루가 허망하게 지나갔다.

인연은 뜬구름 같았고 현실은 허무했다. 수많은 사람 가운데 서서 광활한 광야를 홀로 거니는 느낌이었다.

마음만 먹으면 무엇이든 할 수 있음에도 사는 게 재미가 없었다.

그나마 위안이 되는 것은 우습게도 온라인 게임이었다.

외국에서 들어온 판타지 풍 MMORPG 게임.

그 속에서만큼은 성시한 역시 흔해빠진 수많은 유저 중 하나였다. 아무리 현실에서 바다를 가르고 하늘을 쪼개는 힘이 있다 하더라도, 그 속에선 녹슨 칼 한 자루로 지나가는 사슴과 싸워야 하는 처지였다.

보스 몬스터 하나를 처치하면 뿌듯한 성취감이 전신을 맴돌고, 아이템 하나를 얻으면 세상을 얻은 것처럼 기뻤다.

아무리 마법의 힘이 있다 해도 캐릭터의 능력치를 조작하거나 아이템 드롭률을 조정할 수는 없는 것이다. 뭐, 현질하면 좀 이야기가 다르겠지만 다행인지 불행인지 시한이 즐기는 게임은 그런 식의 현질 시스템이 없었다.

가상의 세계 속에서 그는 충실감을 느끼고 테라노어의 추억을 되새길 수 있었다.

그래서 게임을 관뒀다.

테라노어의 추억을 되새긴다는 것은, 그날의 배신 역시 되새기게 된다는 의미였으니까.

'아아악!'

성시한은 비명을 터뜨렸다. 귀를 막고 이불을 뒤집어쓴 채 소리 없는 아우성을 내질렀다.

'아아아아아!'

현실은 변하지 않았다.

여전히 그는 출구 없는 어둠 속을 헤매고 있었다.

*   *   *

'그것'은 어느 날 갑자기 섬광처럼 찾아왔다.

"아?"

체육관에서 습관처럼 러닝머신을 달리고 있을 때였다. 갑자기 공허의 저편에서 뭔가가 느껴졌다.

그것은 마력이었다.

지구상에 결코 존재할 수 없는, 그러나 성시한에게는 너무도 익숙한 테라노어의 마력.

'…이건?'

정확히 말하면 마력 자체는 아니었다.

비유하자면 일종의 메아리? 무엇인가가 테라노어 너머에서 지구의 차원 계면을 건드리며 생긴 공명에 가까운 현상이다.

시한은 경악했다. 저것이야말로 그가 한때 그토록 찾아 헤매던 차원 너머의 지표였다.

'어째서? 왜 이제 와서?'

그것은 섬광처럼 나타나 찰나와 같이 사라졌다. 시한은 혼돈에 빠졌다. 도대체 뭘 어찌해야 할지 판단이 서질 않았다.

그런데 그것이 끝이 아니었다.

수시로 마력이 나타났다 사라졌다. 마치 쉴 새 없이 지구를 향해 노크를 하고 있는 것 같았다.

저것이 의미하는 바는 하나뿐이다.

'다시 테라노어로 돌아갈 수 있을지도 모른다?'

무기력하던 삶에 활기가 돌았다. 심장이 격렬하게 뛰고 흥분이 전신을 휘감았다.

스스로를 이해할 수 없었다. 분명히 모두 잊었다고, 모두 용서했다고, 모든 미련을 버렸다고 생각했었는데……

'아아, 그렇구나.'

그제야 성시한은 깨달았다.

자신은 한 번도 배신자들을 용서한 적이 없었다.

'난 그저 포기했을 뿐이었어.'

손도 발도 쓸 수 없는 처지가 되어 운명 앞에 내동댕이쳐지며 뇌까린다. 복수는 복수만을 낳을 뿐이야. 용서야말로 진정한 승리이자 복수야.

헛소리다.

진정 누군가를 용서하려면 상대를 억누르고, 상대의 모든 것을 빼앗고, 상대의 생사여탈권을 쥔 다음이어야 한다.

상대의 목에 칼을 들이민 다음에서야 비로소 웃으며 말한다.

난 널 용서하겠다.

이것이 진정한 용서다.

손쓸 방법이 없어 멀리서 바라만 보며 힘없이 내뱉는 용서는 쓰레기나 다름없다. 그것은 포기이고 타협이며, 비참한 자기 위안일 뿐이다.

시한은 바로 학교부터 관뒀다. 대학교 4학년, 졸업반이란 사실은 전혀 문제가 되지 않았다. 요즘 같은 세상에 대학 졸업장 따위가 무슨 의미가 있다고? 아무 고민 없이 휴학계를 제출했다.

그리고 손 놓았던 투기와 마법의 수행을 다시 시작했다.

기억이 가물가물하던 테라노어의 언어도 열심히 복습했다. 아스틴어로 이루어진 스펠 북이 있어 다행이었다.

본격적으로 차원 이동 연구를 하기 위해 서울 근교에 인적 드문 민가를 구입했다. 그리고 그곳에 처박혀 은둔자처럼 살았다.

쉴 새 없이 차원의 문을 열고 또 열었다. 그때마다 테라노어로 손을 뻗고 또 뻗었다.

그렇게 몇 년이 더 지났다.

생각보다 두 세계를 연결하는 것은 쉽지 않았다. 온갖 실험 동물들이 애꿎게 희생되었다. 실마리가 보였음에도 테라노어는 쉽게 문을 열어주지 않았다.

하지만 그는 포기하지 않았다.

"이번만큼은 포기할 수 없지!"

그토록 허무하던 시간이었다. 무엇을 해도 공허한 생활이었다.

그러나 이젠 달랐다. 더 이상 악몽을 꾸지 않았다. 하루하루가 충실했다. 믿을 수 없을 정도로 삶이 실감 났다.

비록 매일같이 허탕을 치고 또 치더라도, 다음 날 의욕적으로 다시 실험을 시작할 수 있었다.

그리고 어느 날.

"아!"

우연과 우연이 겹치고 또 겹쳤다. 기적적으로 테라노어와 지구의 연결 고리가 서로 맞물렸다.

"됐다……."

눈앞에 펼쳐진 칠흑 같은 어둠을 바라보면서, 성시한은 십 년 만에 진심 어린 웃음을 터뜨렸다.

"하하하핫!"

*   *   *

과거를 떠올리며 시한은 알리타를 물끄러미 바라보았다.

"지구로 돌아간 뒤엔 어떻게 지냈었어요?"

그녀의 질문에 쉽게 답할 수가 없었다.

'어떻게 살았느냐라…….'

무려 십 년이라는 세월이었다. 몇 마디로 단정 지을 수 있을 만큼 짧은 시간이 아니었다.

그래서 대충 얼버무렸다.

"뭐, 그럭저럭 잘 살았는데?"

아니, 이건 너무 성의 없는 대답이다. 그는 몇 마디를 덧붙였다.

"지구의 현대 문명 속에서 투기와 마법의 힘을 쓸 수 있잖아? 그럼 사실상 테라노어의 어떤 왕보다도 편하게 살 수 있지."

거짓말은 아니다. 확실히 테라노어와 비교하면 분명 천국 같은 생활이었다.

천국 같은 삶이 아니었을 뿐이지.

그래도 알리타에겐 만족스런 대답인 듯했다.

"그렇군요."

"그건 왜 물어본 거야?"

"아, 그건……."

잠깐 머뭇거리더니 그녀가 생각에 잠겼다. 그리고 빙긋 웃으며 말을 돌렸다.

"너무 오래 쉬었네요. 다시 연습해야지."

두 사람은 다시 수련에 임했다.

알리타는 명상을 통해 마력 조작 감각을 훈련하고, 성시한은 만련을 통해 투기량을 늘리는 데 힘쓴다. 그러면서 틈틈이 그녀가 제대로 하는지도 살핀다.

시선을 느꼈는지 명상을 하다 말고 알리타가 슬그머니 눈을 떴다.

'…응?'

어느새 멀리서 수련 중이던 시한이 도로 코앞까지 다가와 자신을 응시하고 있었다.

그녀가 의아해하며 물었다.

"뭘 그렇게 열심히 봐요? 재밌어요?"

"응."

저 예쁜 얼굴로 입을 삐죽이다가, 인상을 쓰다가, 미간도 찡그리고, 뭔가 열심히 중얼거리기도 하는데…….

"솔직히 보는 재미가 있는걸?"

시한의 장난스런 대꾸에 알리타가 무심한 얼굴로 고개를 끄덕였다.

"그럼 계속 즐기세요."

그리고 다시 눈을 감고 명상 상태로 돌아간다.

"즐긴다고 표현하니 그것 참 뉘앙스가……."

그냥 장난 좀 친 건데 저렇게 말하니 되게 나쁜 짓 한 것 같잖아?

시한은 머쓱해하며 뺨을 긁었다. 요새 알리타 성격에 꽤 적응을 했다고 생각했는데 아직 멀었나 보다.

"열심히 해봐. 3층 마법까지만 올라가면 스스로 차원 간 변동력 차폐 술식을 쓸 수 있을 테니까."

그러자 그녀가 도로 눈을 떴다.

"그 마법, 3층 주문밖에 안 되는 거였어요?"

차원 간 변동력 차폐 술식이라면 현재 시한과 알리타에게 걸려 있는 위치 색적 차단 마법이다.

상아탑의 고위 마기언을 속일 정도의 마법이라기에, 그녀는 상당히 어려운 술식이란 이미지를 가지고 있었다.

"그러니까 내가 그때의 빈약한 마력으로도 구사할 수 있었 겠지? 뭐, 지금도 마력이 충만한 처지는 아니지만."

실제로 차원 간 변동력 차폐 술식은 그리 어려운 술식도, 고위 마법도 아니었다.

누군가를 찾아내는 것과 누군가에게서 숨는 것은 난이도가 차원이 다르다. 어려운 건 '차원 사이를 변동'시키는 쪽이다. 그 힘을 그냥 '가리기만' 하는 건 쉽다.

"그냥 나 말고는 아무에게도 필요 없는 마법이어서 알려지지 않았을 뿐이야. 술식 자체가 어려운 건 아니지."

시한은 몸을 일으켰다. 알리타랑 노닥거리는 건 적당히 하고 다시 수련에 들어가야겠다.

"스스로 차원 간 변동력을 차단할 수 있다면, 더 이상 나를 따라다닐 필요도 없을 거야."

막 발을 돌리려던 참이었다.

알리타의 질문이 그를 붙잡았다.

"그럼 그 이후엔 제가 떠나도 된다는 소리인가요?"

성시한이 그녀를 신경 쓰는 이유는 단순히 위치가 파악될 위험이 있어서만이 아니다.

알리타의 심장은 이계의 인간인 그를 이곳, 테라노어에 존재하게 하는 중추이며 술식의 핵심이다.

과연 자신의 약점을 손 닿지 않는 곳으로 보내고 싶어 할까?

"당연하지."

시한은 단호하게 말했다.

"넌 내 포로가 아니야, 알리타. 내게 종속된 것도 아니고. 단지 사정상 잠시 함께할 뿐이지."

분명 알리타를 자신의 눈 밖으로 내보내는 것은 위험한 일일지도 모른다. 어디서 무슨 일을 당할지 알 수 없으니 소중히 품은 채 보호하는 것이 옳은 일일지도 모른다.

하지만 그것이 그녀의 자유를 얽맬 이유는 되지 못한다.

"되도록 문제 일으키지 않고 조용히 살아줬으면 하는 바람 정도는 있어. 뭐, 알리타 너 정도면 그럴 걱정도 별로 없겠더라만."

말을 맺으며 시한은 부드럽게 웃었다. 그 목소리엔 조금의 흔들림도 없었다.

"그럼 하나 더 물어봐도 되나요, 시한?"

시한이 고개를 끄덕였다.

진지하게, 신중한 어조로 알리타가 질문을 이었다.

"제가 곁에 남는다면, 과연 당신에게 도움이 될까요?"

묘한 눈으로 그는 그녀를 바라보았다. 어쩐지 태도가 평소와 많이 다른 것 같다.

'무슨 일이지?'

궁금하긴 했지만 일단 대답부터 해주었다.

"그야 물론이지."

알리타는 투사급 소드하이어이면서 상황 판단도 빠르고, 실전 경험도 적지 않다. 지금은 마법도 익히기 시작했다. 혈통이 혈통이니만큼 상당히 빠른 성장이 기대된다.

게다가 그녀는 성시한이 현재 테라노어에서 유일하게 믿을 수 있는 사람이었다.

가장 믿었던 친구들로부터 배신을 당했다. 눈에 보이지 않는 우정이나 약속 따위만으로 타인을 신뢰할 수는 없다. 그래서 제논에게조차도 모든 것을 알려주지는 않았다.

반면 알리타는 다르다.

루스클란의 후예이자 성시한의 소환술사나 다름없는 그녀는 시한을 배신한들 딱히 얻는 것이 없었다.

반면 배신의 대가는 크게 치러야 할 처지였다.

성시한의 적에게 있어 그를 처리하는 가장 쉬운 방법은 지구로 돌려보내는 것이고, 그러기 위한 가장 쉬운 방법은 바로 알리타의 심장을 뽑아 불태우는 것일 테니까.

그래서 시한은 진심으로 답할 수 있었다.

"네가 날 도와준다면 정말 큰 힘이 될 거야, 알리타."

알리타는 눈앞의 청년을 조용히 응시했다.

지구에서 다시 테라노어로 돌아온 전설의 영웅, 이계구원자 성시한.

그가 의아한 표정을 짓는다.

"알리타? 왜 그렇게 빤히 보기만 하는 거야?"

처음엔 별생각이 없었다. 당분간 함께 다녀야 한다는 말에도 별로 당황하지 않았다. 어쩌다 휘말린 입장이 되었지만 딱히 그에 대한 원망은 없었다.

어차피 그녀의 인생은 운명에 휘말려 흘러갈 뿐이었으니까.

그래서 무심하게 그를 따라다녔다.

무심하게 그의 목표를 듣고, 무심하게 영웅의 숨은 이야기를 접했다.

관심이 없었다는 의미는 아니다. 전설의 영웅에 대한 이야기 자체에는 분명 흥미를 느꼈다.

단지 그것을 알리타 자신과 연관시키지 않았을 뿐.

그녀에게 있어 성시한의 목적과 이야기는 저잣거리의 소설과 다를 것이 없었다. 철저한 제3자의, 관찰자의 관심일 뿐이었다.

하지만 시간이 흐르면서 조금씩 다른 생각이 싹텄다.

성시한에 대해 알면 알수록······.

'어쩌면?'

지구에 대해, 한국에 대해 자세히 알면 알수록 새롭게 떠오르는 바람이 있었다.

그래서 질문을 던졌고, 대답을 들었다. 그녀의 바람이 과연 현실적인 것인지 확인해야 했으니까.

시한은 기대했던 대답을 들려주었다. 아니, 어떤 면에선 기대 이상이었다.

가슴이 뛰었다. 하지만 알리타는 서두르지 않았다.

"시한."

"응?"

아직 확인해야 할 것이 남아 있었다.

"복수를 전부 마치고 나면, 그다음엔 어쩔 거예요?"

"복수를 마치고?"

시한이 잠시 당황했다. 이런 질문이 나올 줄은 미처 예상치 못했나 보다.

잠시 후 그가 진지하게 대답했다.

"한국으로 돌아가야지."

알리타는 고개를 끄덕였다. 왠지 그럴 것 같았다.

"제논이 들으면 좀 섭섭해할지도 모르겠지만······."

그가 말을 이었다.

"내가 돌아온 이유는 과거를 매듭짓기 위해서다. 그래야만 앞으로 나아갈 수 있으니까."

십 년 전과는 사정이 다르다. 더 이상 테라노어는 그에게 있어 소중한 세계가 아니다. 아직 해결하지 못한 과거가 남은 곳일 뿐.

"그런데……."

살짝 눈을 흘기며 알리타가 떠보듯 질문을 이었다.

"…설마 한국으로 돌아가는 방법이 누군가의 심장을 뽑아 불태우는 건 아니겠죠?"

"나를 뭐로 보는 거야? 피도 눈물도 없는 괴물?"

인상을 쓰며 시한이 투덜거렸다.

"당연히 온 방식 그대로 돌아갈 거야. 그걸 위해서 저쪽에 준비도 해뒀고."

지구에서 테라노어로 진입하는 것은 기적에 가까운 일이었다. 비록 성공은 했지만, 시한도 어째서 성공했는지는 모르고 있었다.

이유는 모르지만 마력의 메아리가 느껴졌고, 이유는 모르지만 차원과 차원이 연결되었으며, 이유는 모르지만 연결된 차원이 통로가 되어 그를 테라노어로 인도했다.

완벽하게 우연과 우연이 겹쳐서 생긴 행운이다.

괜히 시한이 알리타의 안위에 전전긍긍하는 것이 아니다.

다시 한 번 시도하라면 도저히 성공할 자신이 없는 것이다.

"반면, 돌아가는 것은 쉽거든?"

잠시 주변을 둘러보더니 성시한이 풀벌레 한 마리를 잡았다. 그리고 손가락으로 작게 원을 그리며 주문을 외웠다.

"열려라, 이계의 문이여……."

칠흑 같은 공허가 생성된다. 지름 2㎝ 정도의 작은 어둠이었다. 그 속에서 느껴지는 마력을 느끼며 알리타가 흠칫 놀랐다.

"앗! 이거…….'

작긴 하지만 틀림없는 차원 간 균열이었다.

그녀는 겁먹은 얼굴로 주위를 두리번거렸다. 혹여 상아탑에 들킬지도 모르는 것이다.

"걱정할 거 없어. 차원 간 변동력 차단 마법이 있잖아?"

알리타를 안심시키며 시한이 손가락을 튕겼다.

"보다시피 차원문 자체는 지금도 열 수 있어."

불쌍한 풀벌레가 잠시 허공에서 바동거리더니 이내 검은 구멍으로 쏙 빨려 들어갔다. 구멍이 저절로 허공에서 소멸되었다.

"어느 세상으로 연결되었는지를 모를 뿐이지."

하지만 지구인인 성시한은 존재 기반을 지구 쪽 차원에 두고 있다.

특별히 좌표 설정을 따로 하지 않는다면, 아무 차원문이나 열고 대충 몸을 던져도 자연스럽게 지구로 돌아가게 되는 것이다. 그곳이 그가 원래 있어야 할 장소니까.

"이계의 마물들도 단순히 소환술사의 심장을 불태우는 것만으로 원래 세계로 돌아가잖아? 마찬가지야. 차원문을 열 수만 있다면, 돌아가는 건 별로 힘들지 않아."

문제는 차원문에 몸을 던지는 것만으론 어디에 떨어지게 될지 알 수 없다는 점이다. 그래서 테라노어로 진입하기 전 시한은 따로 준비를 해두었다.

"한국의 아지트에 따로 귀환 마법진을 만들어놨지. 내가 예전에 테라노어로 소환되었을 때처럼."

당시 광제는 루스클란 황족의 심장을 바치는 의식으로 이계의 마물이 아닌 지구의 인간, 성시한을 소환한 적이 있다. 그 수법을 적당히 응용했다.

"뭐, 응용이라고 해봤자 대단한 것은 아니지만."

정말 힘든 부분은 이차원의 좌표를 잡고 거기서 목표물을 움켜쥐는 쪽이다. 단순히 도착지를 설정하고 존재 허락의 계약을 거는 것은 그다지 어려울 게 없다.

"나야 원래 지구인이니 존재 허락의 계약 따윈 필요 없지만, 이 방법이면 정확하게 미리 정해놓은 장소로 돌아가게 되거든."

뭔가 떠올랐는지 시한이 치를 떨었다. 머리를 움켜쥔 채 이를 득득 간다.

"젠장! 두 번 다시 광화문에서 스트립쇼 따위 할까 보냐! 절대 안 돼!"

확실히 트라우마가 깊숙이 파고든 것 같기는 하다. 애써 진정하려는 시한을 보며 그녀는 속으로 웃었다.

확인은 끝났다. 듣고 싶은 것도 모두 들었다.

차분한 어조로 알리타가 말했다.

"그렇다면 전 떠나지 않을 거예요, 시한."

예상치 못한 답변에 시한이 눈을 크게 떴다.

"어째서? 아니, 물론 나야 좋지만……."

그녀는 잠시 숨을 골랐다. 눈앞의 청년, 지구에서 온 성시한을 만날 때부터 조금씩 떠오르던 상념의 파편들이 하나의 뚜렷한 생각으로 정립되어 갔다.

이 세계, 테라노어에서 알리타는 아무런 미래도 기대할 수 없었다. 설사 성시한을 도와서 혁명 6영웅을 모조리 처단하고, 테라노어를 지배하는 황제가 된 시한이 크나큰 호의로 그녀의 모든 죄를 사하여 준다 할지라도…….

'부스클란의 원죄가 사라지는 건 아니니까.'

달라지는 것은 없다.

여전히 그녀는 저주받을 광제의 딸일 뿐이다.

이제껏 받아왔고 앞으로도 받게 될 경멸과 증오, 원한과 분노는 결코 사라지지 않는다. 하지만…….

'이 세계가 아니라면?'

결심을 굳히며 붉은 입술을 연다.

"시한 곁에서 머물면서 당신의 복수를 돕겠어요."

스치는 산들바람이 연한 금빛 머리칼을 부드럽게 매만진다. 진심과 각오를 담은 목소리가 은은하게 흘러나온다.

"그 대신, 모든 일이 끝나는 날에……."

가슴에 손을 얹으며 저주받은 소녀는 은빛 눈동자를 반짝였다.

"저를 지구로 데려가 주세요."

『이계진입 리로디드』 3권에 계속…